P9-AGL-513

# LA BIBLIOTECA PROHIBIDA

Traducción de Silvina Poch

Argentina – Chile – Colombia – España
Estados Unidos – México – Perú – Uruguay

Título original: *Suggested Reading*
Editor original: Katherine Tegen Books, an imprint of HarperCollins Publishers
Traducción: Silvina Poch

1.ª edición: enero 2020


Plaza de los Reyes Magos, 8, piso 1.º C y D – 28007 Madrid
www.mundopuck.com

ISBN: 978-84-92918-80-5
E-ISBN: 978-84-17780-72-2
Depósito legal: B-25.363-2019

Fotocomposición: Ediciones Urano, S.A.U.
Impreso por: Rodesa, S.A. – Polígono Industrial San Miguel
Parcelas E7-E8 – 31132 Villatuerta (Navarra)

Impreso en España – *Printed in Spain*

*Para Clara*

*Por ser alguien a quien me honra (y enorgullece)*
*pedirle su nombre prestado para mis personajes principales*

*¿Me atrevo a perturbar al universo?*

—Robert Cormier, *La guerra del chocolate*… algo por el estilo.
Más bien T. S. Eliot, si queremos ser más precisos.

# EL SUBRAYADOR DESPERTADOR ANUAL DE CLARA EVANS

Cuatro años.
48 meses.
1.461 días.
35.064 horas.
2.103.840 minutos.
126.230.400 segundos.

Ese era todo el tiempo que había esperado el nuevo libro de mi autor favorito, Lukas Gebhardt: *No me pisotees.*

Para ponernos en contexto, yo estaba comenzando el instituto cuando leí el libro anterior de Lukas, *La casa de ventanas de madera,* que él mismo me había firmado. Ese hombre maravilloso me había dejado pasmada con sus palabras en el periódico, y la emoción de saber que tenía en mis manos un ejemplar de carne y hueso de *No me pisotees* hasta me hizo dudar de si bajar del coche antes de empezar a leerlo. Pero la atracción de estar en el sillón era más fuerte que la de estar en un coche en movimiento. Sorprendente, lo sé.

Canté *No me pisotees, No me pisotees* mientras entraba en casa con el libro recién salido de la tierra de las maravillas y las travesuras, de los hechizos y contrahechizos, de las culturas, las digresiones elaboradoras con amor, los vericuetos de la sabiduría, las sinfonías de fábula y locura, la realidad iluminada y la fascinación que brilla en la oscuridad: la librería local.

Eran las diez de la noche y no había padres a la vista. Seguro que ya se habían acostado, eran de levantarse temprano, lo cual resultaba clave. Había pocas cosas que les ocultaba a mis padres, pero la tradición del Subrayador Despertador, que había mantenido desde el comienzo del instituto, era una de ellas. El Subrayador Despertador era mi mayor rebelión: me quedaba despierta toda la noche del primer día de clases para leer un libro y beber zumo directamente del cartón. En el Espectro de Seguridad para Jóvenes Rebeldes, yo era incatalogable, tenía el más alto porcentaje.

Era un secreto tonto, pero un secreto aun así.

Además, más allá de la tradición, yo necesitaba leer *NMP* de todas formas. Mi club de lectura —Queso... ¿Qué Sorpresa Leeremos Ahora?— se reunía en menos de veinticuatro horas para comentar los primeros capítulos de *No me pisotees* y tenía que estar preparada para moderarlo. Claro que no hacía falta que lo leyera entero, pero esa no era la cuestión, ¿verdad?

Saqué de la nevera un cartón de zumo de mango, la bebida oficial del SDACE.

Corté un trozo de queso cheddar y coloqué los pedacitos en un plato lleno de galletas saladas.

Me dirigí a la sala, extraje de los bolsillos los subrayadores naranjas (los amarillos están sobrevalorados) y los puse verticalmente sobre las puntas, como pilares que sostenían el tiempo y la noche. Faros que me recordaran el rumbo cuando me asaltaran las tempestades del sueño.

Me dejé caer en el sillón.

Lista para comenzar.

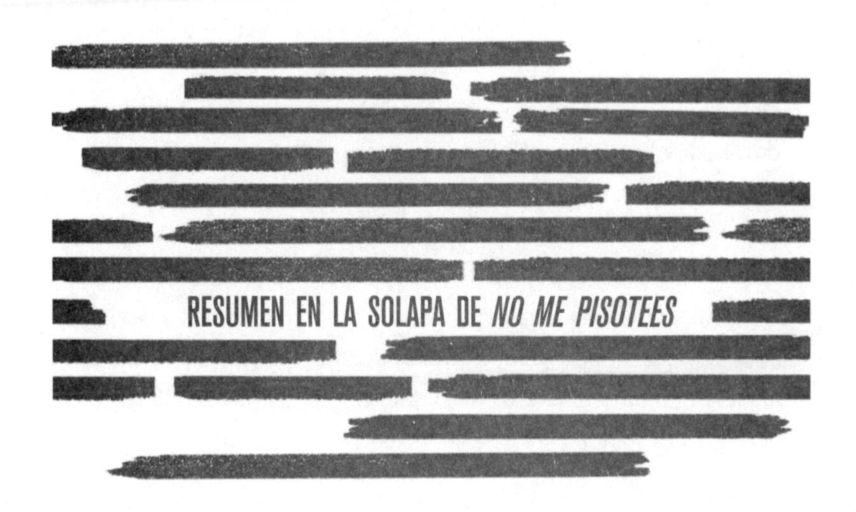

RESUMEN EN LA SOLAPA DE *NO ME PISOTEES*


Levi, un joven de dieciséis años, vive en una granja en la zona neutral de la Segunda Guerra Civil de los Estados Unidos y se dedica a comercializar cultivos para las raciones militares. Pero, cuando su pueblo queda anexado dentro de las fronteras de las Fuerzas del Oeste, lo envían al frente de batalla y se ve forzado a abandonarlo todo.

Joss, un joven de diecisiete años, solo conoce Eastlands, Dixie, apodo del sur de los Estados Unidos, compuesto por los Estados Confederados. Nacido en una casa en la línea Mason-Dixon (trazada entre los estados de Pensilvania, Virginia, Delaware y Maryland, para resolver un conflicto de fronteras) ha sido criado para pelear por la restauración de una nación olvidada mucho tiempo atrás. Su abuelo, general; su padre, médico de alto rango, y ahora él, segundo teniente recién ascendido.

En un episodio orquestado por la sangrienta injusticia de la guerra, los jóvenes se ven forzados a matar a un civil inocente. Con la firme convicción de que tiene que existir algo mejor, deciden desertar. Viajando a través de la altamente vigilada ruta norte de la zona neutral, conocida como el Camino de los desertores, se encuentran con un viejo túnel minero de piedra caliza y construyen la primera biblioteca imparcial desde el comienzo de la guerra, uniendo así la literatura y algunos objetos culturales conseguidos por vendedores clandestinos.

Mientras intentan recomponer un mundo fracturado, Levi y Joss se encuentran liderando un nuevo movimiento. Con un ejército bajo sus órdenes, se convierten en enemigos de ambos bandos de la guerra civil. Cuando la zona neutral se declara perdida y nuevas líneas de batalla amenazan con deshacer todo aquello por lo que lucharon, ellos deben decidir si la biblioteca, y todo lo que representa, es algo por lo cual vale la pena arriesgar la vida.

«Un remedio para los que son lo suficientemente valientes como para buscar puntos en común durante la Guerra Civil.»

—Colt Cax, autor de *Astrofísica extraña*,
*best seller* del *New York Times*

«Lukas Gebhardt pinta un emotivo cuadro del corazón sangrante de Estados Unidos.»

—Ishmael Aventu, autor de *El país de los ladrones*

«Nada como leer un clásico por primera vez.»

—Keri Limonhouse, autora de *La santurrona*

# LA BIOGRAFÍA DEL AUTOR EN LA CONTRAPORTADA

Lukas Gebhardt nació en Namibia y actualmente reside en Houston, Texas. Es doctor en Filosofía por la Universidad de Harvard y actualmente da clases de Filosofía en la Universidad de Houston.

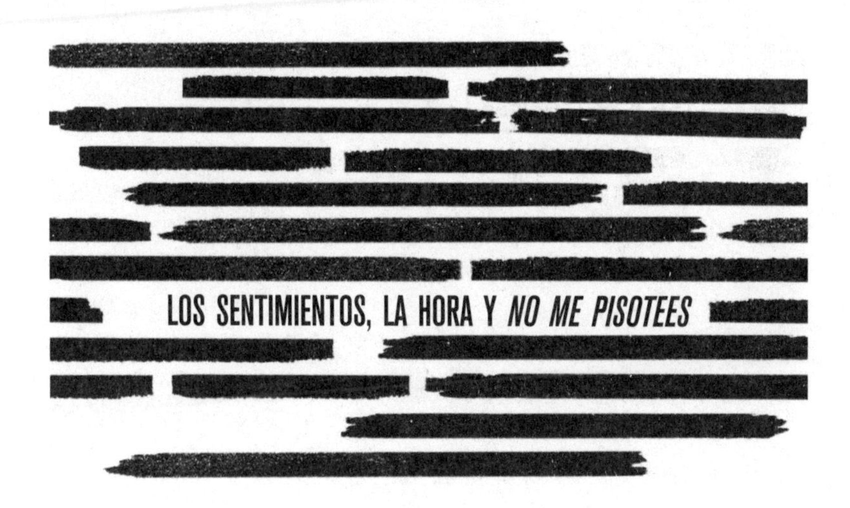

# LOS SENTIMIENTOS, LA HORA Y *NO ME PISOTEES*

**10:34 p. m.**

La portada: un diseño genial, una recreación perfecta de la bandera de *No me pisotees*. La única diferencia es que el nombre de *Lukas Gebhardt* está escrito sobre las escamas del cuerpo de la serpiente. Parece un dibujo no tan prediseñado, sino más bien hecho a mano alzada. Aunque no estoy segura de por qué creo que la serpiente original parece prediseñada, considerando que fue realizada en 1775, cuando las artes gráficas todavía no estaban tan avanzadas.

**10:35 p. m.**

Los agradecimientos (siempre los leo primero): una decepción. Mi nombre no aparecía ni una sola vez. Incluso volví a leerlos un par de veces para asegurarme.

**10:37-10:51 p. m. | Páginas 1-13**

Una guerra civil. Un joven inteligente y sensible peleando porque no le dejaron otra opción. Ya estoy ahogándome en una tristeza arrolladora.

**10:52-11:08 p. m. | Páginas 13-34**

Menos hundida en la tristeza, más hundida en los sentimientos en general. Qué mundo tan oscuro. Me recuerda a *Fahrenheit 451*, pero con más ejecuciones y menos televisión.

**11:08-11:53 p. m. | Páginas 34-66**

¡Dios mío! Lukas nunca decepciona. Mi subrayador se mueve furiosamente con frecuencia. Hay bloques naranjas por todos lados, como un Tetris. Fragmentos como: «Y así como si nada, se reveló ante mí. Yo no era ni siquiera un engranaje, era un número en la esfera del reloj. No era nada más allá de la máquina. Todo era *panem et circenses*, pan y circo. La fórmula para un reino feliz: comida y placer, placer y comida. Así como esto era mi dieta, también era mi temor: si de algún modo lograba comprender cómo irme de este lugar, me disolvería en la atmósfera como partículas en el viento».

**12:05-12:20 a. m. | Páginas 66-78**

Aterrada. Aterrada. Aterrada. Camino de un lado a otro mientras leo. ¿Cómo había podido vivir sin este libro?

**12:20-12:24 a. m. | Páginas 78-80**

¿Qué...?

[INTERVALO PARA BUSCAR MÁS ZUMO DE MANGO]

**12:24-01:08 a. m. | Páginas 80-102**

Aún estoy recuperándome de las páginas setenta y ocho a la ochenta y me siento culpable por buscar más zumo de mango, porque siento que estoy entrando en el juego de *panem et circenses*. ¿Necesito constantemente comida y entretenimiento? Miro el plato con queso, el nuevo vaso de zumo de mango y me acurruco en el sillón. ¿Desapareceré si no lo tomo? ¿De qué estoy hecha? ¡Dios mío! El libro me ha hecho cuestionarme hasta el queso. Marco la página con un marcapáginas, arrojo el libro sobre la mesa y lo miro como si pudiera matarme mientras me pregunto si realmente me mataría si siguiera leyendo. ¿Debería seguir leyendo?

**01:09-02:06 a. m. | Páginas 102-200**

Increíble. No me había sentido tan interesada en una revolución desde *Los juegos del hambre*. Lukas, «cuenta con mi arco».

**02:06-03:30 a. m. | Páginas 200-300**

Se avecina un fuerte llanto, puedo sentirlo. Estoy comiendo un poco de queso.

**03:30-04:53 a. m. | Páginas 300-488**

El plato de queso y galletas estaba cubierto de migas y, no por casualidad, yo estaba cubierta de lágrimas. Guau.

# PANEM ET CIRCENSES

*Que comience el revuelo salvaje.*

—Maurice Sendak, *Donde viven los monstruos*

Conduje en silencio hacia la Academia Lupton en el que sería mi último primer día de instituto.

Normalmente, pondría una lista de reproducción en mi móvil y cantaría las canciones en un intento de conseguir algo de musicalidad, pero esa vez no pude. Ese era el precio de leer a Lukas Gebhardt. Él proveía las palabras, pero exigía lágrimas y dejarte desolada como forma de pago.

Estaba destrozada, deshecha, rota. Mi alma había sido reemplazada por un tornado. Huracán Clara. Categoría: Emocionalmente Consternada.

Para ser justa conmigo misma, haberme quedado despierta hasta las cinco de la mañana también debía de jugar un papel importante en mi estado desastroso, pero… no había quedado tan destrozada por un libro desde el año anterior, lo cual me demostraba que *NMP* era un aspirante a obtener el título de El Libro que Cambió mi Vida ese año.

Doblé en la Avenida Bottler y pasé por debajo de un arco de hierro forjado, que anunciaba que ya había llegado a Lupton.

La Avenida Bottler llevaba directamente a las instalaciones del instituto. Sin curvas, sin colinas, simplemente una línea que separaba los dos lados del camino. Conduje hacia el final de la avenida. Pasé por el estadio, el gimnasio y el edificio de mantenimiento, y luego doblé a la derecha hacia el aparcamiento de profesores, personal y alumnos de último año.

Uno de los límites de Lupton era una vieja vía de tren, y la vía de tren nos separaba de un lujoso centro comercial en el que también había un Mercado de comida orgánica. Si no eras de último año, tenías que aparcar en un espacio detrás del mercado y caminar a través de un descampado hasta el camino asfaltado que llevaba al instituto.

La academia estaba claramente atestada de gente, motivo por el cual también era conocida como AL, Atestada Lupton, y no simplemente como Academia Lupton. En la intersección de dos calles muy concurridas, en el centro del límite norte de Chattanooga, nos expandimos todo lo que pudimos sin llegar a comprar quince casas y algunos negocios (un depósito de chatarra, un centro de reciclaje y un guardamuebles), que se encontraban detrás de nosotros.

Los dueños de esas quince casas y negocios, también conocidos como Alianza Stringer & Peerless, ASP, sabían que necesitábamos más espacio. Odiaban que la AL hubiera ocupado su territorio y se habían unido entre ellos para pedir un total de sesenta y siete millones y medio de dólares por todo el terreno. Cada una de las casas de la década de 1950, de dos habitaciones y dos baños, recibiría tres millones y medio de dólares, y cada uno de los negocios recibiría cinco. Por lo tanto, nos encontrábamos en un callejón sin salida: el instituto no tenía tanto dinero para invertir en la expansión y la ASP no aceptaba menos.

El parque se había puesto más verde y frondoso durante el verano y, como siempre, tenía un aspecto precioso. Los alrededores del aparcamiento estaban lleno de arbustos y flores, cortados profesionalmente como para la sesión de fotos de una revista de decoración. Las líneas blancas del aparcamiento estaban recién pintadas, no había ni una pizca de basura en las bocas de desagüe. La hilera de árboles frutales, que separaba Lupton de las tierras de la ASP, era una gruesa cortina de ramas bien podadas y entremezcladas, una cerca verde cuyas hojas se convertían en fuego durante el otoño.

Apagué el motor del coche y me quedé sentada un momento en silencio bebiendo mi café y contemplando la mañana. Había llegado temprano como de costumbre y el parque justo empezaba a reverberar con el bostezo de la hierba cubierta de rocío y el canto de las cigarras.

Recordé cada palabra de *No me pisotees,* desde el principio en un campo de maíz meciéndose al viento hasta el final en la oscuridad de una cueva. No quería adelantarme, pero en ese momento pensé que era uno de mis libros favoritos de todos los tiempos. Dejando de lado sus demás cualidades, simplemente el concepto de *panem et circenses* era como un par de gafas que no sabía que necesitaba y todavía me estaba acostumbrando a mi nuevo sentido de la vista.

Bajé del coche casi de un salto y di una vuelta en círculo con los brazos extendidos sobre el aparcamiento del instituto. Y ahí fue cuando me di cuenta de que ese era el final. Ya no atravesaría el camino de casas humildes desde el terreno del Mercado de comida orgánica y era mi último año como voluntaria con el Sr. Caywell, el bibliotecario de Lupton.

Era el último primer día que tendría.

Entonces intenté asimilarlo todo.

Me obligué a escuchar el canto de los pájaros que gorjeaban sobre los crespones, al otro lado del jardín. Me obligué a sentir el aroma del aire en mi último primer día de clases: un frescor vigorizante seguido de un olor a humedad antigua. El dejo de rocío de la lluvia matinal del riego por aspersión y el subsiguiente aroma que ocasionalmente venía desde el río Tennessee, a solo uno o dos kilómetros de distancia. A continuación, capté una fragancia un tanto urbana: gas mezclado con los aromas florales y especiados de la cocina y el horno del Mercado de comida orgánica, con todo su surtido de jabones y hierbas y, afortunadamente, solo un ligerísimo olor a asfalto caliente, casi quemado por el sol.

De golpe, sentí que sería el día en que el viento finalmente elegiría un color. En que las puertas de la academia, hechas de botellas de Coca-Cola recicladas, no juntarían más huellas dactilares, y los coches que pasaban por el Boulevard Cherokee cantarían canciones en vez de tocar bocinas. Y lo supe:

Sería un día precioso.

Un año precioso.

*Que comience el revuelo salvaje,* pensé inocentemente para mis adentros. A veces me pregunto: si hubiera citado otra frase en mi mente, ¿mi último año habría sido diferente? Porque, de hecho, un revuelo salvaje fue exactamente lo que comenzó.

# LAS PROBABILIDADES DE HABER CRECIDO EN UN ESTABLO

Había tan solo quince pasos desde una de las escaleras principales de Lupton Hall, el edificio insignia de la academia, hasta mi segundo hogar, la biblioteca. Esta se encontraba en la parte delantera del edificio, en el lado que vería la mayor parte de los habitantes de Chattanooga al circular por el límite norte de la ciudad.

La luz entraba a través de la cúpula colonial de color cobrizo, iluminando un espacio amplio y abierto que el Sr. Caywell y yo habíamos diseñado prácticamente nosotros mismos, cuando se renovó la biblioteca dos años atrás. Era un espacio limpio y ordenado —bueno, excepto por la sala de procesamiento que estaba detrás del escritorio del Sr. Caywell—, y en las paredes blancas no había ningún cartel. Yo era capaz de cortar en trocitos al alumno que se atreviera a pegar un cartel en otro lugar que no fuera la pizarra comunitaria.

Una pintura de color marrón oscuro e intenso cubría las sillas y las estanterías. Antiguas lámparas de color negro, que habían pertenecido a este mismo edificio cuando era una fábrica, ahora colgaban sobre las mesas y los ordenadores.

El lugar estaba lleno de plantas de todo tipo: ficus, helechos, espatifilos, todas donadas por los padres de un alumno que tenían un gran vivero en las afueras de la ciudad. Era llamativa para ser una biblioteca, pero así era cómo nos gustaba al Sr. Caywell y a mí. Plantas, ordenadores, sillas cómodas, libros, café y conexión a Internet.

¿Qué más se podía pedir?

Había dos cosas que siempre encontrarías al entrar a la biblioteca: sobreabundancia de folletos relacionados con la salud enviados por el estado, y al Sr. Caywell detrás de su escritorio al fondo de la estancia. Sin embargo, esa mañana solo los folletos estaban en el lugar indicado, pero el Sr. Caywell no estaba por ningún lado.

—¿Sr. Caywell? —pregunté, pero nadie contestó.

Caminé hacia el otro lado del escritorio y crucé la puerta que daba a la sala de procesamiento, una pequeña habitación rectangular y alargada, atestada de libros donados, viejos adornos, revistas, periódicos amarillentos y quién sabe qué más.

—¿Sr. Caywell? —volví a preguntar—. ¿Está por aquí? Tenemos que hablar del nuevo libro de Lukas… ¿Hola?

Giré y vi su ordenador a través de la puerta de la sala de procesamiento. Estaba encendido y su correo electrónico estaba abierto.

Yo no me había criado en un establo, al menos que recordara. No tenía memoria anterior a los cinco años de edad, pero sí sabía que no debía leer los correos ajenos. En la Lista Universal de Cosas que No Debes Hacer para Evitar Ser una Tremenda Basura, no leer el correo ajeno estaba en el tercer lugar, justo después de: no matarás y no le contarás a nadie cómo termina su serie favorita de televisión a través de las redes sociales.

Fue por eso que, cuando vi el correo abierto en el ordenador del Sr. Caywell, juro que aparté la mirada.

Pero luego mi cerebro dijo: *Ey, Clara, estoy bastante seguro de que el asunto de ese correo decía «confidencial». Deberías mirarlo para asegurarte.* Y yo, tan débil, a pesar de que existía un 95 por ciento de probabilidades de que no me hubiera criado en un establo, repuse en voz alta:

—Está bien.

EL CORREO ENCONTRADO EN EL ORDENADOR
DEL SR. CAYWELL


## Parte A: El e-mail

Para: Profesores, Personal

De: m.walsh@academialupton.edu

Asunto: FWD: Confidencial - Actualizaciones de Reglamentos Institucionales

Para nuestro maravilloso Personal y Cuerpo Docente:

El consejo del instituto se ha reunido en repetidas ocasiones durante el verano y tenemos el gusto de anunciaros las siguientes mejoras en los reglamentos de la institución y el procedimiento para implementarlas. Solicitamos que estos cambios se mantengan de forma confidencial hasta que su anuncio público sea aprobado por el consejo.

1. Por favor, recordad a los alumnos que está prohibido cruzar las vías del tren en horas de clase, excepto que se dirijan al Mercado de comida orgánica y tengan permiso para abandonar el recinto. También se les debe recomendar, aunque las vías se encuentren inactivas, no tenderse sobre ellas ni usarlas para grabar escenas de muertes o asesinatos o, mejor dicho, cualquier escena de películas estudiantiles, sin el permiso correspondiente. Considerando nuestra ubicación,

es muy importante que las grabaciones sean aprobadas a través de los canales correctos, sobre todo por los vecinos de la zona, para que no piensen que se está llevando a cabo un verdadero asesinato.

2. El horario del kiosco ha cambiado en un intento de descongestionar la movilidad del instituto durante los partidos. Ahora se puede pedir comida desde media hora antes del comienzo del partido. ¡Arriba Volcanes!

3. La Academia Lupton es una escuela privada construida sobre una base sólida de principios en los que creemos desde su fundación: Foco, Conocimiento e Impacto. El foco lleva al conocimiento y el conocimiento al impacto. En nuestros estudiantes y, finalmente, en el mundo. Para respaldar nuestros principios, vamos a agrandar nuestra lista de material vedado. Las consecuencias de traer o hablar de ese material dentro de la institución seguirán nuestras actuales pautas disciplinarias: tres amonestaciones antes de la suspensión.

## Parte B: Mi Reacción Subsiguiente

### B.1: REFLEXIONES

¿Material vedado? De algún modo sonaba casi inocente, pero algo dentro de mí me decía que aquello era más bien policial. *Vedado* era sinónimo de *prohibido*. *Material* podía ser sinónimo de *libros, videos, juegos de mesa*... Y teniendo en cuenta que Lupton no se caracterizaba por su alto nivel de jugadores de ajedrez y que *ninguno* de los estudiantes miraba la televisión en el instituto, ¿entonces qué quedaba?

Enterrándome todavía más en un pozo de invasión de la privacidad, abrí el archivo PDF adjunto en el correo y me encontré con una lista de más de cincuenta libros «vedados».

*El guardián entre el centeno* por «lenguaje inapropiado».

*Beloved* por «violencia explícita y contenido y lenguaje sexual».

*Flores para Algernon* por «representación ofensiva de un personaje mentalmente discapacitado».

Y la obra maestra, el toque final...

*No me pisotees* por «contenido de carácter rebelde, homosexualidad» y otras ridiculeces puritanas para salvar el pellejo que no tenían el más mínimo sentido.

—Academia Lupton, puedes tirarte del Puente de la Calle Market.

## B.2: MÁS REFLEXIONES

MIERDAMIERDAMIERDAMIERDAMIERDAMIERDAMIERDAMIERDA
MIERDAMIERDAMIERDAMIERDAMIERDAMIERDAMIERDAMIERDA
MIERDAMIERDAMIERDAMIERDAMIERDAMIERDAMIERDAMIERDA
MIERDAMIERDAMIERDAMIERDAMIERDAMIERDAMIERDAMIERDA
MIERDAMIERDAMIERDAMIERDAMIERDAMIERDAMIERDAMIERDA
MIERDAMIERDAMIERDAMIERDAMIERDAMIERDAMIERDAMIERDA
MIERDAMIERDAMIERDAMIERDAMIERDAMIERDAMIERDAMIERDA
MIERDAMIERDAMIERDAMIERDAMIERDAMIERDAMIERDAMIERDA
MIERDAMIERDAMIERDAMIERDAMIERDAMIERDAMIERDAMIERDA
MIERDAMIERDAMIERDAMIERDAMIERDAMIERDAMIERDAMIERDA
MIERDAMIERDAMIERDAMIERDAMIERDAMIERDAMIERDAMIERDA
MIERDAMIERDAMIERDAMIERDAMIERDAMIERDAMIERDAMIERDA
MIERDAMIERDAMIERDAMIERDAMIERDAMIERDAMIERDAMIERDA
MIERDAMIERDAMIERDAMIERDAMIERDAMIERDAMIERDAMIERDA
MIERDAMIERDAMIERDAMIERDAMIERDAMIERDAMIERDAMIERDA
MIERDAMIERDAMIERDAMIERDAMIERDAMIERDAMIERDAMIERDA
MIERDAMIERDAMIERDAMIERDAMIERDAMIERDAMIERDAMIERDA
MIERDAMIERDAMIERDAMIERDAMIERDAMIERDAMIERDAMIERDA

MIERDAMIERDAMIERDAMIERDAMIERDAMIERDAMIERDA
MIERDAMIERDAMIERDAMIERDAMIERDAMIERDAMIERDA
MIERDAMIERDAMIERDAMIERDAMIERDAMIERDAMIERDA
MIERDAMIERDAMIERDAMIERDAMIERDAMIERDAMIERDA
MIERDAMIERDAMIERDAMIERDAMIERDAMIERDAMIERDA
MIERDAMIERDAMIERDAMIERDAMIERDAMIERDAMIERDA
MIERDAMIERDAMIERDAMIERDAMIERDAMIERDAMIERDA
MIERDAMIERDAMIERDAMIERDAMIERDAMIERDAMIERDA

# EL LÍO DE CLARA EVANS

*Puede parecer injusto, pero lo que pasa en unos pocos días, a veces hasta en un solo día, puede cambiar una vida para siempre…*

—Khaled Hosseini, *Cometas en el cielo*

—¿Qué? —le pregunté a la pantalla. Y luego me quedé mirándola durante lo que pareció ser una eternidad, pero no pudo haber sido tanto tiempo porque todavía no había escuchado sonar la campana. O tal vez no la había escuchado porque estaba muy enfadada. No solo eso, se suponía que no estaba enterada de lo que había leído, así que no podía hablarlo con nadie. Tendría que morir sola y amargada, guardando el secreto que arruinó mi último año del instituto.

—¿Cómo estás, Clara? ¡Cuánto tiempo! ¿Qué tal tu verano? —exclamó una voz. Levanté la cabeza: era el Sr. Caywell.

En ese momento, cualquier persona normal hubiera dicho: *¡Hola! Sí, es cierto, hace mucho que no nos vemos,* y después le hubiera preguntado por sus vacaciones a la otra persona, pero, como por lo visto yo me había criado en un establo, no lo hice. Solo atiné a quedarme mirándolo boquiabierta.

Después de un largo silencio sin recibir respuesta, él respondió por mí:

—«Ha estado bien, Sr. Caywell, me lo pasé genial y no quería que terminara nunca». Ja. Bueno, ahora estás en el último curso, de modo que solo tienes que lidiar con Lupton una vez más. —Entonces volvió a usar la voz con la que me imitaba—. «Pero ¡voy a echarlo tanto de menos! Usted cambió mi vida y voy a ganar millones de dólares gracias a la educación que he recibido aquí y después haré una donación anónima a la institución, solo para que usted pueda tener un presupuesto intacto para compras durante todo el tiempo que esté a cargo de la biblioteca».

No dije nada.

El Sr. Caywell frunció el ceño, luego notó que me encontraba al otro lado del escritorio y finalmente maldijo.

—Has leído el correo.

Asentí en silencio.

—Clara.

—Ya lo sé, ya lo sé… No se deben leer los correos ajenos.

Corrió detrás del escritorio y minimizó la ventana del correo electrónico, como si haciendo eso pudiera borrarlo de mi mente.

—No puedes contarle a nadie lo que has leído. Si lo haces, me meteré en serios problemas. No deberías tener esa información.

—¿Pensaba mantener en secreto el jugoso chismorreo de que el consejo planea prohibir todos esos libros? «Clara, por favor, quita estos cincuenta libros de las estanterías».

—Tranquila, por favor. Y sí, eso es lo que pensaba hacer. ¿Acaso eres parte del personal? No, no lo eres.

—Soy más parte del personal que ese profesor adjunto Walden Comosellame.

Levantó el dedo como queriendo objetar algo, pero desistió mientras asentía con la cabeza.

—¿Qué podemos hacer? —pregunté y luego añadí—: Esto es exactamente lo que hicieron cuando intentaron prohibir *Los juegos del hambre*.

—¿*Intentaron* prohibir? —increpó confundido—. De hecho prohibieron *Los juegos del hambre, Las aventuras de Huckleberry Finn* y también *El color púrpura*. Pero eso fue antes de que estuvieras en el instituto. —Miró a su alrededor para asegurarse de que nadie estuviera escuchando—. Me opondré a este nuevo reglamento, es ridículo. Cincuenta libros es demasiado. Por eso no estaba aquí cuando has invadido mi bandeja de correo, estaba buscando al Dr. Walsh.

—¿Lo ha encontrado?

—Se podría decir que sí…

—¿Y?

—Y no te voy a dar más detalles. Ni siquiera deberías saber que esto está sucediendo.

—Sr. Caywell, por favor, ¿quién arregló el problema de la barra de tareas del ordenador?

No respondió.

—¿Quién consiguió que una empresa nos donara las estanterías de la biblioteca?

Puso los ojos en blanco, tomó una pila de libros del carrito que estaba junto al escritorio y comenzó a colocarlos otra vez en su lugar. Lo seguí.

—¿Quién actualizó el almacenamiento de las tabletas, consiguió que los Von Lemett donaran quince copias del Photoshop para cada uno de los ordenadores y además mantiene limpio su escritorio?

—Clara, no voy a contarte nada más. Acéptalo.

—¿Quién iba a organizar la sala de procesamiento este año? —insistí cruzándome de brazos.

—Vamos, no serías capaz de no ordenar la sala de procesamiento. —El Sr. Caywell me miró incrédulo.

—Soy voluntaria, no tengo que hacer ninguna de esas tareas.

—No podrías abandonar este lugar aunque quisieras.

Lo miré desafiante levantando una ceja.

—Está bien. —Suspiró resignado—. Pero esta información no sale de la biblioteca. ¿Entendido?

Asentí en silencio.

—Necesito que lo digas en voz alta: «Yo, Clara Evans, entiendo que esta información no sale de aquí, bajo pena de quedar desterrada de la biblioteca».

—No creo que se atreviera a hacerlo.

Esta vez fue él quien levantó una ceja desafiante.

—Bueno, bueno... Yo, Clara Evans, entiendo que esto no sale de aquí.

—«Bajo pena de...»

—Como sea, eso está implícito.

—«Bajo pena de...»

—Bajo pena de quedar desterrada de la biblioteca. —Suspiré.

—«En nombre de Jesús, Amén».

—En nombre de Jesús, Amen.

—El consejo y el director Walsh quieren que saque todos los libros prohibidos de la biblioteca.

—¿No querían que sacara *Los juegos del hambre* también? Y sigue ahí, ¿no es cierto?

—Los tres ejemplares desaparecieron «misteriosamente» de las estanterías. De hecho, si los buscas en el sistema, figura como si tuviéramos ejemplares de *Los juegos del hambre, El color púrpura* y *Huckleberry Finn*, pero si vas a los estantes, no encontrarás ninguno de ellos.

—¿Está hablando en serio? No lo sabía, ¿cómo puede ser que no lo supiera?

—No lo sé, ¿por qué tendrías que saberlo si no estabas prestando especial atención? Probablemente pensaste que estaban prestados o se habían perdido.

—¿Por qué no ha hecho nada al respecto, Sr. Caywell?

—Hice lo que pude —afirmó mientras sonreía. Era una sonrisa con contexto, un contexto que yo no comprendía—. Pero no somos una institución pública, respondo a los deseos del consejo y de la administración. Si hago mucho revuelo, perdería mi trabajo. Prefiero estar aquí para recomendarles a los alumnos otras alternativas, o incluso recomendarles que saquen esos libros de la biblioteca pública de Chattanooga, que no estar aquí en absoluto. A veces uno debe jugar bajo las reglas de otras personas, y a veces esas reglas no benefician a los jugadores. La cuestión es que si no formas parte del juego, no puedes ayudar a ganar a otros.

Me dejé caer en la silla del Sr. Caywell, totalmente anonadada.

Levi.

Joss.

Guy Montag.

Katniss Everdeen.

Clara Evans.

Toda una historia de administraciones de mano dura. Justo en frente de mis narices y yo ni siquiera estaba enterada.

# BIBLIOTECAS PEQUEÑAS

*Mucha gente le temía al silencio pero, en mi experiencia, el silencio era de donde venían mis mejores ideas. Lo mismo me ocurrió frente a la cueva. Lo mismo cuando me pregunté: ¿y si unimos el mundo de nuevo de una forma en la que nadie lo espera? ¿Y si creamos una biblioteca?*

—Lukas Gebhardt, *No me pisotees*

—Estoy tan enfadada que podría grabar la escena de un asesinato en las vías del tren.

—No hay que asustar a los vecinos. —El Sr. Caywell hurgó debajo de su escritorio, extrajo un envase amarillo de bombones de chocolate con crema y lo puso frente a mí.

—¿Se supone que esto me convierte en su cómplice? ¿Cuántas veces más van a quitar libros de la biblioteca? Quitarán *Un puente hacia Terabithia, Al este del Edén, El hombre invisible,* los dos libros de Lukas: desaparecerán, literalmente, todos los libros que tienen algún tema *importante*. Esos libros me cambiaron la vida. ¿Cómo pueden llevárselos de aquí? ¡Dios! Pueden hacer lo que se les ocurra y a nadie le importa. *Panem et circenses*.

De todas formas, tomé un puñado de bombones, desenvolví tres y me los metí todos en la boca al mismo tiempo.

Miré por la ventana y divisé fugazmente una fila de enormes magnolias alineadas a la entrada del instituto. Los árboles me recordaron a cuando caminaba por ese jardín hacía tan solo veinte minutos. Antes, cuando pensaba que podía escuchar las sinfonías de la naturaleza. Ahora, lo único que podía escuchar era la sangre corriendo por mi cabeza.

—*Ah, toy tan ebfadada* —balbuceé con la boca llena de chocolate.

—Bueno, alégrate de saber que no voy a retirar los libros de los estantes —afirmó—. Será igual que las otras veces. Yo los dejaré ahí silenciosamente y ellos desaparecerán silenciosamente. Pondré ejemplares donados de vuelta en circulación, que también, silenciosamente, desaparecerán.

*Silenciosamente.*

*Silencio.*

*De donde vienen las mejores ideas.*

De repente, un pensamiento se deslizó dentro de mi mente.

—Tengo una idea —exclamé aferrando el guardasillas—. Saquemos todos los libros de los que ellos se quieren deshacer y yo los mantendré a salvo hasta que pase algo.

Me miró preocupado.

—O hasta que no pase nada, que es lo más probable. Tienes que entender eso.

—Déjeme hacerlo —insistí—. Todo saldrá bien. Los llevaré lejos de aquí y nadie lo sabrá. Los distribuiré en las BBPP.

—¿Las BBPP?

—¿Las Bibliotecas Pequeñas? ¿Las que me pusieron entre los finalistas de la Beca de los Fundadores? ¿Las que me llevarán a la Universidad Vanderbilt?

—¿Estás entre los finalistas de la Beca de los Fundadores? No lo sabía. Vaya. Felicidades, Clara. ¡Eso es muy importante! Mi hermana recibió la beca cuando estábamos en el instituto.

Sonreí por primera vez desde que había leído ese horrible correo.

—Gracias.

—Vaya, es increíble. Ya hablaremos más al respecto. Pero, como estabas diciendo, ¿te llevarías los libros y los pondrías en tus bibliotecas? ¿Cuántas diriges?

—Bueno, en realidad la organización las dirige.

—¿La organización?

—Sr. Caywell, ¿ha leído este verano alguno de mis correos?

Hizo una mueca y yo fruncí el ceño.

—El año pasado empecé una organización sin fines de lucro llamada CasaLit, que dirige las BBPP y también consigue libros de buena calidad para donarlos a bibliotecas con escasos recursos. Acabamos de recibir un subsidio de la Fundación Offerson.

—No jo... digas. Eso es realmente increíble. ¿Qué clase de superhumana eres?

—El verano pasado estaba aburrida —respondí encogiéndome de hombros.

—Cuando tenía tu edad, si me aburría durante el verano, fumaba marihuana.

—Claro, mis opciones estaban entre ayudar a la ciudad o fumar marihuana.

El Sr. Caywell consideró mi propuesta.

—Pienso que si estos libros van a desaparecer de todos modos, es mejor que vayan a un lugar donde les darán buen uso —respondió—. Es una buena idea, Clara. Quiero decir, es una pena que tengamos que hacer esto, pero es la mejor solución que se me ocurre. Es genial.

—Sí, lo sé.

Nos quedamos un momento en silencio.

—¿Por qué? —preguntó él.

—¿Por qué?

—¿Por qué empezar una organización de bibliotecas sin fines de lucro? ¿Por qué no fumar marihuana?

—Como he dicho…

—No. —El Sr. Caywell me interrumpió con una sonrisa cómplice—. Esa no es la razón. Dime el verdadero motivo.

—Bueno… mis padres tienen el presupuesto justo y en mi casa nunca hubo, ni hay, mucho dinero para gastar en libros. Por ese motivo, tenían terror a las multas de la biblioteca por retraso en las devoluciones. Yo adoraba los libros; pero no podíamos pagarlos. El trato era que yo podía ir a leer a la biblioteca, pero no sacar libros. Íbamos muy a menudo, y los días de biblioteca son de mis recuerdos favoritos. El problema con el trato era que yo siempre quería llevarme los libros a casa.

—Los libros pueden hacerte eso. —Asintió—. ¿Alguna vez te llevaste uno a escondidas?

—Jamás profanaría el sistema de clasificación de la biblioteca con ese tipo de herejía —respondí con fingida sorpresa.

El Sr. Caywell se cruzó de brazos.

—Sí. Bueno, durante un tiempo saqué libros a escondidas, arrojándolos por una ventana del primer piso que estaba rota. Todavía me siento culpable por eso. Pero un día encontré una tarjeta olvidada y empecé a usarla para llevarme libros, pero nunca me metí en problemas. También quiero añadir que jamás tuve multas por retraso en las devoluciones o, mejor dicho, la persona cuya tarjeta robé nunca tuvo multas. Todo esto viene a cuento para decir que no pensaba que estuviera bien tener que arrojar libros por la ventana solo para poder leer, y por eso no quería que a nadie más le resultara tan difícil el acceso a los libros. Así que simplemente… empecé todo este asunto.

—¿Todavía usas esa tarjeta?

—No, al final conseguí una el año pasado y le juré a mi padre que pagaría yo misma las multas por retraso de ser necesario.

El Sr. Caywell asintió y luego señaló las pilas de libros.

—Llévatelos entonces, pero será mejor que lo hagas rápido. El Dr. Walsh sabe que no voy a sacarlos de circulación, apostaría a que ya ha mandado a sus secuaces a encargarse de hacerlo.

Entonces, sin previo aviso, abrí el correo otra vez y puse a imprimir la lista de títulos.

—¡Clara! —exclamó—. ¿Te parece bien? Ese sigue siendo mi correo privado.

—¡Necesito la lista para poder saber qué libros llevarme!

—Bueno... pero... deshazte de ella cuando termines.

Tomé la lista de la impresora y me puse a trabajar.

—¿Dónde vas a ponerlos mientras tanto? —preguntó y añadió de inmediato—. ¿Sabes qué? No quiero saberlo. —Se puso de pie y dio la vuelta al escritorio—. Iré al baño y luego buscaré al Dr. Walsh para decirle que nos desharemos de los libros. Eso lo mantendrá tranquilo por un tiempo. —Hizo una pausa y luego, más fuerte de lo necesario, añadió—: Hagas lo que hagas, no toques los libros prohibidos.

Sonreí y con el mismo tono, más fuerte de lo necesario, afirmé:

—Sí, Sr. Caywell, como usted diga.

# Y LUEGO TOQUÉ LOS LIBROS PROHIBIDOS DE INMEDIATO

No tenía tiempo para llevar todas las pilas de libros hasta el coche y mi taquilla estaba más cerca. Era un dilema. ¿Me arriesgaba a mantenerlos dentro del instituto para sacarlos más tarde a escondidas? La respuesta, obviamente, fue *sí*. El contrabando literario y sus artimañas no eran nada nuevo para mí. Había sacado libros a escondidas la mayor parte de mi vida y siempre me había salido bien.

Los pasillos estaban llenos de gente. Compañeros de curso haciendo cosas típicas de estudiantes: consiguiendo libros y material para el resto del día. Todo tipo de cosas que *no* involucraban hacer contrabando de libros a punto de ser prohibidos en la biblioteca escolar. Sabía que no tenía mucho tiempo, así que corrí hacia mi taquilla, que estaba justo al doblar la esquina y en medio del siguiente corredor. La abrí por primera vez en el curso e inmediatamente empecé a apilar libros en el interior.

Después, rezando para que no me sorprendiera ningún miembro del personal, volví corriendo a la biblioteca y retiré más libros recientemente prohibidos. Por suerte, gracias a todo el tiempo pasado allí, había aprendido a moverme de manera muy eficiente. Habiendo embalado los libros para la renovación y luego desembalado caja por caja para volver a acomodarlos en las estanterías, conocía los estantes como conocía el alfabeto, letra por letra.

Cargaba entre cinco y seis libros, corría a la taquilla, los metía dentro y luego volvía a buscar más. La llené en cuatro viajes y luego, como me había quedado sin sitio, abrí la taquilla vacía de mi mejor amiga, LiQui, que estaba a solo tres de distancia de la mía y en desuso, y comencé a llenarla también. Cuando justo había pasado la mitad de la lista, descubrí de pronto que estaba sola en el pasillo. Y, como si fuera una señal de que ese año verdaderamente iba a matarme, sonó la campana.

Dejé escapar un quejido y me golpeé la cabeza contra la pila de libros de la taquilla de LiQui.

Respiré hondo y volví a la biblioteca a buscar los libros que faltaban, preguntándome si el día podía empeorar aún más.

# LA RESPUESTA

Sí.

Sí, podía.

# CINCO AÑOS, CINCO LIBROS, QUINCE MINUTOS TARDE

No era un secreto que yo era una persona estudiosa. Me aceptaron en la Academia Lupton, uno de los mejores institutos de Chattanooga con generosas becas, porque escribí un ensayo larguísimo comparando mi deseo de excelencia académica con el apetito del protagonista de *La oruga muy hambrienta* (alias La oruga) del autor e ilustrador Eric Carle.

Había construido mi completa —aunque relativamente corta— existencia alrededor de los libros. No porque no tuviera amigos, sino porque desde que aprendí a leer, los libros habían marcado mi vida. Mientras que algunos definían el paso de los años según el año escolar que estaban cursando, yo lo definía según el libro que más me había cambiado ese año. ¿Cómo me había ido hasta ahora en el instituto?

1er año: *La casa de ventanas de madera.*

2do año: *¡Habla!*

3er año: *Las ventajas de ser un marginado.*

4to año: *El guardián entre el centeno.*

5to año: Adivinando de antemano… *No me pisotees.*

Cada libro me hizo quien soy. Cada página me construyó pieza por pieza.

Aquí va un rápido resumen del efecto dominó de los libros en mi vida.

Encontré *La casa de ventanas de madera* cuando estaba comenzando el instituto, en una lista de autores afroamericanos de la biblioteca de Chattanooga. Leerlo me dio ganas de trabajar en una biblioteca y así fue que me ofrecí como voluntaria en primer año. Porque trabajaba allí, el Sr. Caywell me recomendó *¡Habla!* cuando pensé en irme de Lupton, ya que había cada vez más bravucones y me sentía fuera de lugar. Porque leí *¡Habla!*, me quedé en la academia y entré en una faceta de leer todos los libros famosos por hacer llorar a la gente. Obviamente, encontré *Las ventajas* de inmediato. Un libro que me abrió a la idea de que yo no era la única que sufría, que cada uno tenía su propia combinación de dolor al igual que yo, y eso cambió mi visión del mundo. Hablé con el Sr. Caywell al respecto y él tenía su propia teoría de que Charlie, el protagonista de *Las ventajas*, era, básicamente, «una versión más relajada de Holden Caulfied», lo que obviamente me llevó a *El guardián entre el centeno. El guardián* combinado con *Las ventajas* me empujó a empezar CasaLit y, gracias a eso, ahora era una de las finalistas de la Beca de los Fundadores. Cada libro había constituido una pieza dentro de ese efecto dominó.

Yo era una lectora empedernida. No había ningún aspecto de mi vida que no hubiera estado guiado por un libro y, en su mayoría, había sido un viaje ininterrumpido. Nadie, especialmente mis padres, me había dicho que leer era raro, que estaba mal o que debía tener cuidado con los libros que dejaba entrar en mi cerebro.

No podía entender cómo la Academia Lupton podía ignorar todos esos años. Cómo podían decirme que esos libros no eran buenos o que su contenido era de algún modo «inapropiado» para mí. O que existía alguna razón por la cual era mejor que no los leyera, pues lo que me transmitían era inútil o incluso dañino. Pero yo no era más que una niña, ¿no? Una adolescente con un cerebro pequeño que no podía comprender nada más que series tontas de televisión, comedias románticas y pasarme el día con el móvil.

Nunca entendí cómo los adultos de Lupton podían decirme: «Ya eres una adulta responsable, tienes que actuar como tal. Ponte el uniforme y llega temprano a clase» y, al mismo tiempo, «En realidad, eres muy joven para lidiar con libros que hablan de violación, de chicos maltratados por ser homosexuales, de la complejidad de la condición humana y el racismo». El ridículo cambio repentino entre «no eres más que una niña» y «ya eres una adulta» era irritante y agotador, y dependía tan solo de los caprichos de los mayores.

Irónicamente, fue porque era una lectora empedernida que llegué sorprendentemente tarde a mi primera clase del curso escolar. Corrí, una forma de traslado *no* aprobada por el consejo, a través del instituto hasta la clase de Literatura Avanzada, una asignatura con la que había soñado desde primer año: educarme a través de buenos libros. Pero también imaginé que hasta esa clase que tanto había esperado se vería afectada de algún modo por la prohibición. Tal vez todos los libros que me habían enseñado algo también estaban sucios, manchados.

Irrumpí en el aula quince minutos tarde. La Srta. Lauren Croft (habitualmente confundida con la mismísima saqueadora de tumbas, Lara Croft) estaba hablando del primer libro del semestre, *Sus ojos miraban a Dios,* de Zora Neale Hurston. Un libro que, casualmente pero no sorprendentemente, se encontraba ahora en mi taquilla.

La señorita Croft había sido mi profesora de Composición Literaria en primer año. Si algún miembro del cuerpo docente efectivamente saqueaba tumbas, no me habría sorprendido que fuera ella. Era rápida y exigente. No era una de esas profesoras que dictaban los primeros cuarenta minutos de clase como si tuvieran todo el tiempo del mundo y luego descubrían en los últimos diez que iban muy retrasadas y daban un rápido resumen general, lo cual molestaba profundamente a los adolescentes de Chattanooga.

Era un pilar de confianza y eso resultaba intimidante. Más allá de esa clase de primer año, algunas veces nos habíamos enviado correos cuando ella buscaba algún libro en la biblioteca, así que me conocía, yo no era una alumna más de la academia. También me la había encontrado en Libris, la librería local, calificando ensayos y tomando té chai.

Cuando se giró para ver qué vándalo entraba por la puerta quince minutos tarde, la forma en que me miró me hizo sentir que yo odiaba la literatura y que debía olvidarme de cualquier tipo de camaradería con ella a través de los libros.

—Lo siento —exclamé en voz alta buscando un asiento vacío.

Como la suerte no estaba conmigo, el único que quedaba libre estaba justo al lado de Ashton Bricks y Jack Lodenhauer. Ambos eran Hijos de los Fundadores. Y, al decir *Hijos de los Fundadores*, me refería a que eran bisnietos de varios magnates históricos de Chattanooga, cuyos árboles genealógicos, siempre en expansión, no cesaban de aparecer en los lugares más importantes de la ciudad. Eran los chicos que había odiado desde mi primer día en la academia.

Los Hijos de los Fundadores (conocidos cariñosamente como *HdP**** en los mensajes de texto que intercambiábamos con Li-Qui, o como las «Estrellas» en nuestras conversaciones, por la similitud con estrellas de los asteriscos del abreviado insulto) no eran personas simpáticas para tener cerca. Se caracterizaban por ser distantes y altaneros, señal de que solo algunos pocos que ellos consideraban aceptables eran dignos de hablar con ellos. Con las Estrellas, si no eras uno de los elegidos (es decir, si no eras parte de una de las familias más poderosas de Chattanooga ni nadabas en dinero), sus saludos eran más bien actos de caridad. No le prestaban atención a nadie, como si relacionarse con gente que no formaba parte de su círculo fuera un desperdicio total. Una transacción inútil en la que no ganaban nada y les robaba su precioso tiempo.

¿Y el hecho de que pudieran pagar la matrícula de Lupton con lo que era prácticamente monedas en los bolsillos para ellos, y además costearse los libros sin problema? ¡Uf! Me mosqueaba mucho. Me enfadaba que ellos fueran así mientras mis padres tenían que esforzarse para poder enviarme a ese instituto, a pesar de la ayuda financiera que yo ya recibía.

Ahí estaban Jack y Ashton (este último dibujando tetas en una servilleta de la cafetería) sin sentirse preocupados en absoluto por hacer valer el dinero de la cuota escolar. Podían volver a su casa con malas notas y eso no cambiaría nada, conseguirían igual un trabajo en cualquier lado gracias a sus contactos. Si yo sacara malas notas, eso les costaría a mis padres tres años de trabajo y la posibilidad de conseguir una beca en las universidades que había seleccionado. Mis padres no habían podido irse de vacaciones desde que entré a Lupton; los padres de Jack iban a la playa cada fin de semana. Toda esa injusticia me enfurecía con solo verlos.

Me senté suspirando contrariada, intentando —sin conseguirlo— no interrumpir la clase mientras sacaba un bolígrafo y un cuaderno de la mochila. El bolígrafo se quedó atascado en la cremallera y cayó hacia al fondo de la mochila, así que tuve que buscarlo con la mano en medio de un pozo oscuro. Luego la espiral metálica de mi cuaderno también se atascó con la cremallera y empezó a deshacerse con cada tirón que daba. El cuaderno se fue convirtiendo en una serie de hojas sueltas que, de repente, volaban por el suelo como en una ventisca.

Ashton se giró hacia mí, arqueó las cejas y susurró:

—¿Qué está pasando ahí?

Hice un gesto con la mano como restándole importancia y me puse a escribir en una servilleta que encontré en el bolsillo, hasta que él me alcanzó una de las hojas que solían formar parte de mi cuaderno. Miré la hoja, luego lo miré a él. No quería aceptarla, de verdad que no quería hacerlo, pero lo hice.

Ese fue el momento en que me di cuenta de que el último año iba a ser el peor.

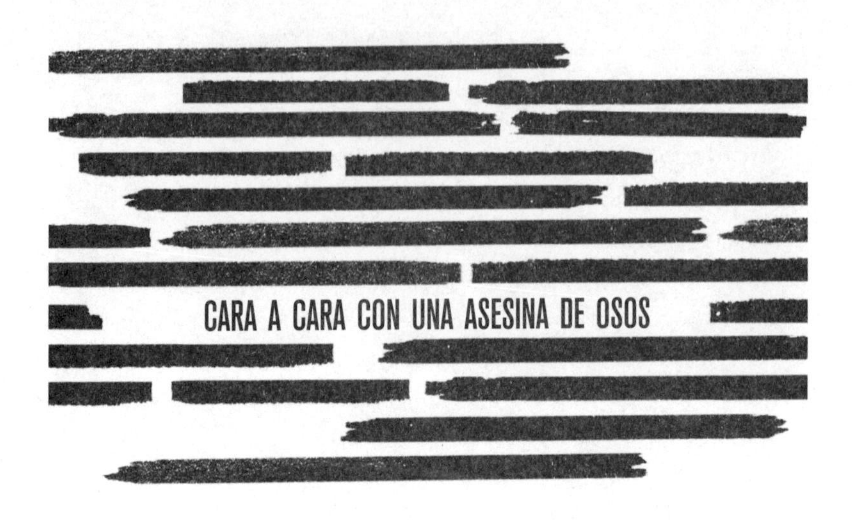

# CARA A CARA CON UNA ASESINA DE OSOS

*¿Alguna vez has intentado ponerte de pie con la dignidad rota?*

—Madeleine L'Engle, *Una arruga en el tiempo*

La Srta. Croft empezó a hablar, bendita sea, pero mi mente estaba hundida en el caos nebuloso de la guerra. No podía dejar de pensar en la prohibición y en lo que debería hacer al respecto. Estaba enfadada por todo ese asunto, pero lo que más me enfurecía era que me hicieran sentir que los últimos años de mi vida no valían nada. De algún modo que no alcanzaba a comprender, sentí como si hubiera un antes y un después de la censura. Antes de estar prohibidos, los libros no eran más que palabras valiosas en páginas inocentes, pero ahora esas palabras estaban sucias, manchadas. Tenía la impresión de que debía sentirme culpable de considerar a los libros parte de mi propia historia.

Incluso me parecía totalmente absurda la selección. Como en el caso de *No me pisotees*, ¿cómo podían prohibir un libro acerca de las consecuencias de prohibir libros sin darse cuenta de lo ridículo que resultaba?

Lo peor de todo era que estaban actuando en secreto y que llevaban haciéndolo años. Quiero decir, ni siquiera yo que era voluntaria en la biblioteca me había dado cuenta de que Alice Walker y Mark Twain no estaban en su lugar. ¿Cómo se suponía que debía reconocer la diferencia entre no encontrar un libro porque simplemente no lo teníamos o porque había sido censurado?

No sé cuánto tiempo estuve pensando en lo sucedido, cuánto tiempo estuve preguntándome *¿qué puedo hacer?* una y otra vez dentro de mi mente o lo frustrada que estaba porque la prohibición me hacía perder la clase que había esperado durante tantos años. Pero para cuando volví de mis pensamientos, la voz de la Srta. Croft sonaba cansada y la sala parecía más pequeña, más estrecha, más incómoda.

De pronto sonó la campana pero nadie se movió. La Srta. Croft miró el reloj que colgaba sobre la puerta y se frotó las sienes. Luego tomó una pila de hojas y comenzó a repartirlas.

—Estos son los primeros dos capítulos de *Sus ojos*. Leedlos y redactad un resumen escrito para el miércoles. Ni se os ocurra copiarlo de Internet, conozco todos los sitios web de memoria. Clara, ¿podrías quedarte un momento? Me gustaría hablar contigo.

Para cuando me hizo la pregunta, yo ya había guardado mis cosas y estaba a punto de salir. Sonó un poco inquietante.

—Sí, claro.

Extrañamente, antes de salir, Ashton me hizo el signo de la V de la victoria. Claro que Jack ni siquiera me miró, lo cual me resultó más normal que Ashton jugando a ser mi amigo.

Aferré los libros contra el pecho como si fueran a protegerme de la mirada fulminante de la profesora y caminé hacia ella.

La Srta. Croft recién entraba en los treinta, usaba gafas grandes con montura de carey y tenía el brazo derecho lleno de tatuajes, que asomaban por el escote del vestido de tirantes. Solía llevar el flequillo peinado hacia el lado y el pelo corto y negro recogido en una cola de caballo que se rizaba en la punta. Tenía esa típica actitud que decía *estoy muy cansada y aburrida de todo*: los codos apoyados sobre el escritorio y las manos sobre los ojos. Se los frotó, respiró profundamente y se incorporó en la silla.

—Has llegado tarde el primer día de clase, ¿se va a volver una costumbre?

Mal día: 10

Clara: -8

—No, lo siento. Me retrasé con un… proyecto cuando sonó la campana. Ha sido mi culpa, no volverá a suceder.

—¿Qué proyecto? Esta es la primera asignatura del día. De hecho, es la primera asignatura de todo el curso escolar. Todavía no hay proyectos.

—Es algo relacionado con la biblioteca. El Sr. Caywell puede confirmarlo, lo juro. Nunca llego tarde a clase. Una vez llegué tarde a Química, pero fue porque derramé sopa de fideos en mi cuaderno y quería terminar de quitar todos los fideos de la pequeña espiral metálica antes de entrar a clase. Además, no quería llenar el laboratorio de sopa de fideos.

Se hizo un silencio incómodo y justo antes de que preguntara si podía irme, volvió a suspirar.

—He impartido esta asignatura durante cuatro años. No es mucho, lo sé, pero en este tiempo he visto entrar por esa puerta a alumnos cada vez menos interesados en ella. Y ni mencionar a alumnos que permitan que la literatura entre en sus vidas y les hable directamente al corazón. Siempre me pregunto, si les pasara algo a estos libros que traigo a clase, ¿les importaría? Hoy ni siquiera te ha importado a ti y tienes la reputación de ser amante de los libros. ¿Acaso estoy haciendo algo mal?

Me miró y toda esa situación de la profesora intimidante preguntándole a la alumna que había llegado tarde si estaba haciendo algo mal, me resultó graciosa, así que me reí.

—Lo siento, sé que no es gracioso.

—Creo que es un poco gracioso —dijo y sonrió.

—Y puedo asegurarle que sí me interesa. Irónicamente no he estado prestando atención porque he estado pensando todo el rato en libros.

La miré. No sabía si se refería a la prohibición con eso de «si les pasara algo a estos libros», pero estaba segura de que lo sabía porque el correo se había enviado a todo el personal. ¿Acaso los libros prohibidos molestaban al personal del instituto? Si la censura llevaba años ocurriendo, entonces ellos eran cómplices desde hacía mucho tiempo, incluso la Srta. Croft.

Quería preguntarle por qué no hacía nada al respecto, pero ella me miraba como quien podría cazar un oso con sus propias manos, así que decidí no provocarla más.

—¿Por qué deberían interesarse? —preguntó.

—¿En los libros?

—En general. Interesarse en la vida, más allá de lo que se espera de nosotros, en cualquier cosa que no sea *panem et circenses*.

Me quedé boquiabierta, conocía esa frase en latín del libro de Lukas. Había estado pensando en ella toda la mañana.

—¿Lo has leído? —Su rostro se iluminó al ver que reconocía la cita.

—Claro que lo he leído, Lukas es mi autor favorito... —me interrumpí de pronto. Tenía tanto que decir, pero el libro estaba prohibido y, más allá de que ella fuera la profesora de Literatura Avanzada y pareciera poder cazar osos con las manos, no sabía si estaba a favor o en contra de la prohibición. Me imaginé que estaría en contra pero solo hablar acerca del libro podía ganarme una amonestación y luego la suspensión.

Nuestros ojos se encontraron y nos quedamos observándonos, preguntándonos cuánto sabría la otra. Entretejiendo teorías de interpretación y traducción de gestos. Entonces sus cejas se fruncieron como si súbitamente entendiera lo que estaba pasando.

—Un momento... —empezó a decir con un inconfundible tono de duda en la voz—. No deberías saberlo.

—¿Saber qué? —pregunté sospechosamente rápido.

Se cruzó de brazos y me miró inquisitivamente.

Todavía no habían pasado ni dos horas de clase.

# UNA LASAÑA DIFÍCIL DE PREPARAR

—Bueno, ha sido un placer hablar con usted —exclamé mientras me alejaba lentamente—. Buena suerte en eso de lograr que los alumnos se interesen. Es decir, no es que no lo hagan, pero bueno… tal vez no se interesen por nada. Por lo menos yo no llegaré tarde a la próxima clase, porque sí estoy interesada. Eso es todo, adiós.

—Clara, espera… no estoy enfadada. Es solo que no entiendo *cómo* lo sabes, sobre todo considerando que esa información debía ser confidencial.

—Porque al parecer me crie en un establo. Me he enterado esta mañana —respondí después de un largo suspiro.

Me miró sin entender.

—Leí el correo del Sr. Caywell, un poco accidentalmente y otro poco a propósito. Por favor, no puede decirle que se lo he contado o quedaré desterrada de la biblioteca.

—¿Desterrada de la biblioteca?

—Solo eso. Por favor, no le diga al Sr. Caywell que hemos tenido esta conversación. Es fundamental.

—No voy a decir nada, no te preocupes —me tranquilizó mientras meneaba la cabeza—. ¿No es totalmente ridículo? Así como si nada, sin previo aviso. El diálogo con el personal nunca ha sido genial, pero esto es simplemente poco profesional. Incluso he considerado renunciar.

—Lo mismo digo —coincidí—. Excepto que si suspendo el último año terminaré viviendo en una caja debajo de un puente.

Dejó escapar una risa compasiva.

—¿Cómo puedes tomártelo tan bien?

—¿Tomármelo bien? Estoy enfadada, confundida y no sé cómo manejarlo.

—Tu enfado es muy diferente al mío.

—Bueno, pero debería saber que justamente la prohibición fue el motivo por el cual he estado dispersa toda la clase, no podía concentrarme en otra cosa. Ya era bastante frustrante saber que prohibieron tres libros, pero lo peor es que ahora quieren añadir cincuenta más a la lista negra.

—Disculpa, ¿a qué te refieres? —Arrugó la nariz.

—Ya censuraron *Los juegos del hambre, El color púrpura* y *Las aventuras de Huckleberry Finn*. Por lo visto, eso sucedió hace años.

La Srta. Croft no emitió sonido.

—El Sr. Caywell se negaba a sacarlos de los estantes pero terminaron por desaparecer misteriosamente.

—¿Y esta vez será igual?

—Supongo que sí. Entonces, ¿en serio usted no estaba enterada de la prohibición anterior? —pregunté aliviada al enterarme de que realmente no lo sabía. ¿Sería igual con el resto del personal?

—No, no sabía nada.

—¿Qué podemos hacer entonces?

Nos quedamos un momento en silencio.

—Volvamos a hablar mañana, necesito pensar.

—Sí, yo también. —Y sin saber qué más decir, empecé a acercarme a la puerta—. Lamento haber llegado tarde, Srta. Croft. No volverá a suceder.

—No te preocupes, vamos a luchar juntas por los libros, Clara. Eres la Levi de mi Joss.

—Ellos sabrían qué hacer —afirmé y reí.

—Claro que sí. Se harían con todos los libros prohibidos antes de que desaparecieran y montarían su propia biblioteca. Eso es lo que deberías hacer. ¿Te encargas de las Bibliotecas Pequeñas, verdad? Tal vez deberías hacer algo así pero aquí, empezar una biblioteca en la oscuridad de algún armario olvidado, en alguna parte del instituto. Por lo menos, eso haría yo.

No resultó difícil que esa idea se infiltrara en mi cerebro como un vecino del enfado y otros sentimientos, que ya estaban instalados allí. Pensé en todos esos libros en mi taquilla y en que ya había hecho contrabando con libros gran parte de mi vida. Estaba más que calificada para ser una distribuidora de libros clandestina. También consideré el hecho de que, súbitamente, la profesora que podía cazar osos con sus propias manos estaba de mi lado, sugiriéndome que creara mi propia biblioteca.

# EN EL QUE APARECE LIQUI

*Las necesidades de una sociedad definen su ética.*

—Maya Angelou, *Yo sé por qué canta el pájaro enjaulado*

Mi mejor amiga, LiQui Carson, y su Gabinete de Estudiantes estaban sentados en su mesa habitual de todos los años, que se encontraba situada en «la segunda estrella a la derecha y todo recto hasta el amanecer». (Traducción: a la derecha del segundo tragaluz, otra vez hacia la derecha y contra la pared, junto a una gran pintura de un sol anaranjado, que se levantaba sobre el puente de la calle Walnut, en Chattanooga). Yo conocía al Gabinete, nos llevábamos bien, pero no éramos más que amigos de mesa en la comida y, más allá de eso, parecíamos prácticamente extraños cruzándonos en las aceras de Nueva York. Solo LiQui era mi amiga de verdad, la más cercana, tal vez la única, y solo me sentaba en esa mesa porque ella estaba allí.

Me preguntaba cómo iba a conseguir ocultarle el secreto de la prohibición, o si realmente necesitaba hacerlo. Si ella percibía la más mínima señal de que existía un secreto, me chantajearía hasta sacarme la información a la fuerza. Eso es lo que pasaba con las amistades que duraban mucho: estaban en los momentos de gloria pero también en los momentos oscuros. Yo había aprendido que, en general, cuando se trataba de poner todo en la balanza, los momentos oscuros eran más productivos que los de gloria.

Existía una pequeña posibilidad de que hoy fuera uno de esos días en el que ella estaría totalmente envuelta en conversaciones políticas y el Gabinete de Estudiantes no dejara de hablar de asuntos puramente académicos, compitiendo de forma arrogante para ver quién podía citar párrafos más largos del manual del alumno. En días así, los secretos estaban a salvo. Le recé al dios de los lunes para que fuera uno de esos días y supliqué para que el mal día me ofreciera un respiro. Antes de que pudiera terminar de acomodarme, supe que la vida me había lanzado un hueso. Me senté en mitad de un monólogo del vicepresidente del Gabinete, Scott Wieberdink (hablando de arrogancia), sobre una disputa territorial entre un instituto en Alaska y el sindicato de carniceros de la ciudad. No había suficiente espacio en el mundo para todos los nerds del Gabinete juntos.

—¡Ey! ¿Cómo estuvo el Subrayador Despertador Anual? —preguntó LiQui.

—¡Clara! ¿Cómo estuvo ese zumo de mango? —agregó Scott—. ¿Seguiste mi consejo de reemplazar las latas por cartones?

—Sí, lo hice. Y debo decir que, sorprendentemente, fue mejor —respondí.

—¡Ja! Sabía que te pasarías a mi bando —gritó Scott señalando a LiQui—. Tienes que pagar esos cinco dólares, *my friends*.

—Se dice *my friend* —corrigió LiQui y sacó la cartera del bolsillo.

—Como sea, profesora de idiomas. Iré a comprar una botella de agua para tener una excusa para pasar por la mesa de las Estrellas e impresionar a Resi Alistair.

—Ey, amigo —comentó bruscamente LiQui—, no hace falta que digas su nombre completo, ya hablamos de eso. Es realmente extraño que te refieras a ella como Resi Alistair.

—Creo que se siente bien cuando pronuncia su nombre —agregué, secretamente agradecida por la distracción mental que me ayudaba a no pensar tanto en la prohibición.

Scott le arrebató los cinco dólares de la mano a LiQui y nos señaló a todos mientras se alejaba.

—Mirad y aprended.

—Ese chico no tiene el poder adquisitivo para lograr que Resi se fije en él —insistió LiQui.

—Tiene cinco dólares. Yo me fijaría en un chico que tuviera solo un dólar si le gustaran los libros. De hecho yo…

—¿Crees que esos pantalones costaron cinco dólares? —interrumpió LiQui haciendo un gesto con la cabeza hacia donde estaba Resi—. Solo el agujero que tiene en la rodilla costó más que toda la ropa de Scott.

Una vez, Resi y yo estábamos sentadas cerca en la biblioteca y se me cayó el único lápiz que tenía debajo de su silla. Tuve que contorsionarme alrededor de ella y arrastrarme por el piso como el Hombre Araña para poder recuperarlo. Ella no solo no me ofreció ayuda, ni siquiera se movió ni me miró. Por eso no podía entender que Scott estuviera interesado en ella.

—¿Habéis oído lo que le pasó a Jack Lodenhauer la otra noche? —preguntó Avi, la tesorera del Gabinete—. La policía lo detuvo volviendo de una fiesta, estaba completamente borracho, pero el policía lo dejó ir porque conocía a su familia. Estoy segura de que la noticia ni siquiera llegó a oídos del director Walsh.

—No me sorprende —comenté, y tenía mis razones.

La madre de Jack, la señora Lodenhauer, era la presidenta del Comité Asesor de Padres de la Academia Lupton (CAPAL) y la fundadora de una organización sin fines de lucro con la que mi propia organización había considerado trabajar en algún momento (antes de que yo decidiera que los Lodenhauer eran una basura): la Comisión de Educadores para el Cambio de Chattanooga. Charles Lodenhauer, un magnate de la industria ferroviaria, era el abuelo de Jack y uno de los miembros fundadores de la Academia Lupton. Por ese motivo, uno de los edificios más importantes del instituto se llamaba «Lodenhauer Hall». La prima de la señora Lodenhauer, Rebecca Hursting, era la presidenta del Consejo de la Academia Lupton, o CAL. El consejo compartía miembros con la Fundación Offerson, la fundación que le había otorgado un subsidio a CasaLit. CAL también contaba con dos o tres miembros del comité de selección de la Beca de los Fundadores. Básicamente, si eras rico y/o tu apellido era Lodenhauer, pertenecías a un millón de consejos y comités.

Parecía evidente que el ya mencionado cabeza hueca de Jack y Emerson, su hermano menor, estaban destinados a una vida de reuniones de consejos, la parte menos envidiable de su vida. Sorprendentemente, Jack también era uno de los finalistas de la Beca de los Fundadores. No todos sabían quiénes eran los finalistas, pero él había salido en la primera plana del periódico local con el siguiente titular: «Estudiante de la Academia Lupton sigue la tradición familiar al ser nominado para la Beca de los Fundadores».

—Probablemente sea él quien gane la beca —continué—. Su madre la ganó, eso seguramente tenga algo que ver. El año pasado la ganó Camille Wimarot y ella era prácticamente Jack Lodey antes de que él mismo lo fuera.

—Guau, me había olvidado de ella. ¿Qué está haciendo ahora? —preguntó LiQui.

—La expulsaron de Yale por vender cocaína —respondí.

—Pero qué demostración ejemplar de liderazgo estudiantil.

En ese momento, Scott pasó junto a Resi abriendo la botella de agua importada que acababa de comprar. Resi levantó la vista durante un breve instante, una reacción intuitiva ante un nuevo sonido más que verdadera curiosidad.

No sé si fue porque la prohibición había sido desplazada por discusiones acerca de las Estrellas, pero se me ocurrió una idea.

—LiQui, ¿puedo robarte unos minutos para hablarte de algo, más tarde?

—Claro que sí. Bueno, siempre y cuando no sea de Mav —respondió—. Ya no quiero hablar más de él.

—No se trata de Mav.

—¡Uf, Mav! —agregó Avi.

De repente, aunque nadie quería hacerlo, todos estaban pensando en Mav, el ex de LiQui. Bueno, todos menos yo, que estaba pensando en la prohibición y en lo horrible que había sido el día por razones que todavía no podía ni traducir en palabras. Tampoco podía acallar la voz de la Srta. Croft en mi cabeza insistiéndome para que creara mi propia biblioteca comunitaria.

No podía ignorar que tenía una taquilla llena de libros.

Y definitivamente no podía ignorar lo fácil que me resultaría crear una biblioteca.

# AMIGOS CON CONTACTOS

Después de las clases, caminé por el ala administrativa de la Academia Lupton, a pesar de que lo único que quería era volver a casa. Li-Qui me había comentado que la oficina del consejo de estudiantes se encontraba por allí. A pesar de ser la mejor amiga de la presidenta del Gabinete, nunca había ido a su oficina, ¿por qué habría tenido que hacerlo? Todo lo que me molestaba de la academia lo olvidaba de inmediato en cuanto volvía a casa. El Gabinete era su reino, la biblioteca era el mío. Por ese motivo, después de cinco minutos de búsqueda, solo había encontrado las oficinas administrativas y una sofisticada máquina expendedora de bocadillos de bajas calorías.

Mi idea era debatir los primeros libros prohibidos: *Los juegos del hambre*, *El color púrpura* y *Huckleberry Finn*, y no la actual prohibición. Pensé que podría posponer la discusión acerca de la nueva censura que yo «no» sabía que existía, hablando de la anterior que ya era de «conocimiento general», por llamarlo de alguna manera. Pensé que si lograba que la presidenta del consejo de estudiantes firmara algún tipo de reclamo, tal vez así el instituto comenzaría a explicar lo que pasaba con los libros y por qué pensaban que todo en lo que yo había creído hasta ahora no era más que basura. Es decir, ¿por qué creían que era mejor que sus alumnos *no* leyeran ciertos libros?

La puerta de la oficina del consejo no estaba adornada con ninguna insignia y se encontraba en medio de otras dos oficinas, así que pasé tres veces delante de ella antes de frustrarme y empezar a espiar dentro de cada habitación. Al final, encontré a Li-Qui sentada en un escritorio detrás de una mesa de conferencias ovalada.

—Ey, política corrupta, ¿dónde están tus secuaces?

—¿Quién sabe? Probablemente ya se hayan ido. No me molesta quedarme hasta el final reparando los daños, me da una buena excusa para no ir a mi casa.

—Qué poco glorioso de tu parte.

—No está mal, en serio. No lo hago por la fama, lo hago por el cambio. Pero no has venido aquí a hablar de mí, ¿qué pasa?

Le conté lo de los libros que habían sido prohibidos secretamente y mi plan de escribir una carta respaldada por la presidenta del Gabinete de Estudiantes. Y muy pero muy cautelosamente dejé de lado la prohibición actual.

—¿Me estás diciendo que solíamos tener esos libros y ya no los tenemos?

Asentí.

—Claro que firmaré la carta. Eso es ridículo, ¿hace cuánto que pasa?

—Años, por lo que parece.

Sacó un bolígrafo y una hoja.

—Cuando se trata de quejas sobre la dirección, el proceso comienza aquí y, si yo no puedo resolverlas, las firmo y se las envío al director Walsh. A partir de ahí, él debería responder, por lo menos cuando no está demasiado ocupado librando una guerra contra la campaña de la carne.

—Lo siento, ¿qué es lo que has dicho? —pregunté confundida.

—¿Has leído el artículo de hoy del periódico escolar que dice que los alumnos deberían ayudar al personal de la cafetería a mantenerla limpia, ese que no menciona nada sobre cómo sabe la comida de Lupton?

Dije que no con la cabeza.

—Bueno, según mis fuentes, el director Walsh está escribiendo un artículo en forma de respuesta afirmando que el periódico intentó difamar al personal y que terminó poniendo en duda, erróneamente, la calidad de la carne que se sirve aquí.

—La campaña de la carne. —Me reí—. ¿Le parece bien declarar que los libros son inútiles pero luchará a muerte por la reputación de la carne de Lupton?

—Eso parece. Comencemos este incendio ahora mismo, mientras estás aquí. Estoy preparada para la pelea. ¿Qué es lo que te enfada de todo este asunto? Empecemos por ahí.

—¿Qué es lo que me enfada?

—Sí, ¿qué es lo que te lleva a escribir esta carta?

—No lo sé todavía. Simplemente... estoy enfadada.

—Está bien, pero de esa forma no hay demasiado argumento. Tienes que subir un poco el tono.

—Me enfada que puedan prohibir libros que me cambiaron la vida declarándolos sucios. Estoy enfadada y ofendida porque piensan que no puedo manejar el contenido de esos libros. Mi vida siempre ha estado marcada por la literatura. CasaLit, la biblioteca... toda mi vida. ¿Y ahora me quieren decir que eso está mal?

—Eso es. —LiQui comenzó a escribir—. No te creas que no me he dado cuenta de que no me has contado todo tu plan, ¿cuál es la parte más jugosa?

—¿Te refieres a lo que vendrá después de que el instituto se arrepienta de sus pecados? —Suspiré—. ¿La parte en la que Lukas Gebhardt y yo nos besamos sobre un montón de libros firmados y él me compra relojes muy caros?

—Eh, ¿sí? ¿Acaso te parece que no puedo manejar esa información?

# LA CARTA

*~~Estimado dictador~~*
*~~Gran Hermano de AL~~*
*~~Idiota importante~~*
*Director Walsh:*

*Le escribo porque hoy he intentado retirar un libro de la biblioteca,* El color púrpura *de Alice Walker y, para mi sorpresa, nuestra biblioteca no cuenta con él. Muchos consideran que ese libro es un clásico y, no solo eso, también material importante para que lean los alumnos del instituto.*

*Por este motivo le pregunté al bibliotecario si aceptaría un ejemplar donado de ese libro y él me respondió que no, que si lo donaba simplemente desaparecería. Cuando insistí para que me diera una explicación, mencionó que el libro había sido prohibido años atrás junto con algunos otros.*

*Lo que me gustaría saber es la razón por la cual eligieron censurar esos libros. Estoy completamente confundida e intento entender cómo encaja eso dentro de los tres principios de la Academia Lupton.*

*Espero que esto conduzca a una discusión más amplia y abierta al respecto y, posiblemente, a una solución más acertada que pueda ser aprobada por la dirección.*

*Lo saluda atentamente,*
*Clara Evans*
*Con la aprobación de LiQuiana Carson,*
*Presidenta del consejo de estudiantes*

# FALTA DE CAPACIDAD PARA AFRONTAR SITUACIONES DIFÍCILES

Mientras conducía de camino a casa, pensé en todo lo que había ocurrido durante el día. Desde el desagradable momento en que me había comportado como si me hubiera criado en un establo, pasando por la Srta. Croft, hasta el triste destino de tener que sentarme junto a Ashton Bricks en Literatura. Todo se entremezclaba formando un gran nudo en mi estómago. No debía decir nada al respecto, así que las emociones estaban atrapadas dentro de mí. Ni siquiera el queso que veía en mi futuro era suficiente para aplacar tanto dolor. No terminaba de comprender por qué ni cómo alguien podía asegurar que una historia no era apropiada para ser leída. ¿Me había perdido algo? ¿Era una broma? ¿Eran los libros ese pequeño trozo de comida entre los dientes del que nadie me había dicho nada mientras yo caminaba sonriente sin saberlo?

En cuanto llegué a casa, entré corriendo, cerré la puerta con fuerza y me dirigí directamente hacia la nevera. Necesitaba frenar la amargura rápido, así que abrí la puerta violentamente haciendo que todas las botellas de salsas y aderezos se golpearan entre sí. Tomé la salsa barbacoa, trocitos de panceta y mucho queso cheddar. Lo coloqué todo en la mesa junto a una bolsa de patatas fritas y preparé algo para comer. Maldita sea, estaba muy enfadada.

Mi madre entró a la cocina mientras yo rebanaba medio trozo de queso.

—Bienvenida a casa, cielo. Ah, ¿qué estás preparando? Tranquila con el queso, necesito un poco para la cena de esta noche y no tengo un cupón para comprar más.

Mi madre siempre hablaba con cierta cadencia poética. Tenía esa clase de voz en la que podías perderte mientras te contaba alguna historia sobre su día. Mi padre solía decirle que debería ser locutora de radio, pero esa vez su bonita voz no me sirvió de nada.

Volví a poner el queso en la bolsa y lo arrojé dentro de la nevera.

—Vaya —exclamó mi madre—. Estás actuando agresivamente con la comida. ¿Qué ha pasado?

—No lo sé todavía, simplemente estoy cabreada.

Lancé el plato de patatas fritas cubiertas con queso y panceta dentro del microondas y marqué un minuto en el reloj.

Mi madre se sentó a la mesa.

—¿Quieres que lo hablemos? Acabo de recibir la corrección número treinta del logo que diseñé para unos clientes y no quiero ver qué han dicho. Te escucho.

Hundí la mano en la bolsa de patatas fritas y rompí varias por el camino.

—Ese es el problema, todavía ni siquiera sé qué es lo que me pasa como para hablarlo. Es complicado, lo siento, no intento hacerme la misteriosa. Es todo muy reciente.

—Entiendo —señaló y tomó una patata—. Eres exactamente igual que tu padre, no puedes hablar de algo hasta que no hayas analizado cada pequeño aspecto exhaustivamente. —Meneó la cabeza—. Estoy en una casa llena de personas introspectivas.

Refunfuñando, saqué la comida del microondas. La imagen del queso burbujeando me hizo sentir un poco mejor.

—Bueno, cuando estés preparada, me lo contarás, ¿verdad? —dijo mi madre poniéndose de pie.

—Sí, lo haré —respondí con un suspiro—. Un pequeño aviso: no estaré para la cena, esta noche tengo club de lectura.

—Ah, sí, claro. Entonces quedará más comida y no tendré que comprar tanto para la cena de mañana. —Tomó su móvil y tachó algo de la lista de compras—. Tal vez podríamos ir a tomar un café juntas este fin de semana y charlar, ¿no? Tengo un...

—¿Cupón? —la interrumpí.

—Por supuesto —contestó y sonrió—. Dos por uno en café con leche con miel. Podríamos pedirlos para llevar y dar un paseo junto al río, ¿qué te parece?

—Está bien.

La abracé. Había aprendido desde pequeña que cuando mi madre te ofrecía un cupón, lo aceptabas.

Cuando mi madre salió de la cocina, devoré toda la comida. Consideré de inmediato preparar más pero descarté la posibilidad porque debía ir a otro lado a comer otro tipo de queso. Tomé mi ejemplar de *No me pisotees*, volví a subirme a mi azul y desvencijado Honda Civic y me dirigí hacia el centro de Chattanooga.

# QUESO… ¿QUÉ SORPRESA LEEREMOS AHORA?

Cuando visité Mojo Burrito por primera vez, no me había entusiasmado mucho, pero luego se mudaron a un espacio más grande con una cocina mejor y… mis aplausos para el burrito de camarones. De pronto, empecé a ir a diario, como quien va al almacén. Me hice adicta al queso que servían y lo único que me impedía poner esa chatarra en un termo y llevarlo conmigo a todas partes era… Un momento, en realidad no sería mala idea.

Lo importante es que el Mojo era como la Fuerza en *Star Wars*, podías sentir su presencia todo el tiempo, en todos lados. Si alguien pronunciaba una palabra con las letras *M, O,* o *J,* era solo cuestión de segundos antes de que apareciera un burrito en su mano.

Desde el primer día del club de lectura, siempre habíamos comido queso, ergo Queso… ¿Qué Sorpresa Leeremos Ahora? En días como ese rezaba para que ese alimento divino me ayudara a olvidarlo todo. Una especie de amnesia causada por el queso para calmar mi mente.

El grupo ya estaba allí cuando llegué y me acerqué a la mesa. Me deslicé en un asiento sin ni siquiera echar un vistazo a quienes habían asistido. El club contaba con un elenco rotativo de entre cinco y diez personas, la mayoría eran jóvenes que trabajaban como voluntarios en

CasaLit o que ayudaban con las BBPP. Sorprendentemente, casi todos iban a otros institutos (como Sean del instituto Hill City o Brittney de Chatt Valley) y me habían encontrado a través del grupo de Facebook que había comenzado en primer año, cuando necesitaba un grupo de chicos que se interesaran por los libros.

Saqué *No me pisotees* de mi mochila, lo dejé sobre la mesa y, cuando levanté la vista, Jack Lodenhauer y Ashton Bricks estaban observándome. ¿Qué hacían allí? ¿Cómo era posible que hubieran venido? No solían hacer cosas de este tipo, ¿sería un plan para burlarse de nosotros?

Esas preguntas y el solo hecho de que Jack Lodenhauer y yo estuviéramos sentados en la misma mesa me distrajeron tanto que me quedé observándolo hasta que Sean, mi compañero quesero, me dio una suave patada por debajo de la mesa para llamar mi atención.

Me espabilé y el olor a burritos con queso me trajo de vuelta al planeta Tierra. Entonces entré en pánico y empecé a hablar sin parar.

—Bueno, hola a todos, yo... Eh, lo siento. He tenido un día extraño y no parecía que fuera a terminar más. Es decir, no es que vosotros seáis extraños, solo que ha habido cosas que han sido... ¿Simplemente extrañas? Eso. Pero vamos a empezar ya. ¡Dios mío, este libro!

Me resultó raro que un Lodenhauer me estuviera escuchando hablar de un libro prohibido aunque yo supiera que no estaba enterado de la prohibición.

¿O acaso lo estaba?

Al fin y al cabo él era un Lodenhauer y ellos estaban por todos lados, siempre aguzando el oído. Jack no era la excepción, no había mucha información que se le escapara. Todo eso me llevó a un estado de mayor confusión, un desmedido y acalorado estado de pánico.

Justo cuando había transcurrido la cantidad de silencio suficiente como para que tuviera que volver a hablar, sonó mi móvil. Era LiQui. Contesté, agradecida por la distracción.

—Dadme un momento, debo atender esta llamada.

Me levanté de un salto y salí al patio.

—Ey, gracias por salvarme.

—No me lo agradezcas demasiado —respondió—. Tengo malas noticias.

—¿Malas noticias?

—Le he entregado la carta al director Walsh en cuanto te has ido y el tipo se ha abalanzado sobre mí. La última vez que lo vi moverse tan rápido fue cuando escribí una carta en broma diciendo que el Sr. Adelwise había dejado que Mav hiciera flexiones durante la hora de clase.

—¿Entonces?

—No parecía molesto, pero es el director Walsh. El tipo tiene solo un estado de ánimo: forzadamente simpático. Me respondió que «lo más prudente sería archivar las reclamaciones acerca del material vedado hasta fin de año cuando el consejo pueda revisarlos». Jamás he oído hablar de un reglamento semejante en Lupton. Algo extraño está pasando y no tiene nada que ver con la carne.

—Guau. Entonces, ¿ni siquiera ha mencionado que quisiera reunirse conmigo? —pregunté.

—Nop.

—¿Eso quiere decir que piensa ignorarme? ¿Me dirá que todo aquello en lo que yo creía es inapropiado y no vale nada, sin darme ninguna explicación? ¿Y ahora qué?

—Y ahora... No lo sé. Lo siento. Sé que es una mierda, pero esto demuestra que, más allá de lo que digan, el Gabinete se creó para servir a la administración y no a los estudiantes.

—LiQui, esto se está volviendo cada vez peor.

—Sí, multiplicado por mil. Nosotras seguimos el proceso de reclamación pero él tiene la última palabra. Es un instituto privado. ¿Sabes qué? Voy a investigar mejor. Veré si hay algo más que podamos hacer basado en alguna ley del estatuto o algo así.

—De acuerdo.

—No te rindas. Tal vez haya algún otro camino, ¿ok?

—Está bien. Gracias, Qui.

Colgué y volví a la mesa. Entre Jack, Ashton y el hecho de que había sido literariamente ignorada por Lupton, me costó encontrar las palabras para seguir con el club. Y yo que pensaba que la llamada de LiQui sería una buena distracción. Abrí mi ejemplar de *NMP*.

—Bueno, ¿cuántos de vosotros habéis podido leer los primeros capítulos?

Todo menos Jack y Ashton levantaron la mano.

—Está bien, no hay problema… —exclamé señalando a los dos incumplidores—. Lo que solemos hacer es leer el libro de antemano y luego discutimos sus características, es decir, si es bueno o es basura. Siempre intentamos encontrar algo positivo que nos haya gustado, aunque odiemos el libro. ¿Se entiende?

Jack no respondió pero Ashton asintió.

—Genial.

—Bueno, el libro del que hablaremos esta noche es *No me pisotees*, el título más reciente de mi autor favorito. ¿Alguien tiene alguna idea o alguna opinión urgente que quiera compartir?

Sean tomó la palabra y nos guio en una discusión sobre el tema de *panem et circenses*, lo que Lukas estaba intentando expresar con esa frase y cómo se reflejaba en cada personaje. En Levi, con su constante rebelión en contra de cualquier tipo de entretenimiento. En Joss, con su relajada forma de tomárselo con calma y no rechazar todo solo porque le brindara un poco de placer, pero que, finalmente, había llevado eso demasiado lejos.

Mientras Sean hablaba, Jack no dejaba de hacerle comentarios por lo bajo a Ashton, que se reía de cada uno de ellos. No lograba darme cuenta de si la risa de Ashton era por inercia o si realmente creía que Jack era gracioso. De cualquier modo, después de un millón de risitas por lo bajo, la olla a presión que había sido mi día terminó por explotar.

—Bueno, basta... ¿Por qué estáis aquí? —los increpé—. Es decir, si todo lo que vais a hacer es burlaros de nuestra conversación, ¿qué sentido tiene que hayáis venido?

Jack rio como si no supiera hacer otra cosa, pero Ashton abrió los ojos, arrepentido.

—No estábamos... quiero decir, no hemos venido para...

Miré a Jack, que seguía en silencio. Su expresión era tensa y algo amargada.

—Lo que sea —balbuceó poniéndose de pie—. Os creéis muy inteligentes con vuestros libros y vuestro club de lectura, cuando en realidad solo estáis perdiendo el tiempo.

Varios de los presentes se molestaron y empezaron a discutir, pero yo levanté la mano llamando al silencio.

—Entonces deberías sentirte muy cómodo entre nosotros.

—Jack, colega, por favor... —intervino Ashton—. Tenemos que...

—Vámonos de aquí, hombre. No necesitamos estas estupideces, esto no es lo que yo esperaba. Además todo el mundo está en la piscina de Resi divirtiéndose. Vámonos de una vez.

Estaba casi segura de que Ashton me lanzó una de esas miradas que dicen *lo siento* antes de ponerse de pie en silencio y seguir a Jack hacia la puerta. Los observé mientras se alejaban, preguntándome qué habría querido decir Jack con eso de: «esto no es lo que yo esperaba». ¿Cómo esperaba que fuera? ¿Cómo se había enterado de la existencia de Queso?

—Bueno... te has comportado como una chica mala, Clara —indicó Sean con admiración.

—Que no se metan con Levi y con Joss —exclamé después de tomar una gran bocanada de aire—. Este libro me ha sacudido. Ahora... ¿dónde estábamos?

—Brittney estaba hablando de la imagen que tiene Lukas de cómo sería no vivir como basura de circo.

Todos nos echamos a reír.

—¿Basura de circo? ¿Esas han sido sus palabras exactas? —pregunté.

—Es decir... —Sean se encogió de hombros—. Algo así.

—Está bien, entonces... retomémoslo desde ahí, teniendo en cuenta que acabamos de sacar la basura de circo de nuestro propio club. Por otro lado, antes de que me olvide, para nuestra próxima reunión leeremos uno de mis favoritos: *Las ventajas de ser un marginado*.

Una ronda de afirmaciones entusiastas resonó a través de la mesa, aunque no pude apreciarlas tanto por la amargura que me generaban las injusticias de Jack y Ashton. Ya estaba harta de las Estrellas. Por suerte, un año más y ya no tendría que volver a ver a ninguno de ellos.

# EL SR. WALSH

*DIEZ MENTIRAS MÁS QUE TE DICEN EN EL INSTITUTO*

*1. Usaréis las Matemáticas cuando seáis adultos.*

*2. Ir al instituto en coche es un privilegio que te pueden quitar.*

*(...)*

*10. Queremos escuchar lo que tienes que decir.*

—Laurie Halse Anderson, *¡Habla!*

El pan tostado se me cayó al suelo y me cepillé los dientes con el cepillo equivocado. Era una de esas mañanas caóticas que se convertirían en un día caótico en cuanto llegué al instituto. No podía dejar de estar enfadada con Lupton, con el director Walsh, con las Estrellas. Con todo. Podía sentir la bronca enturbiándome la sangre como un fuego chispeante, desde la espalda hasta la punta de los pies.

Me hallaba camino a la biblioteca para empezar a organizar la sala de procesamiento cuando pasé por delante de la oficina del director Walsh. Justo en ese momento, la puerta que daba a todas las oficinas administrativas se abrió y apareció él, la persona a la que menos quería ver en ese momento.

—Buenos días, Clara Evans. ¿Por qué está aquí tan temprano? —preguntó el hombre monstruoso.

—¿Por qué? —repetí.

—Sí, eso ha sido lo que le he preguntado.

No había tomado el café de la mañana, todavía no estaba del todo despierta y seguía enfadada por el ridículo rechazo a mi protocolar carta de reclamación.

—¿Por qué descartó mi carta sin ni siquiera buscar un espacio de diálogo? ¿Qué sentido tiene que exista un proceso de reclamaciones si va a ignorarlo?

—¿La carta? —preguntó verdaderamente confundido.

¿En serio la había olvidado tan rápido?

—La carta sobre los libros prohibidos.

—Ah, cierto. Bueno, debo admitir que, al ser un hombre ocupado, se me pasan algunas cosas, como dar respuesta sobre nuestra postura con respecto al material vedado. La presidenta del consejo de estudiantes se encargará de eso mejor que yo. Para eso está.

Me quedé observándolo en silencio y él sonrió.

—Puedo asegurarle que sus pensamientos y sus motivos han sido tomados en cuenta. Pero es preciso recordarle que esta es una institución privada, enfocada en brindarle la mejor educación posible, y usted debería confiar en que la administración cumple con su trabajo.

—¿Por qué quitó esos libros de la biblioteca? —pregunté sin rodeos—. ¿Por qué le parece que son sucios?

—¿Sucios? Señorita Evans, creo que se está tomando esto de forma demasiado personal. Recuerde nuestros principios fundamentales: concentración, conocimiento e impacto. Tomamos nuestras decisiones en base a esos tres principios sin excepción. Le pido por favor que transite este camino con más cuidado. Para serle sincero, su tono suena más bien inaceptable y poco respetuoso. No quisiera que este asunto se convirtiera en una mancha en su expediente y en el amplio orgullo local de la Academia Lupton.

Tenía serios problemas con esa afirmación:

A. ¿Qué dialecto estaba intentando usar? ¿Sureño posvictoriano?

B. ¿«Mancha en el amplio orgullo local de la Academia Lupton»? Eso ni siquiera existe.

C. ¿Qué estaba intentando decir?

—Sr. Walsh, yo entiendo que…

—Ah, ah. *Director* Walsh.

—Director Walsh… lo que yo creo es que esos libros se basan en los mismos tres principios. Sé que es así, sobre todo en el conocimiento y el impacto. Cuando yo…

—No hay nada más que discutir, señorita Evans. Ahora, por favor, siga con sus tareas. Ambos tenemos cosas que hacer y no vale la pena perder el tiempo con esto.

Mi mente pasó por todo tipo de estados de ánimo: todos lejanos a la felicidad, ninguno mínimamente agradable.

—Director Walsh, no me está escuchando, yo soy la prueba viviente de que los libros de los que usted se quiere deshacer son…

—Clara, su responsabilidad como estudiante es acatar la sabiduría y las reglas de la dirección destacadas en el manual, que usted misma aceptó al firmar su contrato como alumna. Este instituto tiene no solo el derecho sino también la obligación y el honor divino de actuar como los responsables legales del alumnado para asegurar su bienestar y crecimiento personal. Como figura en la constitución, como dicta la ley *in loco parentis*, también conocida como «en lugar de los padres». Su argumento no se sostiene aquí.

Me quedé mirándolo.

¿Por qué lo miraba?

Por la asquerosa sensación de odio hacia él que me invadía en ese momento. Ni siquiera me había dejado terminar de exponer mi argumento, ¿cómo podía saber que no se sostenía?

—¿Qué quiere que haga por usted, señorita Evans? —me preguntó impaciente y se cruzó de brazos—. Usted es una alumna, no parte de la administración, y francamente no creo que una estudiante pueda entender la complejidad de la creación de políticas y reglamentos relacionados con el bienestar general de la comunidad. Usted está enfadada, puedo verlo, y eso es porque se está tomando un asunto general de forma demasiado personal. Creemos que parte del material de lectura no es beneficioso para el crecimiento de nuestros alumnos. Está dentro de nuestro derecho vedar dicho material y estamos haciendo lo que es mejor para todos. No puedo apaciguar su ira ni es mi deber hacerlo en asuntos como este.

No pensé que un idiota con una deteriorada mente de dictador podría entender la simpleza de no ser un idiota.

—No creo que esa afirmación sea justa —sostuve con firmeza—. Tampoco creo que sea correcto que esté más interesado en la campaña de defensa de la carne de Lupton que en este asunto, Sr. Walsh.

—Director.

Mi ira se disparó.

—No estoy de acuerdo, Sr. Walsh. Lo siento.

—Director Walsh.

—Sea como sea, no estoy de acuerdo.

—No tiene importancia y francamente debo decirle que su actitud frente a la autoridad es algo inmadura. Considere esto como una advertencia, señorita Evans. Cambie su actitud, su desviación solo terminará perjudicándola a usted a largo plazo.

—¿Mi desviación?

—*Ciao*, señorita Evans.

Apreté los puños con fuerza y presioné la lengua con los dientes.

Iba a demostrarle lo personal que era ese asunto.

Iba a demostrarle que tenía razón.

Baño.

Pensar qué harían Levi y Joss.

Biblioteca.

Llevar una pila de libros de la taquilla al coche.

Literatura Avanzada.

Recordar la discusión con el Sr. Walsh.

Pensar en rebelarme contra el Sr. Walsh.

Decidir no hablarle a la Srta. Croft acerca de la discusión.

Pensar qué harían Levi y Joss.

Llevar libros al coche.

Baño.

Clase.

Frustración acumulada.

Pensar qué harían Levi y Joss.

Considerar seriamente comprar cinco kilos de comida en el Mercado de comida orgánica.

Comida en la cafetería.

Evitar contarle a LiQui mi discusión con el Sr. Walsh.

LiQui me hace llorar de risa contándome un sueño en el que Jack Lodey era golfista profesional.

Llevar libros al coche.

Clase, clase y más clase.

Pensar qué harían Levi y Joss.

Hora libre (es decir, llevar libros al coche).

# MI ESTILO

*Es extraño. Pero a veces, cuando leo un libro, creo que soy las personas de ese libro.*

—Stephen Chbosky, *Las ventajas de ser un marginado*

Cuando entré a mi casa con una enorme mochila llena de libros colgada en la espalda, era tan propio de mí que mi madre ni siquiera lo notó. Con un enérgico «¡Hola, mamá!» y un para nada sospechoso «¡Hola, Clara!» en forma de respuesta...

La biblioteca clandestina había comenzado.

# TÁCTICAS DEL MERCADO NEGRO Y SU PRÁCTICA ADECUADA

*Antes de que pudiera dudar, supe que esa cueva estaba destinada a algo importante: una biblioteca de verdad, nada abandonado, nada olvidado, nada prohibido. Nada fuera de los límites y todo permitido. Había sido llamado para trabajar en la recolección de palabras, como antes lo había hecho en los campos de cultivo, sin importar si eran de mi agrado. Platón, Newton, Rowling, L'Engle, San Pablo de Tarso, todos juntos en un solo lugar.*
*De repente, Joss y yo éramos más que dos fugitivos de guerra, éramos trabajadores de la unidad.*

—Lukas Gebhardt, *No me pisotees*

Táctica uno: Ubicar la ya mencionada entidad ilegal lo más cerca del enemigo que sea posible.

Una vez escuché la historia de unas personas que cultivaban marihuana en el centro de la ciudad, tan solo a media manzana del departamento de policía. Me pareció una genialidad y aunque no iba a cultivar marihuana en el mantillo del jardín del instituto (no quería empezar una guerra territorial con Jack Lodenhauer), supe que era una buena táctica que incorporar. De hecho, la policía no se enteró de la existencia de ese distribuidor de maría hasta mucho tiempo después de que toda la operación ya hubiera terminado. Esa era la respuesta: ser distribuidora de libros. Clara había vuelto al contrabando literario.

A la mañana siguiente llegué temprano a clase con el asiento trasero del coche lleno de libros que no podían identificarse. Entré al instituto con calma y cautela, asegurándome de que nadie me estuviera mirando mientras descargaba todo el contenido de la mochila en mi taquilla vacía. Estaba llevando todos los libros que me había llevado a casa el día anterior y creando mi propia biblioteca. La taquilla era como la antigua mina de Levi y Joss. Esto es lo que ellos mismos habrían hecho, lo que habría hecho la Srta. Croft, lo que el Sr. Walsh merecía. La forma de demostrarle al director que los libros de los que quería privarnos no eran basura.

Había ideado todo un sistema de etiquetado, lo cual era importante porque tenía que disfrazar las portadas de los libros. Había quitado todas las sobrecubiertas con los códigos de barras visibles de la biblioteca de Lupton, para remplazarlas por cubiertas blancas hechas de papel de envolver. De esa forma, si alguien tenía uno en su mochila o lo llevaba en la mano descuidadamente, no se verían la cubierta ni el lomo del libro.

En vez de escribir el título en el lomo, solo escribí letras de identificación para poder ubicar el libro mirando una lista en un documento de Excel que llevaba en mi teléfono móvil. Por ejemplo: El primer ejemplar de *El color púrpura* era A, el segundo ejemplar era B, *Eleanor & Park* era CC y así respectivamente. (Tuve que repetir letras porque tenía más de veintiséis libros).

Las cubiertas blancas servirían, en realidad, para juntar pruebas. Quería reunir frases acerca de los libros prohibidos escritas por las personas que los habían leído. Especialmente *La casa de ventanas de madera, El guardián entre el centeno, ¡Habla!, Las ventajas de ser un marginado* y *No me pisotees*. Quería conseguir la mayor cantidad de frases que fuera posible. Era como una petición, pero, en vez de firmas juntaría frases que demostraran que esos libros eran tan importantes como yo creía, que marcaban la diferencia y que no estaba loca. Entonces el Sr. Walsh podría ver lo fundamentales que eran y cambiaría de opinión.

En el tercer viaje, entré por la puerta del lateral del instituto con los últimos libros que quedaban, como había hecho con los demás, pero esta vez me crucé con mi peor enemigo, el idiota más grande que había conocido: el Sr. Walsh. Caminó hacia mí con su habitual paso apresurado, vaya a saber uno apresurado por llegar a dónde.

Disminuyó la velocidad para interceptarme.

—Clara Evans —exclamó más simpático que nunca—. ¿Por qué? ¿Por qué ha llegado tan temprano?

# CÓMO MANEJAR ENCUENTROS CON LA AUTORIDAD DURANTE EL CONTRABANDO (TÁCTICA DOS)

Táctica dos: Camina como si no llevaras contrabando.

Eso era lo que me repetía una y otra vez cuando vi al Sr. Walsh, incluso cuando levantó la cabeza y me miró a los ojos.

Quería responderle: *Porque está prohibiendo libros, porque no escuchó ni una palabra de mi argumento, porque estos libros no son basura*, pero, dejando mi enfado de lado, caminé hasta él con la cabeza en alto. Yo era Levi, yo era Joss. Podía sentir la excusa bajando por mi cuerpo hasta llegar a mis alpargatas verdes y violetas de imitación. Sin embargo, no estaba totalmente segura de qué decir y no importa lo decidida que camines si no puedes dar una buena razón para evitar que te suspendan.

—La biblioteca —contesté finalmente—, voy a la biblioteca. Ya sabe, soy voluntaria allí. He venido temprano para seguir con mi trabajo de voluntariado. Debo ayudar al Sr. Caywell a organizar la sala de procesamiento. Eso es lo que haremos hoy, si no me equivoco. Es lo único que haremos, trabajo de biblioteca.

Ahora me doy cuenta de que podría haber dicho solo la primera frase y actuar como si no ocurriera nada. Pero el pánico mezclado con *quiero pegarle a esta persona con un palo* y el hecho de que no hubiera tomado el café de la mañana hicieron que mi mente entrara en cortocircuito.

El Sr. Walsh sonrió y extendió su brazo como si fuera a darme una palmada para llamarme «campeona» e invitarme a ir de caza con sus amigos.

—¡Ajá! Yo también suelo disfrutar de un momento a solas con los libros por la mañana. Prosiga, Clara Evans, por favor.

Él retomó su típico paso apresurado y yo me alejé en la dirección contraria, asombrada ante su habilidad para olvidar cosas importantes.

# CUANDO LLEGAN LOS PROBLEMAS, INVOLUCRA A TUS AMIGOS Y ASEGÚRALES QUE TODO SALDRÁ BIEN (TÁCTICA TRES)

Me quedé sin sitio en las taquillas. Creía haber calculado el espacio perfectamente pero pronto descubrí que, si quería tener un poco de espacio libre como para meter y sacar libros rápidamente, no sería suficiente.

Antes, había abarrotado la taquilla de LiQui y la mía hasta el borde, amontonando libros sin dejar nada de espacio libre, pero eso no funcionaría para una biblioteca. No podía pasar la mitad del tiempo que me llevaba entregar un libro luchando para sacarlo de la taquilla. No podía perder el tiempo acomodando libros para poder ver las letras de identificación, tenía que ser una transacción rápida, veloz. Entregar y recibir. Así que estaba estancada, de pie en mitad del pasillo con una pesada mochila colgando de los hombros y no podía llevar la carga de vuelta al coche. *Yo sé por qué canta el pájaro enjaulado* de Maya Angelou, *Rebelión en la granja* de George Orwell, etcétera. Eran clásicos prohibidos.

Ya había llenado la taquilla de LiQui y no tenía ni la menor idea de qué hacer con los libros restantes. Lo que sí sabía era que en cualquier momento el Sr. Walsh podía aparecer inesperadamente, dispuesto a terminar con mi biblioteca antes de que pudiera empezar.

A continuación y de la nada, apareció Ashton Bricks, los pulgares debajo de las tiras de la mochila, y se quedó observándome con su sonrisa, tonta, extraña, molesta y estúpida.

—¿Qué? —pregunté.

—Lo que sea que estés tramando, no. No quiero formar parte de ello —replicó como si fuéramos amigos desde siempre. Como si hubiéramos pasado tiempo juntos durante todo el instituto.

—¿Quién dice que estoy tramando algo? —increpé, molesta.

—Estás de pie delante de mi taquilla con una pesada mochila y con aspecto de haber tomado LSD o algo así.

—Puede ser.

Me lanzó una de esas miradas que quieren decir: *¿en serio?*

Me hice a un lado para dejarlo pasar y él se quitó la mochila de los hombros.

—Mira, yo... lamento la actitud de Jack de la otra noche. No pensé que... Creímos que ir al club de lectura sería una buena idea.

—Tu amigo se comportó como un imbécil de primera clase —afirmé.

—Lo sé —exclamó—. No hace falta que seas tan agresiva conmigo, sé la primera impresión que causa Jack.

¿La primera impresión que causaba Jack? ¿Y qué hay de la que causaban todos ellos?

—¿Por qué estás hablando conmigo?

—Ok, ¿acaso te hice algo? —preguntó tomando distancia—. Te has comportado conmigo como una perra de segunda clase desde que comenzaron las clases.

—Las clases comenzaron el lunes.

—¿Y?

—Y... ¿por qué te importa? Ni siquiera me conoces. Hemos estado sentados uno al lado del otro un total de cien minutos.

Lanzó un suspiro y luego abrió su taquilla. Yo, comportándome como la peor persona del mundo, observé todo el espacio vacío que tenía. Lo único que había allí era una pelota de goma y una copia de la primera temporada de *Las amas de casa de Nueva Jersey*. LiQui adoraba ese programa.

Quería gruñir, por supuesto que Ashton tendría una taquilla vacía. No podía ser de otra manera.

Se dio la vuelta y me encontró observando inapropiadamente el vacío que había ahí adentro. Miró mi mochila llena y luego desvió la vista hacia su taquilla.

Tomó la pelota de goma y el DVD y los metió en su mochila.

—Ahí tienes —anunció señalando la taquilla.

—¿Ahí tienes?

—Puedo hacer que la pelota que tengo de mascota duerma en otro lado. Además la última vez que vi a alguien tan desesperado por algo fue cuando Resi creyó que podría salir con Jack.

—¿Creyó?

—¿Quieres mi taquilla o no? De todos modos siempre guardo mis cosas en la de Jack, que queda mucho más cerca de todo.

—¿Cuál es la trampa? —pregunté entrecerrando los ojos desconfiada—. Ni siquiera sabes qué haría con ella.

—Clara, eres la persona más paranoica que he conocido. —Rio divertido.

—No soy paranoica y ni siquiera me conoces.

Extendió la mano y yo la miré. Luego acortó la distancia que nos separaba y tomó la mía.

—Soy Ashton, es un placer conocerte, Clara. «El placer es mío, Ashton. No eres como creía que serías».

Estaba tan confundida que no supe qué decir.

—Bueno, da igual —concluyó—. Usa mi taquilla, la combinación es 621. Te veré en Literatura Avanzada. Tal vez para entonces puedas comprender que no estoy intentando robarte el dinero de la comida.

Dio media vuelta y se fue dejando la puerta de su taquilla abierta. Lo observé alejarse con paso arrogante como el de un deportista, aunque, de algún modo, ahora podía ver en él algo distinto. Era una especie de confianza mezclada con un dejo de: *no sé si soy tan seguro de mí mismo como parece.*

Enseguida apareció LiQui y me llamó la atención golpeando la taquilla que estaba a mi lado.

—¿No estarás mirando a Ashton Bricks como si fueras a devorarlo, verdad?

Volví bruscamente de mis pensamientos y me giré para mirarla.

—¿Qué? No, no, no, no, no. Ja. No. Nop.

—Más de tres «noes» es un sí.

—No —repetí estirando las manos—. Hemos tenido la conversación más... extraña del mundo. Jack y él vinieron a Queso el lunes por la noche. Y ahora, lo más extraño de todo: ¿de verdad está intentando hablar conmigo?

—La gente tiene permitido hacer eso, ¿lo sabías? —bromeó LiQui encogiéndose de hombros—. Pasa en todo el mundo.

—No, lo que quiero decir es que... él es una Estrella.

—Sé lo que es. Yo soy política y *hablo* contigo.

—Ah, pero eso no cuenta —comenté, desautorizándola con un ademán.

—Tal vez debería dejar de hablarte, entonces veríamos si cuenta o no.

—¿De qué lado estás, LiQui?

Levantó las manos como pidiéndome que me tranquilizara.

—Solo quiero decir que te calmes. La gente puede hablarte aunque no te caiga bien, no seas una de esas personas que odian a los que odian a los demás.

—¿Y eso qué significa?

—Piénsalo. Eres muy inteligente, lo entenderás.

Respiré profundamente reiniciando mi cerebro y calmándome.

—Si dejas de hablarme te cortaré el suministro de té —advertí mientras abría la taquilla de Ashton y metía más cubiertas blancas—.

No más tazas humeantes de té energizante de limón en la sala de procesamiento.

—He estado bebiendo té relajante de manzanilla, de todos modos. Cambiando de tema, ¿antes has mencionado que el dúo más popular de amigos para siempre estuvo en Queso?

—Sí, pero no se quedaron. Como que... me volví loca.

LiQui abrió los ojos de par en par.

—Ya no sé cómo ayudarte. ¿Qué es todo este asunto? —me preguntó señalando la taquilla.

—Es solo un proyecto.

—Clara, ¿qué tipo de contrabando estás escondiendo aquí?

—¿Por qué desconfías tanto de mi carne?

Me quitó el libro que tenía en la mano y lo inspeccionó.

—Estás montando una biblioteca clandestina, ¿no es así? —preguntó.

—No —respondí, pero no pude evitar sonreír.

—Tienes un gran par de ovarios, ¿sabías? —afirmó riendo y meneando la cabeza—. Por otro lado, «desconfías de nuestra carne» será, sin duda, la frase que escribiré en los anuarios de toda la clase. Ahora, mira esto. —Sacó una gran pila de papeles y la agitó frente a mí. Su sonrisa me hizo pensar que se había quedado toda la noche en vela y encontrado un vacío legal en la Constitución de los Estados Unidos.

—¿Papeles? —pregunté.

—Mucha información acerca de leyes contractuales. —Lo dijo como si yo debiera estar tan entusiasmada como ella al respecto. Pero para mí era como si estuviera hablando en chino.

»Clari, ¿sabes qué es esto?

—Qui, ¿acaso alguien lo sabe?

—Claro que sí, cada uno de los alumnos de este instituto firmó un *contrato* que aquí funciona como *la ley*. ¿O me vas a decir que no lo sabías?

—¿Qué harás con esa pila de contratos? —pregunté frotándome las sienes.

—Leerla para ver si contiene algo que incorpore las responsabilidades de la administración. Porque nuestro manual no menciona nada, y los contratos del cuerpo docente y del personal no están al alcance de los estudiantes. Pero se me ocurrió que tal vez pueda intuir algo leyendo qué sistemas (si es que hay alguno) existen dentro de las leyes contractuales.

—Eres muy especial, Qui —repuse—. Gracias. Sé que en parte lo haces de forma automática porque te encantan estos asuntos legales, pero gracias de todos modos.

Se encogió de hombros y luego señaló la taquilla de Ashton.

—Lo hago para colaborar con la revolución.

Tomé uno de los libros de cubierta blanca, *Las ventajas,* y se lo entregué.

—¿Es el próximo que leeréis en Queso?

—Quizás, no me conoces tan bien.

—¿Sigues avergonzándome para que me una al club?

—Solo digo que hasta Jack y Ashton vendrán. Ya no tienes excusa.

Tomó el libro y lo metió dentro de su mochila.

—Nada como lograr que tus amigas asocien la literatura con la culpa.

—Es la única forma —señalé.

—Nos vemos en la comida. —Rio mientras se alejaba.

Mi año no había empezado bien, mis sentimientos eran un caos y estaba montando un submundo de libros prohibidos. Todo parecía muy complicado, pero ser amiga de LiQui era fácil. Sabía muy bien que era una de las pocas cosas que me impedía convertirme en un desastre completo y sentarme en un rincón a comer un envase entero de queso.

## ¿QUÉ PODRÍA PASAR EN DES MOINES, IOWA?

En mi primera victoria del año escolar, las taquillas estaban llenas antes de que sonara la campana.

Llegué a la clase de Literatura Avanzada con una actitud astuta, escurridiza y probablemente similar a la de una delincuente, pero no me importó. Me había reivindicado y tenía mi sistema a prueba del Sr. Walsh, así que no había nada que él pudiera hacer.

Había esperado encontrarme con algo relacionado con *Sus ojos* en la pizarra pero, en su lugar, leí las palabras *Tinker versus Des Moines* escritas en grandes letras. Y resultaba lógico, pues *Sus ojos* ya no era un libro apropiado, era menos valioso que hacer respetar la carne que servía el instituto.

Desde su asiento, la Srta. Croft miraba cómo los alumnos iban entrando al aula. Observaba a cada uno pero, cuando me vio, esbozó una vaga sonrisa que sugería: *Qué bien que hayas llegado a tiempo*, como había hecho todas las clases desde que me retrasé la primera vez. Eso me hizo reír y sentirme culpable al mismo tiempo: algo que ya parecía ser lo normal con la Srta. Croft.

Cuando ya nos habíamos acomodado todos, se puso de pie y caminó silenciosamente hacia donde se encontraban Ashton y Jack. Se acercó a Ashton y señaló el grueso brazalete blanco que tenía en la muñeca, donde se leía «No es la igualdad de tus ancestros».

—Ese brazalete es de una campaña por la igualdad de derechos, ¿no es así?

Ashton asintió algo confundido, sin entender por qué se dirigía a él en medio de la clase cuando lo máximo que le había dicho alguna vez era: «Ashton, ¿cuál crees que es la respuesta?».

—Entonces tendré que pedirte que te lo quites. No queremos protestas de asuntos sociales dentro de la institución. No es el lugar apropiado. —Y extendió la mano.

Ashton la observaba cada vez más confundido.

—Quítatelo por favor —exigió con una voz cada vez más firme y despiadada, rozando la frialdad y la crueldad.

Ashton se lo quitó sin hacer preguntas y lo colocó en la mano de la profesora.

Toda la clase sintió cómo cambiaba el ambiente mientras él le entregaba el brazalete, pero nadie supo de qué trataba ese cambio. Todos se removieron inquietos en sus asientos, intentando liberar su ansiedad como una olla de agua hirviendo. Había un clima muy extraño en el aire que nunca había estado antes ahí, una inesperada sensación de incomodidad en la nuca de todos. Yo descubrí que estaba enfadada, pero otra vez no sabía por qué. Era como si se hubiera producido una grieta, una traición del tiempo y del espacio.

La Srta. Croft percibió la inquietud, me di cuenta por los largos pasos que dio hacia el frente de la clase como dándoles tiempo a los alumnos a apuñalarla por la espalda. Dejó el brazalete sobre el escritorio, justo en el medio, para que todos lo pudieran ver, y luego se volvió hacia nosotros.

—¡Buenos días! —exclamó sorprendentemente animada.

Nadie respondió al saludo, el descontento crecía como las flores silvestres en el campo. El clima era estático pero a la vez ensordecedor. El silencio relataba una historia de opiniones que se formaban y de frustraciones que iban agrandándose.

Entonces la profesora se apoyó sobre el escritorio y cambió el tono de voz.

—Está bien, empezaré yo: estoy enfadada. Una de las razones por las cuales estoy enfadada es porque me han obligado a cambiar el programa completo de esta asignatura. Por eso he pensado que sería el momento perfecto para revisar partes de nuestra historia que considero que, todo aquel que esté interesado en los libros, debe conocer. ¿Quién sabe algo acerca de *Tinker vs Des Moines*?

Una vez más, nadie respondió.

—¿Nadie?

Silencio.

—En 1965, un grupo de estudiantes tuvo la idea de usar brazaletes negros como una protesta silenciosa contra la guerra de Vietnam. Cuando el director del instituto se enteró, advirtió a los jóvenes de que, si lo hacían, los suspendería. Ellos usaron los brazaletes de todas formas y adivinad qué pasó: los suspendieron. Los padres de los estudiantes estaban indignados y, con razón, demandaron al instituto por violar la libertad de expresión. Después de perder en la corte del distrito y en el tribunal de apelación, llevaron el caso al Tribunal Supremo. Todo esto tuvo lugar en un instituto público, por supuesto. Los establecimientos privados no están obligados a respetar las reglas de la educación pública, pero el principio tiene vigencia en todos lados. Tenemos la libertad de protestar, no hay nada más típicamente nuestro que una protesta. ¿El motín del té de 1773? Protesta. ¿El discurso de Martin Luther King de «Yo tengo un sueño»? Protesta. ¿El desfile por el sufragio femenino de 1913? Protesta. Todas estas protestas rechazaron el *statu quo* y tuvieron muchos opositores, que acusaron a sus creadores de ridículos. Para la mayoría, es fácil mirar hacia atrás y alabar a aquellos que lucharon por los derechos de los demás. Las protestas de la historia son mucho más fáciles de aceptar que las del presente. La historia no nos exige nada, ni siquiera es necesario que sepamos lo que pasó. Pero ¿el presente?, lo requiere todo de nosotros.

A continuación, nos miró a todos y luego miró el brazalete. Lo tomó, caminó hacia Ashton y extendió la mano para devolvérselo. Él quiso aceptarlo pero, al hacerlo, la Srta. Croft no lo soltó de inmediato.

—La próxima vez —aconsejó remarcando cada palabra con seriedad—, cuestionad, protestad. No aceptéis las cosas sin decir nada. El tiempo no cambia las cosas, las personas lo hacen. El tiempo se adapta.

La profesora volvió al frente de la clase. Todos entendimos lo que había ocurrido, por qué le había quitado el brazalete y que habíamos sido cómplices al no hacer nada. Su ejemplo había quedado claro.

—La próxima vez —advirtió apoyándose sobre el borde del escritorio—, en lugar de quedaros sentados clavándome puñales por la espalda, haced algo, decid algo. Y no me refiero a una publicación en un blog o en cualquiera de las redes sociales, que conseguirá más «me gusta» que soluciones. Si no os dais cuenta de la importancia de las libertades que nos han dado y las responsabilidades que traen consigo, entonces nunca sabréis lo que es realmente la libertad. —Me miró como si yo necesitara más persuasión—. Durante las próximas clases, discutiremos casos judiciales directamente relacionados con la censura y la libertad de expresión, empezando por *Tinker vs Des Moines*. Los deberes para este y los demás casos que discutamos serán ensayos donde se señalen los argumentos de cada una de las partes. ¿Queda claro?

No se conformó con los vagos gestos de afirmación de la clase, así que preguntó de nuevo:

—Necesito escucharos, ¿está claro?

Unos cuantos «síes» pronunciados con firmeza resonaron a través del aula.

Observé a la Srta. Croft más que impresionada por cómo había decidido enfrentarse al Sr. Walsh y me sentí orgullosa de haber seguido su consejo de crear una nueva biblioteca, aunque ella aún no lo supiera. Ambas estábamos luchando contra Lupton. No estaba sola.

# POR LO VISTO, TODOS SOMOS MIEMBROS DEL CLUB DE LECTORES DE JEFF GOLDBLUM

Estaba colocando libros en los estantes de la biblioteca durante mi hora libre cuando apareció LiQui.

—Hola —saludé.

Levantó el libro de cubierta blanca que le había dado un rato antes y luego señaló el rincón más apartado de la biblioteca: un espacio oculto detrás de una estantería donde nadie podía vernos. Un lugar catalogado en todas las guías turísticas como uno de los Diez Espacios Más Frecuentados por Parejas para Besarse.

Eché un vistazo al Sr. Caywell, que estaba muy ocupado escribiendo en su ordenador, y luego la seguí hacia el rincón.

—Mira esto —murmuró LiQui mientras me alcanzaba su móvil. Lo aferré y empecé a leer—. Walsh lo envió al Gabinete después de que habláramos esta mañana. Es el nuevo manual del alumno. Adivina lo que dice.

—No me lo puedo creer. ¿Este es el anuncio? —pregunté.

—Es más bien una apuesta de que nadie leerá sesenta páginas de actualizaciones de reglamentos estudiantiles. ¿Te das cuenta cómo lo han hecho?

En realidad, no podía ver cómo lo habían hecho, lo cual parecía ser justamente la idea.

—No quiero mentirte, LiQui, no sé de qué debo darme cuenta.

—¿No lo ves? Lograrán exactamente lo que querían.

Me concentré atentamente en el texto y encontré una pequeña sección debajo de las reglas, que advertía:

*Los estudiantes deben estar al tanto de que hay varios ejemplos de material audiovisual vedado dentro del instituto, incluyendo libros como* El libro de cocina del anarquista. *Como en todos los casos de infracción de los reglamentos escolares, poseer dicho material dentro de las instalaciones de Lupton implica tres amonestaciones antes de la suspensión. Para la lista completa de material audiovisual vedado, consultar a la presidenta del consejo de estudiantes.*

—¿Quién va a oponerse a la prohibición de ese libro? —Resoplé molesta—. Sobre todo en el sur del país. ¿Realmente han tenido las agallas de comparar *No me pisotees* con *El libro de cocina del anarquista*? Es la mentira más turbia y engañosa que he visto en Lupton. ¿Por lo menos tienes la lista completa?

—Así es cómo funciona esto —respondió LiQui meneando la cabeza—. Están apostando a que los alumnos tienen demasiados deberes como para leer el manual solo por diversión. Pero digamos que lo leyeran por diversión y que alguien fuera lo suficientemente raro como para traer un libro prohibido al instituto. Bueno, en primer lugar, ¿alguna vez has traído un libro prohibido? No hace poco, sino antes.

—Claro que sí.

—Sí, bueno —admitió poniendo los ojos en blanco—. Claro que *tú* lo has hecho, pero no eres la persona adecuada a quien preguntarle. Yo nunca he traído uno y eso es lo normal. Eres una excepción, Clara.

—Ya veo, y acabas de llamarme rara, literalmente.

—Sea como sea —murmuró desestimando mi comentario con un ademán—, imagínate que traes uno de los prohibidos al instituto y te pillan. Te dirán que «tener ese libro dentro de las instalaciones va en contra de los reglamentos escolares». Si te importa lo suficiente como para preguntar «¿Y por qué?», Walsh te responderá: «Está en el manual del alumno». Pero digamos que ese joven no eres tú y no es tan astuto como para darse cuenta de que eso no es realmente una explicación. Entonces dirá «Sí, de acuerdo», se marchará y Walsh no tendrá que lidiar con el asunto.

—Entiendo. Pero ¿y si *fuera* yo?

—Si fueras tú, dado que *sí* eres lo suficientemente astuta, insistirás: «Eso no responde a mi pregunta. ¿Por qué?». Entonces Walsh responderá que «en este momento no es beneficioso para tu entorno de aprendizaje». Así que ahí lo tienes, su alumna más astuta escuchará las palabras «no es beneficioso» y pensará que toda la situación es extraña, incómoda y confusa. Y, deseando abandonar la oficina del director, dirás: «Sí, claro», sin darte cuenta de que te han censurado.

Quise protestar pero LiQui levantó la mano y prosiguió.

—Pero digamos que te sientes confundida por todo eso, y aún tienes la energía de leer el manual del alumno. Entonces lees lo que acabamos de leer y luego te acercas a hablar conmigo, la presidenta del consejo. Yo te explico: «Lo siento, todavía no tengo la lista. No me la han entregado». ¿Volverías a hablar con el director Walsh para pedírsela?

—La verdad es que iría ahora mismo.

—Te lo pregunto en serio, Clara.

—Probablemente no. —Suspiré resignada.

—Exacto, existen demasiados obstáculos que el noventa y nueve por ciento de los alumnos no sortearían.

—¿Por qué?

—No lo sé, pero es extraño, ¿no lo crees? Es como si todo estuviera diseñado para que sea así.

De repente, mi guerra contra el Sr. Walsh parecía más importante que antes.

—Eso no puede impedirte que sigas adelante con esta pelea, ¿cierto? —preguntó levantando la cubierta blanca—. Tienes que hacerlo.

—Sí, estoy cansada de que el director se salga con la suya, le demostraré que está equivocado.

—Y estoy muy orgullosa de ti. Sabes que los libros no son lo mío, pero darle poder a la gente lo es. El Gabinete cuenta con algunos recursos: ¿necesitas más taquillas o un armario de la limpieza en desuso para realizar las entregas? Los tendrás. Estoy buscando formas legales para afrontar esta cuestión. He contactado con gente de otros institutos y he enviado un correo a la Asociación de Bibliotecas.

—Bueno, en primer lugar, no entiendo cómo a alguien puede no gustarle la lectura, pero está bien, podemos seguir siendo amigas. En segundo lugar, no creo que esto se vuelva tan grande como para tener que hacer entregas de libros en armarios de la limpieza. Además, yo quiero estar cuando los entregue. Y, en tercer lugar, ¿crees que podrás encontrar la forma de hacerles frente?

—Lo intentaré —respondió encogiéndose de hombros—. Si se tratara de un instituto público, ya estaríamos encargándonos del asunto. Los institutos privados son especies diferentes. Las cuestiones legales, amiga. Son un asco.

Reí y luego añadí:

—Gracias, LiQui. En serio.

—Avísame si podemos hacer algo para ayudarte.

—Bueno, en realidad tengo otra pregunta…

—Dispara.

—¿Crees que la administración me descubrirá? Quiero decir, están apostando a que los alumnos no leen por diversión y, si lo hacemos, existe toda una biblioteca llena de «libros aceptables».

De modo que no estarán prestando mucha atención si creen que los «libros inaceptables» ya no están, lo cual técnicamente es cierto.

—Es difícil notar la presencia de un árbol cuando crees estar en el desierto —enunció haciendo un gesto de desdén con los hombros.

—Cierto, los alumnos de Lupton no hacen fila para sacar libros de la biblioteca si *no* están prohibidos. Creo que solo tendré que ofrecérselos a la gente que está realmente interesada. Luego el año terminará, nos graduaremos y nos largaremos de aquí. Y así, habré formado parte de la lucha.

La forma en que lo expliqué sonó mucho más calmada que como me sentía.

—Es tan sutil que funcionará —afirmó LiQui.

A continuación, uno de los mejores futbolistas del instituto: Maverick Belroi, el ex de LiQui, apareció de golpe asomándose por detrás de la estantería y apartó mi mente de las omisiones, las reclamaciones rechazadas y los sistemas a prueba de quejas. Ambas lo miramos con la cabeza ladeada como preguntando *¿qué estás haciendo aquí?*

¿Qué estaba pasando? ¿Qué clase de universo paralelo estaba enviando a las personas que menos esperaba ver a los lugares donde menos esperaba verlas?

No tenía ni idea de qué hacía allí, pero como hablaba en un idioma especial (Déjame insultar y resaltar tus Inseguridades más profundas, pero si te enfadas, estarás loco porque solo era una broma, colega), me preparé para algún tipo de insulto o humillación. LiQui también era consciente de eso y tanto su mirada asesina como sus labios apretados demostraban que estaba poniendo todo de sí para evitar dichos insultos.

—¿Qué hay? —exclamó Mav.

—¿Hola? —pregunté yo extrañada.

Entonces se acercó a mí y empecé a entrar en pánico. ¿Qué pasaba si estaba intentando poner celosa a LiQui besando a una de sus amigas? ¿Cuánto tardaría yo en perecer ante el desastre subsiguiente?

—Me han dicho que debía hablar contigo si quería un ejemplar del libro *Eleanor & Park* de Rainbow Rowell.

—Eh… ¿sí?

Quería hacerle otras muchas preguntas que quedaron sin formular:

*¿Sabes que* Eleanor & Park *está prohibido?*

*¿Eres un espía? ¿Quién te ha enviado?*

*¿Cómo logras tener brazos tan robustos y aun así encontrar camisetas que te queden bien?*

¿Sería ese el primer libro que alguien retiraría? ¿Un romance prohibido (lo admito, uno maravilloso y magistral) para uno de los deportistas más populares del instituto?

Mav me miró expectante y no quise averiguar más. Deseaba que se fuera para poder seguir hablando con LiQui. Además, ante la mirada amenazante de ella, entendí que cuanto antes terminara con la transacción, mejor.

—Enseguida vuelvo —avisé a mi amiga.

Luego hice un gesto a Mav, que me siguió hasta mi taquilla en lo que sería uno de los momentos más incómodos de mi paso por Lupton.

Cuando abrí el armario para entregarle *Eleanor & Park*, Mav se sorprendió.

—Guau, ¿son todos libros?

Miré la obvia pila de libros.

—No, algunos son comida en caso de que no me guste lo que sirven en la cafetería.

—Genial. Buena idea.

—Claro que son libros, todos prohibidos.

—¿Lupton está prohibiendo libros?

Asentí sin decir nada: no quería mentir ni traicionar al Sr. Caywell. Ya lo habían anunciado y, según el manual del alumno, la presidenta del consejo de estudiantes tenía una lista de todos los títulos prohibidos. Era de conocimiento público.

Ubiqué el código del libro con la identificación que llevaba en mi móvil, saqué *Eleanor & Park* del fondo de la pila y se lo entregué.

—Tienes que devolverlo entero. Ah, y si puedes escribir una frase en la cubierta, sería genial. Algo que te haya gustado del libro, un pensamiento o algo que te haya marcado.

Mientras Mav asentía, abrí la aplicación de administración de bibliotecas (sí, existe) que había comprado por diez dólares para mi iPhone. La aplicación me permitía ver qué libros había entregado, quién los tenía, cuáles no había prestado, etc.

—¿Teléfono y dirección? —pedí y me los entregó de buen grado.

»Perfecto. Debes devolverlo dentro de las dos semanas, recibirás un mensaje de texto con la fecha exacta en unos segundos. Si necesitas renovar el plazo, responde al mensaje recordatorio con la palabra *renovar*. Si lo pierdes, debes pagar por él. Si te atrapan, no he sido yo quien te lo ha dado. ¿Está claro?

—Entonces, ¿la escuela ha prohibido este libro?

—Así es.

—Raro.

—Muy raro.

—¿Así que esta es una biblioteca en contra del sistema o algo así? ¿Una biblioteca secreta de libros prohibidos?

Asentí.

—Brutal —comentó.

—¿Puedo hacerte dos preguntas más? —agregué.

—Claro.

—¿Dónde has oído hablar de *Eleanor & Park*? ¿Y quién te dijo que acudieras a mí?

—Jeff Goldblum habló del libro en su cuenta de Instagram, así que se lo he pedido al Sr. Caywell y él me ha dicho que te buscara a ti. —Mav deslizó el libro dentro de su mochila—. Lo traeré de vuelta. Paz.

Cuando volví a la biblioteca, me encontré a LiQui dando vueltas sobre un banco de la mesa de ordenadores. Se detuvo en cuanto me vio entrar y me miró con lo que yo llamaba su cara de *reportera*: una ceja levantada, la cabeza levemente inclinada y los labios colocados de tal modo que sabías que recibirías un sermón si no le contabas el cotilleo de inmediato. Pero antes de que pudiera hacerlo, el Sr. Caywell se acercó a mí con otro carrito lleno de libros.

—Aquí tienes —exclamó y recordó algo—: Ah, ¿ese chico te ha pedido ese libro?

Tomé el carrito y lo aparté del paso.

—Sí, ¿qué ha sido eso? Me ha dicho que usted le ha aconsejado que me buscara.

—Tú tienes más bibliotecas que yo —explicó después de asentir—, y esas bibliotecas no siguen las mismas reglas que esta.

—Entonces, ¿me enviará a todos los que estén buscando el contrabando?

—No sé de qué estás hablando —contestó y se alejó. Me di cuenta de que tenía un patrocinador secreto y me sentí mal porque él creía que los estaba enviando a mis Pequeñas Bibliotecas y no a una taquilla atestada de libros prohibidos. Pero entre todos los sentimientos extraños que me embargaban, ese era con el que mejor podía convivir. Volví con el carrito lleno de libros hacia donde se encontraba LiQui: su cara todavía exigía un informe del cotilleo.

—Primero, me comentó que había oído hablar del libro a través de Jeff Goldblum. ¿No es ese tipo que actúa en *Jurassic Park*? —pregunté mientras ubicaba un libro en la letra *B*.

—Sí, es el actor favorito de su abuela. A ella le parece atractivo y le pidió a Mav que lo siga en Instagram para poder ver qué está haciendo. Tiene un club de lectura, según parece.

—¿En serio?

—Sip. ¿Tienes otro ejemplar? —preguntó LiQui—. Quiero ver qué fue lo que llamó tanto su atención como para querer leerlo.

—Deberías leer *Las ventajas* primero. Pero sí, tengo dos. Te traeré uno.

—¿Qué más te ha dicho Mav?

—Bueno... Pero espera porque antes quiero saber algo: ¿le gustan las historias de amor?

Se encogió de hombros mientras se ponía de pie y empezaba a ayudarme a colocar los libros.

—Quién sabe, también estaba obsesionado con las tortugas.

Mientras colocábamos los libros, le di una descripción detallada de todo lo que había hablado con Mav con algunas acotaciones como: «Juro que tarareaba la canción de uno de esos programas deportivos de la tele mientras caminaba». Y, a pesar de que el Sr. Walsh iba ganando, sentí una leve victoria momentánea. Levi y Joss eran la clara prueba de que se podía terminar una guerra con una biblioteca.

Me sentí inspirada.

Me sentí extrañamente esperanzada.

# UNA CARTA ELEGANTE PARA CLARA

*Fundación Fundadores*
*Calle Riverside 353*
*Chattanooga, Tennessee*

*Clara Evans*
*Calle Foundry Hill 8057*
*Chattanooga, Tennessee*

*Estimada finalista de la Beca de los Fundadores:*

*La felicitamos de parte de la fundación por haber conseguido llegar hasta la ronda final de la prestigiosa Beca de los Fundadores. Como sabe, este es un programa muy competitivo y consideramos a todos los finalistas como parte de la nueva ola de líderes de la nación.*

*Desde el comienzo de la fundación en 1931, ha sido tradición realizar una cena para los cinco finalistas de la Beca. Durante este evento, tendrán la posibilidad de conocer a líderes locales y hacerles preguntas acerca de obras públicas, universidades, carreras y periodos de prácticas. Después de la cena, cada uno de los finalistas tendrá diez minutos para hablar frente a los presentes de un tema de su elección, siempre y cuando entre dentro de la temática de comunidad, liderazgo y trabajo.*

*Queda formalmente invitada a este evento que tendrá lugar el 14 de septiembre a las 06:30 p. m. El código de vestimenta es formal y puede traer a dos acompañantes.*

*Para asistir, por favor responda a este correo antes del 25 de agosto. Por último, no olvide aclarar cualquier tipo de alergia o dieta particular que necesitemos saber.*

*Atentamente,*
*Shelli Brown*
*Presidenta de la Fundación Fundadores*

# UNA LISTA DE POSIBLES DISCURSOS

- ~~Por vuestra carta, parezco mucho más inteligente de lo que soy de verdad.~~
- *No me pisotees*: una biblioteca comunitaria.
- Mi primer año como voluntaria en la biblioteca.
- ~~Los libros que han definido mis años.~~
- ~~¿Para qué ser una líder si puedes quedarte durmiendo?~~
- ~~Por favor, entregadme esta beca, así podré asistir a la universidad.~~
- Los pros y los contras de la educación privada.
- Una oda a Queso: el verdadero líder de la comunidad.
- ¿Algo acerca de CasaLit?
- ~~Las cuestiones legales, amiga. Son una mierda.~~
- ¿Qué problema tiene Lupton con los libros?
- Alguien debe calmar a la administración de la academia.
- ¿Elevar el nivel de la administración del instituto?
- ~~Nuestra carne bajo sospecha.~~
- ~~¡Hola! ¡Dirijo una biblioteca de libros prohibidos en mi taquilla!~~
- ~~¡Hola! ¡Creo que el nuevo reglamento que prohíbe libros en Lupton es realmente estúpido!~~
- ~~¡Hola!~~
- ¿Por qué no nos dedicamos a arreglar todos los problemas mundiales?

Totalmente invitado:

- Lukas Gebhardt
- Lukas Gebhardt
- Lukas Gebhardt
- Lukas Gebhardt
- Lukas Gebhardt
- Lukas Gebhardt
- Lukas Gebhardt
- Lukas Gebhardt
- Lukas Gebhardt
- Lukas Gebhardt
- Lukas Gebhardt
- Lukas Gebhardt
- Lukas Gebhardt
- Lukas Gebhardt

Si eso no resultara posible:

- El holograma de Lukas Gebhardt
- Levi y Joss
- Papá y/o mamá

Número desconocido #1

**Número desconocido** [06:11 p. m.] Hola, ¿hablo con Clara Evans?

**Yo** [06:11 p. m.] Sí.

**Número desconocido** [06:11 p. m.] Soy Resi Alistair. ¿Me han comentado que tienes *¡Habla!* de Laurie Halse Anderson?

**Yo** [06:11 p. m.] Sí, claro. Es uno de los prohibidos, así que lo tengo.

**Número desconocido** [06:11 p. m.] ¿Prohibido? ¿Podrías llevármelo mañana?

**Yo** [06:11 p. m.] Sí. Una pequeña encuesta: ¿cómo te has enterado?

**Número desconocido** [06:13 p. m.] Por alguna razón no había ejemplares en la biblioteca de AL, pero Mav me ha dicho que tenías una pila de libros en tu taquilla.

**Yo** [06:13 p. m.] Ah, claro. Pasa por la taquilla 21 antes del almuerzo.

**Número desconocido** [06:13 p. m.] Ok, gracias.

Hanna Chen

**Hanna** [06:55 p. m.] Hola, Clara. Soy Hanna Chen, estuvimos juntas en el equipo de atletismo en primer año.

**Yo** [06:55 p. m.] ¡Hola, Hanna!

**Hanna** [06:55 p. m.] ¿Tienes un ejemplar de *Astrofísica extraña* de Colt Cax?

**Yo** [06:55 p. m.] Eh, no estoy segura. Espera que lo miro. ¿Quién te ha dicho que me escribieras?

**Hanna** [06:56 p. m.] El Sr. Caywell. No está en nuestra biblioteca y dijo que tú podrías tenerlo.

**Yo** [06:56 p. m.] Claro, dame un momento.

**Hanna** [06:56 p. m.] Ok, gracias.

**Yo** [06:56 p. m.] ¡Sí! ¿Nos vemos en mi taquilla mañana durante la hora libre?

**Hanna** [06:56 p. m.] Claro, muchas gracias.

Número desconocido #2

**Número desconocido** [07:30 p. m.] Holaaaa.

**Yo** [07:30 p. m.] ¡Hola! ¿Quién eres?

**Número desconocido** [07:30 p. m.] Ashton Bricks.

**Yo** [07:34 p. m.] Ah, hola.

**Número desconocido** [07:34 p. m.] ¿Te ha resultado útil mi taquilla?

**Yo** [07:34 p. m.] Sí, es estupenda. Gracias.

**Número desconocido** [07:34 p. m.] ¿Para qué la estás usando?

**Yo** [07:34 p. m.] Para un proyecto.

**Número desconocido** [07:34 p. m.] Genial. Resi me ha dicho que podrías tener un libro que necesito para clase, ¿puede ser?

**Yo** [07:34 p. m.] *¿La guía fácil del ocultista para preparar pociones mortales?*

**Número desconocido** [07:34 p. m.] Ja. Sí, por favor. ¿*¡Habla!* de Laurie Halse Anderson?

**Yo** [07:34 p. m.] ¿Qué profesor sigue dando *¡Habla!*?

**Número desconocido** [07:35 p. m.] La Srta. Croft, Composición Literaria II.

**Yo** [07:35 p. m.] Por supuesto. ¿Tienes dos asignaturas con la Srta. Croft?

**Número desconocido** [07:35 p. m.] Sí, es igual de intensa en ambas, para que lo sepas.
Además, a Resi y a mí nos ha parecido raro que *¡Habla!* no estuviera en la biblioteca cuando estoy seguro de que lo vi en la lista de lecturas de verano el año pasado. ¿Qué pasa con eso?

**Yo** [07:35 p. m.] Y que lo digas. Tengo un ejemplar más de *¡Habla!* si lo quieres.

**Número desconocido** [07:35 p. m.] Sí, claro. Genial.

**Yo** [07:35 p. m.] Bueno... nos veremos en tu taquilla entonces.

**Número desconocido** [07:35 p. m.] Me has salvado la vida. Gracias.

**Número desconocido** [07:40 p. m.] Un momento... ¿en mi taquilla?

**Yo** [07:40 p. m.] No te preocupes por eso.

**Número desconocido** [07:40 p. m.] ¿Me conviene saberlo?

**Yo** [07:40 p. m.] No pasa nada.

**Número desconocido** [07:40 p. m.] Ok.

LiQui

**Yo** [08:22 p. m.] ¡Hola! Ya van dos Estrellas que me escriben por separado pidiéndome libros de mi biblioteca. Mav ha hecho su trabajo. Hasta ahora Resi y Ashton parecen ser los únicos a quienes les ha resultado extraño que faltaran libros en el instituto.

**LiQui** [08:22 p. m.] En general las cosas que vale la pena notar son las que más pasan desapercibidas. ¿Los videos de gatitos, en cambio? ¡Atención! ¿Un discurso profundo? Nop. ¿Un video de un gatito cayendo accidentalmente detrás de un sofá? ¡ADELANTE!

**Yo** [08:22 p. m.] Maldito *panem et circenses*. En serio, ¿cómo puede ser que los seres humanos sean tan mierdas?

**LiQui** [08:23 p. m.] ¿Panem y qué mierda?

**Yo** [08:23 p. m.] Lee *No me pisotees*.

**LiQui** [08:23 p. m.] ¿Es el libro que me prestaste?

**Yo** [08:23 p. m.] No, es otro. Tienes que empezar a leer.

**LiQui** [08:23 p. m.] Acabo de publicar un video y NO es de gatitos. Míralo.

**Yo** [08:25 p. m.] «Bello, tu pelo es bello... vello púbico». Me encanta.

**LiQui** [08:25 p. m.] ¿Este fin de semana hay Mojo?

**Yo** [08:25 p. m.] QUESO QUESO QUESO

# UNA LIBRERÍA CRIPTOGRÁFICA

Ashton me observó mientras yo buscaba la cubierta blanca de *¡Habla!* en su taquilla y abría en mi móvil la aplicación para retirar libros.

Miró a mi alrededor y echó un vistazo a la pila de libros.

—¿Sabes algo que nosotros no sepamos?

Levanté la vista.

—¿Qué te hace pensar eso?

Extendió la mano hacia donde estaban los libros.

—¿Has convertido mi taquilla en una librería criptográfica?

Me giré, eché una mirada dentro de la taquilla y me encogí de hombros.

—No sé de qué estás hablando, estás delirando.

—¡Un chiste! Guau, la paranoia parece estar amainando. ¡Qué día! Eh, ¿te molesta si me llevo un ejemplar del nuevo libro del club de lectura?

—¿*Las ventajas*?

—Algo así, lo vi en tu grupo de Facebook pero no me acuerdo. Creo que tenía un nombre más largo y mencionaba algo acerca de ser un malcriado.

Asentí y extraje *Las ventajas* de la taquilla.

—*Las ventajas de ser un marginado*. ¿Número de teléfono?

—Vaga, búscalo en el mensaje que te envié anoche.

—¿Podrías dármelo y ya? No quiero cerrar la aplicación.

Escribí el número en mi móvil mientras me lo dictaba.

—Me da la impresión de que me estás juzgando por mi clase social.

—Me da la impresión de que nunca antes me habías hablado y no te conozco lo suficiente.

—Me da la impresión de que nunca antes nos habíamos sentado juntos en clase y no era natural que habláramos hasta ahora.

—Me da la impresión de que a ti solo te gusta andar con tus amigos.

—Me da la impresión de que eso es lo que hacemos todos en el instituto y cuando dices *amigos* te refieres a un *rango de ingresos*.

No supe qué responder.

Meneó la cabeza, me arrebató los libros de las manos y se alejó de mí otra vez. Y, por alguna razón, esa vez yo me sentí más idiota que él.

# PERDIDA EN LA GUERRA

El resto del día, hice todo lo posible para ignorar que el hecho de recorrer los pasillos durante el segundo día de existencia de mi biblioteca me llenaba de paranoia aún más que el primero. No se suponía que tendría ese efecto sobre mí, pero así era.

Me sentía nerviosa caminando de una clase a otra, sentada en el aula, simplemente existiendo o escuchando a la Srta. Croft terminar su lección sobre *Tinker vs Des Moines*. Aunque lo que estuviera explicando apoyara la idea de mi biblioteca, sentía que podían suspenderme en cualquier momento por acumular buena literatura dentro de mi taquilla. Yo no era de andar haciendo cosas a escondidas. Lo máximo que había sacado a escondidas eran libros por una ventana, cada uno de los ejemplares de la serie de *La casa del árbol*. Al hacerlo, me había sentido como una ansiosa delincuente y hasta había llorado un par de veces. Ahora la presión me aplastaba y, a pesar de no saber exactamente qué quería hacer con mi vida, estaba segura de que jamás sería una delincuente.

Me deslicé por la fila de la comida sintiéndome ansiosa y malhumorada. Lo comprobé cuando una empleada me preguntó que quería de acompañamiento y gruñí: «lo que sea», y no me refería a que realmente «me daba igual».

—Pareces cada vez más abatida —señaló LiQui cuando me acerqué a nuestra mesa—. ¿Acaso le has contestado mal a la dulce Sra. Craig?

—Probablemente, no me he dado cuenta —respondí mientras me sentaba.

Scott y Avi, los secuaces del Gabinete de LiQui, tomaron asiento al mismo tiempo.

—¿Cómo va el negocio de los libros? —preguntó Scott.

—¿Así que LiQui te lo ha contado?

Asintió. Yo había imaginado que el rumor se propagaría y era lo que quería, pero de todos modos me parecía imprudente que todos estuvieran comentando mi secreto. Hubiera preferido que comenzara lenta y gradualmente y no como una llamarada en un incendio. Miré a LiQui con cara de: *Ey, ¿te importaría no compartir mi biblioteca secreta con todo el mundo?*, y ella hizo una mueca a modo de disculpa silenciosa.

—Por ahora es... controlable. Aunque me hace sentir algo paranoica.

—¿La Bibsec?

—¿Bibsec? —pregunté confundida—. Ah, Biblioteca Secreta, muy astuta.

—Llamarla por su nombre completo arruina el objetivo de la abreviatura —afirmó LiQui después de poner los ojos en blanco.

—Lo siento, es difícil estar atenta cuando sientes que estás escondiendo un cadáver en tu patio trasero. No sé, tal vez todo este asunto de la... Bibsec no sea tan buena idea. Es decir, en *No me pisotees* lo lograron, pero eso es ficción. ¿Me atrevo a perturbar al universo?

—¿De dónde es esa frase? —interrogó LiQui—. La conozco, ¿de quién es?

—Es de T. S. Eliot, pero en realidad estoy citando *La guerra del chocolate* de Robert Cormier.

—Leísteis eso para Queso hace ya un tiempo, ¿verdad?

—Sip.

—Me encantó ese libro. ¿Sabes qué? Creo que voy a darle una oportunidad a ese de las desventajas que me prestaste.

—*Las ventajas. Las ventajas de ser un marginado.*

—Sí, ese. Aquí va una pregunta para ti: ¿por qué creaste la Bibsec?

La observé sin responder.

—¿Hola? —preguntó extrañada.

—Creo que todo comenzó cuando me sentí inspirada a enfrentarme al sistema por *No me pisotees* y la Srta. Croft.

En cuanto terminé de decirlo, supe que no era del todo verdad. Al menos no era la historia completa.

—¿Entonces lo haces porque un libro te lo ordenó? No es lo que explicaste cuando escribiste esa carta —recordó LiQui.

—Bueno, en realidad existen más razones.

—¿Como cuáles?

—Como por ejemplo que esos libros cambiaron mi vida y el Sr. Walsh no debería tener la facultad de prohibirlos como si nada. Quiero demostrarle que está equivocado, que esos libros sí son importantes.

—¿Por qué?

—Porque está mal prohibirlos.

—Pero *¿por qué* está mal?

—Porque, como he dicho, esos libros me cambiaron la vida.

—Entonces, ¿estás llevando adelante la Bibsec porque los libros que él prohibió te cambiaron la vida?

—Sip.

—¿Y por qué el hecho de que sean tan importantes para ti hace que esté mal prohibirlos?

—Porque…

—Bueno, no me sorprende que te sientas insegura con todo este asunto —añadió Scott inesperadamente—, ni siquiera sabes por qué está mal. Estás haciéndolo a modo de venganza, como una lucha de poder.

—Tiene razón —señaló LiQui.

Me reí nerviosa. La verdad es que no conocía muy bien a Scott y ahí estaba él, diciéndome que estaba luchando por el poder.

—Entonces, ¿vosotros preferís que abandone la Bibsec hasta que no lo esté haciendo por venganza? Ya he hecho todo el trabajo pesado y la gente ya está retirando libros. Además, si no lo hago yo, ¿quién se va a enfrentar al Sr. Walsh? Nadie.

—Tranquila —comentó LiQui—. Nadie te está atacando. Ey, ¿habéis visto mi nuevo video?

Miré a LiQui como agradeciéndole que cambiara de tema.

Eché un vistazo alrededor de la cafetería y vi a Ashton sentado en la mesa de las Estrellas. Por primera vez me pregunté si lo estaba juzgando mal y si llevaba haciendo lo mismo desde primer año. ¿Todo este tiempo había estado equivocada acerca de lo que creía correcto? ¿Era yo una de esas personas que odiaban a la gente?

De pronto, me sentí mal ante la idea de que había juzgado a Ashton de manera completamente equivocada. Sentí que si podía ser esa persona, la clase de persona que odiaba a alguien sin darse cuenta, entonces podía estar equivocada acerca de todo.

# JURO SOLEMNEMENTE NO ENTENDER EL FÚTBOL

*No hay nada que le añada más intensidad a la desesperación que la sensación de merecerla.*

—David Levithan, *Dos chicos besándose*

Chicos arrogantes de paso seguro. Luces. Gruesas hombreras. Resoplidos. No era mi idea de una salida divertida, pero siempre era importante apoyar al equipo.

La Academia Lupton adoraba el fútbol americano. El año escolar parecía girar en torno a los Volcanes y, aunque no te gustara el fútbol, asistías a los partidos porque era lo que se acostumbraba a hacer. Me senté junto a LiQui en las gradas. En general, llevaba un libro para leer o aprovechaba el tiempo para responder correos de CasaLit, organizar las donaciones, catalogarlas y enviarlas adonde debían ir. Al principio, me encargaba de todas las tareas de CasaLit, pero, con el tiempo, me asocié con un programa de rehabilitación juvenil e intercambiábamos el trabajo de los chicos por los libros que ellos quisieran. Me encantaba saber que estaban recibiendo aire fresco y palabras nuevas; además, yo volvía a tener tiempo libre.

Ahora que estaba en el último año, lo único que hacía era dar indicaciones a los demás y estrechar la mano de nuevos contactos que pudieran ser útiles.

—No hay duda de que esto parece un pícnic. —Dejé un momento los correos y coloqué la manta sobre mis piernas—. Mav todavía es el… ¿«recibidor»?

—Esa no es una posición —respondió LiQui.

—¿Cómo se dice entonces?

—Receptor.

—¿Es el que atrapa la pelota?

—No, corre en el sitio para calentar el campo así los otros jugadores no se resbalan con el césped.

—Ah, no sabía que había un jugador encargado de eso.

—No lo hay, Clari. No hace falta calentar el campo. ¿Acaso te criaste en un establo?

—Así es —asentí aceptando la verdad.

Tal vez no tenía pruebas físicas, pero había suficientes pruebas mentales que me llevaban a creer que había nacido en un establo y sido criada por gallinas que leían correos ajenos y no entendían las reglas del fútbol americano, lenguaje oficial del sur del país.

—¿Qué significa cuando el árbitro agita las manos de ese modo? —pregunté.

—Contigo es imposible prestar atención —respondió LiQui riendo.

—Lo siento. ¿Esperabas que me interesara repentinamente por el fútbol después de años de no hacerlo?

—No es mucho pedir —respondió LiQui—. Anoche empecé mi solicitud para Vanderbilt.

—¡Ah, el plan ya está en proceso! ¡Claro que sí!

En mi vida, había muy pocas cosas inamovibles. Cuando conocí a LiQui en la escuela primaria, nuestra amistad se convirtió en una de ellas y el proyecto de ir juntas a la Universidad Vanderbilt era la otra. Eso no era negociable. El problema era que ninguna de las dos podíamos permitirnos el lujo de asistir a Vandy, así que decidimos hacerlo a nuestro modo. Afortunadamente para LiQui, sus abuelos habían decidido pagarle la Academia Lupton y también habían prometido pagarle la universidad, con algunas condiciones. Afortunadamente para mí, yo era un ratón de biblioteca y (al parecer) realizaba actividades interesantes con los libros. Y justamente era eso lo que me había conseguido un lugar como finalista de la Beca de los Fundadores.

—¿Cómo sigue el conflicto con tus abuelos?

—Permanente. El sermón de mi abuelo sigue vigente: «Debes ir a Vanderbilt y obtener un título de grado en Economía. Ayúdate a ti misma y luego podrás ayudar a tus nietos como yo hago contigo». Es difícil decir que no a quienes pagan toda tu educación.

—¿Una carrera en Economía no era lo que querías?

—Tengo diecisiete años —respondió LiQui riendo—. También he querido ser diseñadora de naves espaciales y estrella de YouTube. No sé lo que quiero. Es decir, Economía sonaba bien porque implicaba una verdadera salida laboral con un buen salario, en comparación con otros títulos de grado. Pero me he estado preguntando... ¿qué pasa si quiero hacer otra cosa? Nunca antes había dudado porque siempre me han dicho lo que debía hacer.

—¿Y hay otra cosa que quieras hacer? —pregunté.

Mi amiga se encogió de hombros y el silencio que siguió fue una señal de que la conversación había terminado. Observamos a Mav atrapar la pelota en el aire, esquivar a un defensa (¿así se llamaban, verdad?) y luego correr sesenta metros para anotar un tanto. La típica pila de compañeros de equipo celebrándolo encima del jugador se deshizo rápidamente mientras el entrenador se dirigía con paso fuerte hacia la ameba que se retorcía victoriosamente.

—Un momento, ¿no acabamos de anotar un tanto?

—Sí, hemos marcado. Pero el entrenador Camper siempre está enfadado por algo que alguien ha hecho mal.

Su respuesta sonó tensa y cortante. No estaba segura de haber dicho algo malo y necesitaba ir al baño, así que me puse de pie.

—Vuelvo enseguida.

—No te acerques al tercer cubículo —me advirtió LiQui—. Ahí dentro tuvo lugar algún tipo de homicidio y huele como si hubiera ochenta futbolistas sudorosos todos juntos.

—Por lo menos no son ochenta y uno —bromeé mientras emprendía la vergonzosa marcha hacia la zona de los baños y de los puestos de comida. Los baños estaban ubicados en el sector más alejado del instituto y solo había poco más de un metro entre la pared del baño y la cerca de la ASP. Había una gran farola en la entrada, pero aun así estaba dispuesto de tal forma que si te escabullías entre la pared y la reja, era el lugar perfecto para ir a besarse a escondidas. Todos lo sabían, esa era la razón por la cual nadie levantaba la vista cuando pasaba por allí para ir al baño.

Ese día yo tenía la misma intención, no había nada distinto en esa expedición al baño o, al menos, eso fue lo que creí hasta que distinguí una mochila apoyada contra la cerca, de la que asomaba una cubierta blanca. Curiosa, confundida y un poco frustrada por la imprudencia, quise saber quién se estaba comportando de manera tan descuidada con mis libros, después de haberles aclarado a todos que fueran tan cautelosos como pudieran. Sin hacer caso al sentido común, abandoné el camino indicado para no ver a nadie besándose y me asomé al rincón prohibido.

Ahí estaba Jack Lodenhauer, sacando una cerveza de un paquete de doce que se encontraba en el suelo. Al principio no supe que era él, estaba oscuro, pero Jack era uno de los chicos más bajitos de Lupton y el contorno de su pelo puntiagudo se destacaba contra la oscuridad, de la misma manera que se destacaba contra la luz.

Me quedé observándolo demasiado tiempo y, antes de que atinara a alejarme, se volvió hacia mí. Cuando nuestras miradas se cruzaron, hui despavorida hacia el baño de mujeres, rogándole a Dios que no me hubiera reconocido y preguntándome por qué demonios tenía una de mis cubiertas blancas, cuando yo no le había entregado ninguna. Seguramente había sido Ashton o tal vez Resi. ¿Acaso Jack estaba leyendo *¡Habla!*?

Nunca les había tenido fobia a los gérmenes pero los baños del estadio eran la excepción. Eran el punto débil de la academia, no importaba cuánto se esforzara el departamento de mantenimiento, siempre parecía que alguien había meado a propósito por todos lados. Cada superficie parecía tener algún tipo de humedad y, como me habían augurado, el tercer cubículo albergaba alguna maldad innombrable, así que caminé directa hasta el último. Luego cubrí el asiento del inodoro con papel higiénico y me senté haciendo mi mayor esfuerzo por no tocar el suelo más que con la suela de los zapatos.

Después de lavarme las manos, me asomé a la puerta para ver si había algún indicio de la presencia de Jack Lodey. Cuando decidí que lo único que se oía era el viento soplando contra la cerca, me alejé caminando rápidamente.

Al doblar la esquina que daba al estadio, choqué contra Ashton, que llevaba la mochila que había visto antes junto a los baños, pero sin la cubierta blanca. Tal vez el libro era de él y no de Jack.

—Ah, lo siento, yo no... —Cuando se giró y vio que se trataba de mí, su cara se endureció y pareció irritado en vez de arrepentido.

—¿Acaso soy invisible? —pregunté impulsivamente sin poder evitarlo. ¿Qué rayos me pasaba? ¿No tenía filtro al hablar?

—¿Cómo? Claro que no, lo siento. —Su expresión se suavizó como si mi comentario lo hubiera avergonzado obligándolo a ser amable, lo cual no era necesario después de nuestra última conversación. Echó un vistazo hacia atrás, donde estaban los baños.

—No, yo lo siento —mascullé—. Por lo de esta mañana. No quería... no era mi intención encasillarte de ese modo.

—Estoy acostumbrado. De hecho... bueno, tengo una pregunta para ti.

Incliné la cabeza expectante.

Se quedó en silencio un momento y luego agitó la mano con indiferencia.

—Olvídalo, es una tontería.

—¿Qué? No, ahora tengo curiosidad, tienes que preguntármelo.

Ashton frunció el ceño, pero no de mala manera sino como diciendo: *quisiera no tener que hacerte esta pregunta.*

—No quiero parecer raro, pero ¿te molestaría si nos apartamos un poco? Para hablar donde no puedan escucharnos los oídos hambrientos de chismes.

Nos pusimos detrás de las gradas, no totalmente fuera de la vista, pero lo suficiente: si alguien nos veía pareceríamos sospechosos, como lámparas de lava en una tienda de muebles lujosos. Entonces noté que, por algún motivo, había visitado dos sectores prohibidos del estadio en la misma noche. Nunca hubiera pensado que crear una biblioteca de libros prohibidos me llevaría a lugares peligrosos y a callejones oscuros.

—¿Qué pasa? —pregunté—. ¿A qué debo el honor de que Ashton Bricks me lleve detrás de las gradas?

—¡Ja! ¡Extra, extra! Bueno —comenzó a relatar—, tengo un amigo que... no sé cómo decirlo, que se siente totalmente deprimido por razones completamente válidas. Por este motivo, su vida está destruyéndose poco a poco y yo ya no sé qué hacer. Pero él... ellos empezaron a leer libros para encontrar la forma de sobrellevarlo, supongo. ¿Puedes recomendarme algún libro que nos pueda ayudar, a mí o a él?

Ah, Jack Lodenhauer. De modo que, en su mundo, no todo era dinero, camionetas todoterreno y camisetas elegantes.

Mis pensamientos debieron reflejarse en mi rostro porque Ashton rio ante mi silencio.

—¿Por qué he creído que esto sería una buena idea? Me ha quedado clara tu postura esta mañana: no podemos tener problemas porque somos chicos ricos, lo tenemos todo. No quiero perderme el partido, te veré después, Clara. Gracias.

Lo dijo como si fuera un chiste, pero en realidad no lo era. Había sido afilado como una navaja y áspero como el papel de lija, mezclado con una gran intensidad, quizá por lidiar con un amigo que estaba perdido o quizá por llevarse otra desilusión cuando alguien que había creído que lo escucharía, lo había ignorado... otra vez.

Como todos los demás.

Yo era los demás.

Y, en cuanto lo vi alejarse, me sentí mal.

* * *

No podía permanecer sentada observando a unos tipos gritando y corriendo de un lado a otro. No podía quedarme quieta y no dejaba de pensar en Ashton. LiQui estaba supermetida en el juego como de costumbre, así que me levanté y decidí encontrar a Ashton para disculparme. Deambulé por las gradas buscando el lugar donde se sentaban las Estrellas. Divisé a Resi y al resto del grupo, pero no a Ashton ni a Jack.

Decidí arriesgarme otra vez a recorrer la zona de los baños cuando vi a Jack esperando en la fila del puesto de comida. En ese momento, el pensamiento más inesperado apareció en mi mente:

Necesitaba hablar con Jack Lodenhauer.

Necesitaba disculparme por haber actuado como una idiota en el club de lectura.

No entendía por qué, de repente, necesitaba disculparme con una de las Estrellas. Tal vez fuera porque sentía que se lo debía a Ashton. Tal vez, porque gracias a mis encuentros con él, me había percatado de que no era tan empática como creía. O tal vez, porque me había percatado de que echar a alguien de Queso a gritos no era algo que los dioses de los libros avalarían. Cualquiera que fuese el motivo, tenía que hacerlo. Era como si en el momento en que me asaltó la idea de disculparme, esta se hubiera impreso en mi ADN.

Respiré profundamente mientras pensaba en Levi y Joss, y en su gran bondad, y me acerqué a él.

—¿Jack?

Me ignoró.

—¿Jack? —insistí parada justo frente a él.

Me miró sin decir nada.

—Oye, quería disculparme por echarte así de Queso la otra noche, yo solo… Eso, lo siento. Por favor, ven cuando quieras.

»Ah —proseguí al ver que asentía—, y… eh… ¿podría conseguirte algunos libros? Sé de algunos muy buenos que te harán sentir menos solo, más comprendido.

Levantó la cabeza y me miró.

—¿Por qué dices eso?

Al escuchar su voz, me quedé desconcertada e intenté recuperarme como pude.

—Quiero decir, no es que tú te sientas solo. Yo no… Me refiero a que muchas veces yo me siento incomprendida, como si no encajara en ningún lado, es una sensación común. Por eso he pensado que sería una buena forma de describir la clase de libros que te estaba ofreciendo. No era algo dirigido directamente a ti, a menos que también te sientas así, pero no lo sé. Así que si es así o no, no lo sé. Solo quiero ser clara en eso. Yo no… —Me detuve para respirar—. Creo que puedo encontrar algún libro que te guste y me encantaría saber tu opinión sobre él, seguro que tendrás una perspectiva única.

Me miró como si fuera una idiota, una idiota de pura cepa, y suspiré resignada.

—En fin, lo siento. Te veré luego.

Me alejé sintiéndome la persona más estúpida del planeta, lo mismo que siempre me había ocurrido cuando estaba en presencia de las Estrellas. Pero, esta vez, no sabía bien si me enfadaba o si me hacía sentir que realmente era una idiota de pura cepa.

Tal vez fueran las dos cosas.

# TODOS LOS FUEGOS EQUIVOCADOS

El fin de semana pasó y consistió más que nada en los deberes del instituto y ver Netflix con mi padre. Ya era lunes y acababa de colocar dentro de mi taquilla tres nuevas cubiertas blancas de *No me pisotees* que había comprado en Libris utilizando mi cuenta bancaria de CasaLit (¡era un gasto de trabajo al fin y al cabo!). A continuación, me dirigí a la clase de Literatura Avanzada. Doblé por el pasillo, pasé por la biblioteca y, como si el destino quisiera remarcarme mis defectos, vi a Ashton Bricks venir caminando hacia mí. Su aspecto, a falta de una descripción mejor, no era bueno. Parecía acelerado, los cordones del zapato derecho desatados y el pelo hecho un desastre. Sin embargo, lo peor era que el aire a su alrededor parecía... quemado, como en un día verdaderamente sofocante en que puedes ver las ondas de calor brotando del asfalto.

Mientras lo observaba me pregunté si levantaría la vista, pues no sabía qué le diría si lo hacía. Pero no tuve que pensar en nada, ya que pasó junto a mí sin ni siquiera echarme una mirada. De inmediato se me ocurrió que, tal vez, lo había destrozado con el libro que le había dado: *¡Habla!*

Estaba utilizando la Bibsec para demostrar que los libros prohibidos no eran basura. Al principio, a Ashton le había parecido genial, un inesperado puente mágico de sorpresas y creencias que nos conectaba. ¿Sería por eso que me había preguntado cómo ayudar a Jack? Me había considerado un lugar seguro, un puerto donde echar anclas aunque fuera solo por un momento, y yo lo había decepcionado. ¿Importaba que hubiera sido yo quien le había entregado *¡Habla!*? ¿Cuán importante era el intermediario entre las personas y los libros? Especialmente después de haberlo prejuzgado dos veces, una después de haberle pedido disculpas. ¿Cómo podía afirmar que los libros de mi taquilla cambiarían sus vidas si yo misma actuaba como cualquier fulano y mengano? Si ni siquiera yo misma tenía en cuenta las cosas que ese libro tan trascendental me había enseñado.

Al final, solo treinta segundos después de que Ashton pasara junto a mí, supe lo que podría haber dicho.

Podría haber dicho: lo siento.

Me di la vuelta para buscarlo pero ya se había ido, probablemente camino a la clase de Literatura Avanzada. Antes de que pudiera proseguir la marcha, Mav apareció frente a mí bloqueando gran parte del pasillo con su masa muscular. Llevaba una de mis cubiertas blancas en la mano, seguramente *Eleanor & Park*.

—Hola —me saludó.

—Hola, Mav —respondí sin tener las fuerzas necesarias para lidiar con nuestro pasado… o más bien con su pasado con LiQui y lo que yo pensaba al respecto. Pero esa cuestión ya no me parecía tan importante al estar molesta conmigo misma por ser una perfecta idiota.

Me entregó el libro de cubierta blanca que había retirado. ¿Realmente lo había leído en tan solo cinco días?

—¿Qué te ha parecido? —pregunté.

—¿El qué?

—La compra de Luisiana, claro —respondí irónica.

—Ah, ¿es la nueva peli sobre un atraco?

—Genial, ¿quieres alguna otra cosa?

—¿Otro libro?

—No, otra película policiaca, se llama La compra de Alaska.

—Guau, ¿también tienes películas?

—¿Cómo lograste que LiQui saliera contigo?

Mav se levantó la camiseta y me mostró sus abdominales marcados.

—Claro, es lógico —comenté con un suspiro—. Quieres. Retirar. Otro. Libro.

—Ah, sí, claro. Este me ha encantado, es un análisis sincero de las dificultades de entrar en una relación dentro de un contexto circunstancial y socioeconómico complicado.

—Perdón, ¿qué has dicho?

Señaló el libro que yo tenía en las manos. Miré atónita la cubierta en la que él había escrito una frase con tinta roja y la acerqué más a los ojos.

«Él la hizo sentir como algo más que la suma de sus partes», *y lo mismo ha logrado este libro. Me ha hecho pensar que el amor puede dejar de ser una mierda.*

Un «ah» de ternura comenzó a trepar por mi garganta, cuando me di cuenta de que estaba hablando de su ruptura con LiQui. Esa frase escrita en rojo sangre sobre la cubierta blanca como la nieve me hizo entender que no había dejado a LiQui porque sí, que había tenido algún motivo que ni ella ni yo conocíamos. No solo eso, sino que todavía estaba dolido. Ahí estaba Mav, que durante tres años había sido para mí, al menos en mi mente, nada más que un montón de músculos con pelo bonito. Pero de pronto nuevas imágenes de él aparecieron en mi cabeza: Mav y su abuela mirando fotos de Jeff Goldblum en Instagram, Mav frenando el coche en la carretera porque una tortuga cruzaba la ruta o leyendo *Eleanor & Park* y pasando las páginas como si realmente le importara el libro.

¿Quién era Mav? ¿Quién era Ashton?

Durante mucho tiempo creí que lo sabía. Creí que sabía quién era Mav, pero ahora no tenía ni idea. Lo mismo me ocurría con Ashton.

—¿Qué más tienes? —preguntó.

—Bueno, ¿qué te gustaría?

—Todo —respondió con una sonrisa.

Le pedí que me acompañara a la taquilla. Caminamos en silencio por el pasillo, pasamos por delante de la biblioteca y llegamos a mi propia biblioteca comunitaria. Abrí la taquilla, le di un nuevo ejemplar de *No me pisotees* y tomé otro, sabiendo que en cuanto LiQui escuchara que Mav lo estaba leyendo también querría hacerlo. Además retiré ejemplares de mis cuatro fantásticos *(¡Habla!, El guardián entre el centeno, Las ventajas de ser un marginado* y *No me pisotees*) para entregárselos a Jack en la clase de Literatura Avanzada. Sabía que él no iba a pedirme libros, seguramente ya había arruinado esa posibilidad si es que alguna vez había existido. Pero Ashton estaba claramente preocupado por su amigo y pedía libros para él, así que pensé que sería un buen gesto darle todos mis favoritos para empezar.

La idea de tener tantos ejemplares de *No me pisotees* dando vueltas por el mundo me resultaba extraña. Supongo que era algo raro de asimilar, el aspecto comunitario de los libros. Se volvían tan cercanos para uno, tan arraigados en tu alma, que a veces parecía que se volvían inéditos. El código de barras y el recuerdo de haberlo comprado junto a otros cinco ejemplares habían desparecido. En algún lugar, a lo largo de las páginas, empezabas a creer que eras la única que había leído esas palabras y que no podía haber existido ninguna otra persona a quien ese libro le hubiera hablado tanto como a ti.

Como había ocurrido desde el comienzo, la prohibición brotó en mi mente con su gigantesco tamaño y su juicioso dedo índice señalándome. Actuando como un punto final para cualquier tipo de pensamiento feliz que hubiera tenido alguna vez acerca de los libros. Con un suspiro, entré en la clase de Literatura Avanzada y encontré a la Srta. Croft escribiendo en la pizarra *Todd vs Las escuelas comunitarias de Rochester*.

Me senté junto a Ashton y estaba sacando mis cosas cuando me di cuenta de que había un constante murmullo en toda el aula, como si todos hubieran decidido colectivamente que Literatura Avanzada era el espacio de intercambio de chismorreos de Lupton. Todos habían decidido que estaba bien hablar en clase. Tomé las cubiertas blancas que había elegido para Jack y me volví hacia Ashton para pedirle que se las pasara a su amigo, cuando descubrí que él no se hallaba presente.

—¿Dónde está? ¿Se encuentra bien? —susurré.

Ashton se encogió de hombros y no respondió.

—Pensaba darle esto —agregué—, los he retirado a su nombre y todo.

Los tomó y los guardó rápidamente en su mochila.

—Se los haré llegar —indicó.

Abrí la boca para disculparme, esta vez ni siquiera sabía por qué, cuando la Srta. Croft comenzó a hablar del nuevo caso judicial que había escrito en la pizarra. Este involucraba a un hombre que había demandado a un instituto público porque *Matadero cinco*, de Kurt Vonnegut, hacía referencia directa a asuntos religiosos.

De repente, me sentí aún más basura de circo, como un postre sin terminar, como algodón de azúcar blando. Me sentí muy distinta a Levi y Joss, y eso me hizo dudar. Si me dedicaba a odiar a la gente, si me enfadaba con ridículos hombres adultos que simulaban tener nobles principios, ¿servía eso de algo para la Bibsec? ¿Acaso era mi biblioteca una lucha de poder como había dicho Scott en la cafetería? ¿Tenía ambición de poder como el Sr. Walsh pero en el sentido contrario? ¿Importaba si era así? Y siguiendo esa misma cuestión, ¿importaba que le estuviera diciendo a la gente qué leer? ¿Importaba que le entregara libros a Jack que consideraba buenos para él? Me pareció que era importante, aunque no entendiera por qué. Pero el tema era que nadie más iba a enfrentarse al Sr. Walsh y a Lupton de ese modo. Alguien tenía que hacerlo. Pero eso no era lo que me hacía sentir mal, era Ashton, ¿verdad?

Asentí. Pero, por alguna razón, seguía sintiendo que me estaba mintiendo a mí misma.

# MACARRONES SOLITARIOS

La segunda estrella a la derecha, todo recto hasta el amanecer y ahí estábamos el Gabinete y yo, la mayor basura de circo. Moví con el tenedor los macarrones con queso, empujando un macarrón de un lado al otro mientras todos hablaban de la borrachera del viernes por la noche de Jack Lodenhauer. Al parecer, antes de salir del aparcamiento del instituto, había chocado contra un poste de luz y atravesado la cerca de la ASP. Luego, por alguna extraña razón, su coche siguió andando *y* logró sacarlo de allí, pero lo multaron por conducir bajo los efectos del alcohol cuando regresaba a su casa. No sabía si esto último era verdad, solo había escuchado que algunos alumnos lo habían visto detenido a un lado de la carretera. El rumor acerca del poste y la cerca de la ASP era definitivamente cierto, yo misma había visto la destrucción esa mañana mientras aparcaba.

No podía dejar de pensar que lo había visto venir y no había hecho nada. Lo había visto bebiendo, había visto el daño provocado en los ojos de Ashton, y era por eso que me molestaban los murmullos, que seguramente también molestaban a las Estrellas.

Eché una mirada por encima del hombro hacia su mesa. Por supuesto que Jack no estaba ahí. Ashton tenía el mismo aspecto que yo, encorvado sobre el plato, sin prestar atención a la conversación del resto de sus amigos. Verlo así, sintiendo lo mismo que estaba sintiendo yo, hacía que fuera realmente difícil no ponerme de pie y cruzar la cafetería para decirle *lo siento* en ese mismo momento. Pero así no era cómo funcionaban las cosas en Lupton, las mesas eran reinos separados por fosas llenas de miradas y murallas erigidas sobre inseguridades. Acercarse a una que no fuera la tuya, a menos que fueras una persona increíblemente sociable y aprobada de antemano, llamaría tanto la atención como usar el micrófono de un karaoke para confesar un asesinato. Era tan *panem et circenses*.

Pero entonces... lo vi empujar un macarrón a través del plato.

Miré el macarrón solitario en el borde de mi propio plato, muy alejado de sus hermanos llenos de queso. Era simbólico, había dos macarrones aislados en la misma cafetería y, de alguna manera, eso hacía que mi macarrón se sintiera menos solo. Es decir, claro que el macarrón estaba alejado del resto de los macarrones con queso, pero no era el único que estaba solo. No era especial, yo no era especial. Estar dolida no me convertía en un ogro que vivía recluido, en todo caso me conectaba con Ashton. Dos seres aparentemente distintos en su forma pero alarmantemente iguales en esencia.

¿Qué era lo más anti*panem et circenses* que podía hacer?

Tomé el tenedor, pinché el macarrón solitario, me levanté y puse rumbo hacia la mesa de las Estrellas.

# MACARRONES MENOS SOLITARIOS

*Hasta ese momento, ella nunca había pensado que podría hacerlo. Nunca pensó que sería tan valiente o estaría tan asustada o desesperada como para atreverse.*

—Neil Gaiman, *Neverwhere*

Ignoré las miradas

Ignoré los murmullos.

Ignoré el circo.

Todo eso para poder poner un macarrón en el plato de un chico.

Sosteniendo el tenedor con el macarrón, me detuve junto a Ashton, que me miró más confundido que enfadado. Sentí la incomodidad de las otras Estrellas, los ojos como taladros sobre mí, preguntándose cómo semejante plebeya podría atreverse a establecer contacto con las costas celestiales. Pero luego me pregunté si realmente era todo tan dramático, tal vez me miraban de la misma forma que el resto del instituto.

—Lo siento —afirmé—. De verdad que lo siento.

Se incorporó en la silla, sonrió levemente y luego me preguntó:

—¿Qué pasa con el macarrón?

Lo dejé caer en su plato, lo puse junto a su solitario compañero y me senté torpemente a su lado.

—No hay tiempo en esta vida para macarrones solitarios.

Resi se giró hacia mí, dándole la espalda a las demás Estrellas.

—Ey, Clara, tengo tu libro. ¿Puedo devolvértelo ahora?

—No —respondí meneando la cabeza—, no en frente de los paparazi. —Y señalé disimuladamente hacia atrás.

—Está bien, pasaré más tarde por tu taquilla, antes de volver a casa.

—Nos vemos luego —le dije a Resi.

—Gracias por hacer que mi macarrón esté menos solo —añadió Ashton.

—No le digas eso a cada chica que conoces —comenté riendo.

Ashton ladeó la cabeza algo confundido, después se puso de pie y se alejó preguntándose cuán diferente habría sido el día si nos hubieran servido arroz en vez de macarrones con queso.

Volví a mi mesa y me comí los macarrones a bocados gigantes, pinchando todos los que podía con el tenedor, amontonándolos hasta que formaron un pegote. No quería que se sintieran solos.

—Eh —exclamó Scott—, ¿piensas comerte todo el plato y no hablar acerca del sacrilegio que has cometido ante los ojos de Dios y de todos nosotros?

—¿No puedes hablar de Resi? —refunfuñé.

—¿No puedes hablar del motivo por el cual le has llevado un macarrón solitario a Ashton Bricks? —preguntó LiQui.

—¿Acaso importa? Tú habrías hecho lo mismo.

La cara de *reportera* de LiQui hizo acto de presencia.

—Sabes que no es así, Clari. También sabes que si no quieres que te acose con interrogatorios el resto del mes, debes explicarte.

Entonces expliqué lo básico.

Ashton era amable.

Yo no lo era.

Fin.

# EL INTERRUPTOR

*Levi y yo podíamos escuchar cómo crujían las articulaciones del hombre mientras bajaba las escaleras, antorcha en mano.*

*—Estas luces —comenzó a decir, y señaló las antiguas lámparas de hojalata que colgaban del techo— no han funcionado en más de treinta años. Solían titilar, ¿sabéis? Tenía la intención de arreglarlas pero nunca lo hice. Entonces las apagué, una luz titilante es peor que la mismísima oscuridad. Pero luego me marché a la guerra, todo sucedió tan rápido... Cuando regresé no quería ni ver este lugar, me llevó quince años tan solo abrir la puerta. Hay tantas cosas aquí abajo y la mayoría ni las recuerdo.*

*—¿Por qué no las arregló cuando finalmente se decidió a hacerlo? —preguntó Levi.*

*—¡No podía recordar dónde estaba el interruptor! Todavía no lo sé. Tengo la idea de que si lo encuentro por pura casualidad, arreglaré las lámparas y le haré justicia a este lugar. Que el destino decida si debo volver a lanzarme a la guerra. Seguidme por aquí.*

*—Bueno, si alguna vez logra encontrar el interruptor —comentó Levi—, nos encantaría incluir todos los libros que tenga en nuestra biblioteca.*

*—Cientos de libros, por lo menos. Tal vez, más —afirmó el anciano con cansancio.*

*Lo seguimos hacia un sótano húmedo y oscuro como el carbón, repleto de cajas polvorientas y objetos indescriptibles. De no ser por la antorcha de aquel hombre, estaríamos ciegos.*

*—Este lo encontré en una trinchera después de la Batalla de Tulsa y lo guardé en mi mochila. Tiene algunas manchas de sangre, pero le dan un toque poético.*

*Nos alcanzó un libro negro, de cubiertas gastadas, arrugadas y dobladas por el tiempo. Todas las señales del amor. Estiré la mano para tomarlo, pero el anciano retrocedió.*

*—¿Juráis que lo cuidaréis bien?*

*—Claro que sí.*

*Extendió nuevamente su mano temblorosa. Requería de tanto valor por su parte entregarnos ese libro, como de la nuestra llevarlo a casa. Mis manos envolvieron el lomo.*

*—Gracias —añadí—. Muchas gracias.*

*—Ah, ahora veo que esto estaba predestinado.*

*Fruncí el ceño y, antes de que Levi pudiera hacerlo, pregunté:*

*—¿Por qué lo dice?*

*El anciano enjuto sonrió enseñando todos los dientes.*

*—Creo que he encontrado el interruptor.*

—Lukas Gebhardt, *No me pisotees*

—Hazlo empezar por *El guardián*. Bueno… no, mejor que empiece por *Las ventajas* si quiere estar preparado para Queso —le aconsejé a Ashton, que había acompañado a Resi a mi taquilla a devolver su ejemplar de *¡Habla!*—. Es uno de esos libros de «Cómo sobrevivir a la raza humana», que parece ser exactamente lo que necesita. Bueno, supongo que ambos libros entran en la categoría de «Cómo sobrevivir a la raza humana». No lo sé, solo espero que lo ayuden.

—Yo también. Te diré algo: prefiero que no empiece por *¡Habla!* Ese libro te asesina.

Resi me tendió el ejemplar de *¡Habla!* En la cubierta, había una frase escrita con tinta y letra muy bonita: *Aquí encontré valentía.*

La leí una vez, dos veces y luego la miré.

—Esa frase es muy bonita.

Claro.

Tal vez necesitaba un motivo mejor para haber creado la Bibsec. Pero, en serio, ¿qué tenía de malo querer demostrarle al Sr. Walsh que los libros sí importaban? Esa frase era la mejor que me habían dejado hasta ahora. ¿Cómo no sentirme conmovida por algo así?

—Es un gran libro.

—¿Quieres algún otro?

Lo pensó un momento y luego meneó la cabeza.

—No, creo que estoy bien así por ahora.

Habiendo dejado una frase tan profunda en la cubierta, el hecho de que no quisiera otro libro era prácticamente devastador. Pero, como intentaba ser mi versión menos polémica, asentí y cerré la taquilla.

# MÁS INTENTOS DE POSIBLES DISCURSOS PARA LA CENA DE LA BECA DE LOS FUNDADORES

- De vieja y arruinada a bella y renovada: cómo remodelar una biblioteca (PISTA: PLANTAS).
- Las Pequeñas Bibliotecas y cómo alimentarlas.
- Construyendo puentes con libros (¡GENIAL! Puentes).
- Acercar los libros a todo el mundo.
- Cómo apuñalar por la espalda al bibliotecario del instituto.
- Reuniendo macarrones solitarios.
- ¿Por qué es todo tan complicado?
- Tal vez las personas sean más complejas de lo que crees.
- ¿Sabéis qué? Entregad la Beca a alguien a quien se le ocurra algo para decir que valga la pena.

# FUNCIONANDO A BASE DE MUFFINS DE BANANA

La semana transcurrió como una nebulosa caótica haciendo deberes y respondiendo mensajes de texto para la Bibsec prácticamente a todas horas. Supuse que entre Mav, Ashton, Resi, LiQui, el Gabinete y el Sr. Caywell la novedad estaría corriendo de boca en boca, mucho más de lo que habría creído alguna vez. Tenía tanto que hacer para la Bibsec que, mientras conducía hacia el instituto ese martes, pensando en lo ajetreado que sería mi día como bibliotecaria, me pregunté cómo lograría acabar todo el trabajo.

Además, esa mañana se había sumado otro problema: justo antes de salir para el instituto, me había llegado el período con toda su furia y era difícil no desear que todos estuvieran muertos.

Como era habitual, llegué temprano y me fui directamente a la biblioteca. Le había prometido al Sr. Caywell que por fin ordenaría la sala de procesamiento. Era lo último que deseaba hacer, pero él no era alguien a quien pudiera defraudar. ¿Por qué? Porque ya estaba clavándole en el cuello mi cuchillo hecho de libros prohibidos y de traición. Sin contar todo lo que él había hecho por mí en los últimos cuatro años, incluyendo el día en que me prestó su coche porque el mío había muerto. Por todos esos motivos, jamás podría decirle que no.

Mientras estaba ideando un sistema de etiquetado para los estantes, se abrió la puerta y entró el Sr. Caywell.

—El otro día pasé por una de tus BBPP en el Paseo Ribereño. No vi ni uno de nuestros libros, deben de estar saliendo rápido.

Me giré hacia él para ver si estaba siendo sarcástico o no. Cuando noté sinceridad en su expresión, verdadera emoción ante la idea de que los libros hubieran encontrado un buen hogar, decidí terminar de hundirle mi cuchillo de traición hasta las puntas de los pies, porque, al parecer, yo era una mala persona.

—¡Ah, sí! Dejé como cinco ejemplares allí.

—Vaya —exclamó mientras se sentaba en su escritorio para revisar correos—. Es increíble. Ey, hablando de cosas prohibidas, ahí hay un par de ejemplares donados de *La guerra del chocolate* que tienes que llevar a tus bibliotecas.

—Sí, claro. Lo haré. Por supuesto. Es decir, no ahora mismo… tengo bastante trabajo que hacer aquí, pero lo haré sin falta. Ningún problema. Podría llevarlos a la biblioteca del Paseo Ribereño y todo solucionado, ¿cierto?

—¿Por qué hablas como si estuvieras entrando en pánico? —preguntó el Sr. Caywell sin siquiera darse vuelta para mirarme.

—¿Qué? ¡No estoy entrando en pánico! Es decir, estoy hablando mucho, sí. Pero no estoy entrando en pánico.

—No cabe duda de que estás entrando en pánico.

—A lo mejor usted me pone nerviosa ahí pendiente y rondando la zona.

Esta vez sí se dio la vuelta y me miró.

—¿Qué?

—¿Qué tiene?

—No. La pregunta es: ¿qué está pasando?

Suspiré mientras pensaba una buena excusa.

—¡Está bien! Es que… no me gusta *La guerra del chocolate*, creo que está sobrevalorado.

Ni siquiera podía recordar la última vez que había leído *La guerra del chocolate,* años atrás. No recordaba mucho más que la frase: «¿Me atrevo a perturbar al universo?», y el hecho de que había añadido el nombre León a mi lista de Chicos En Los Que No Se Debe Confiar Hasta Que Demuestren Lo Contrario. Pero si necesitaban una crítica rápida, los adjetivos como *sobrevalorado* o *subestimado* sonaban inteligentes y funcionaban perfectamente para que pareciera que lo habías pensado bien.

—¿«Sobrevalorado»? —repitió y luego se encogió de hombros—. Lo leí hace muchos años, así que no tengo muchos argumentos para refutar ese comentario. Pero eres una bibliotecaria, no importa si te gusta o no, añádelo de todas maneras.

—Sí, señor —respondí con un saludo militar.

Haciendo mi mayor esfuerzo para olvidar que estaba convirtiéndome en una peor persona a cada segundo que pasaba, respiré profundamente y observé la avasallante cantidad de cajas llenas de donaciones. De inmediato, puse manos a la obra, ignorando lo mejor que podía a mi útero, que parecía gritar mientras se retorcía de dolor. Etiqueté tres tandas de estantes metálicos de color negro y, justo cuando había alcanzado un buen ritmo de revisar cajas, apilar el material para catalogar y desechar todo lo que no fuera un libro, sonó la campana. Maldije, tomé mi mochila junto con los ejemplares de *La guerra del chocolate* y salí corriendo de la sala de procesamiento.

—¡Llegarás tarde a clase! —exclamó el Sr. Caywell.

—Es usted de gran ayuda, ¿lo sabía? —grité irónicamente mientras salía de la biblioteca. Doblé en la esquina y vi que los pasillos estaban vacíos. Ahí estaba yo otra vez corriendo de la biblioteca a la clase de Literatura Avanzada.

—Señorita Evans —escuché detrás de mí—. ¿Puedo preguntar a qué se deben sus gritos?

Me di la vuelta pero sin dejar de caminar hacia atrás.

—Lo siento, Sr. Walsh, estaba hablando con el Sr. Caywell.

—Sabe que está llegando tarde a clase, ¿verdad?

*No, Sr. Walsh, estaba corriendo para bajar el muffin de banana que me he comido en el desayuno.*

—Sí —respondí mirándome los zapatos y tratando de ocultar la frustración, justo cuando me di cuenta de que tenía dos libros prohibidos en las manos, totalmente expuestos al mundo. Volví a darme la vuelta y casi tropecé con mis propios pies—. ¡Lo siento, director Walsh! ¡Debo llegar a clase!

—Eh, eh, eh... —exclamó—. Aguarde un momento, por favor.

Frené en seco pero no me di la vuelta. Miré por encima del hombro mientras escuchaba los latidos de mi corazón en medio del silencio.

—¿Sí, director Walsh?

—Por favor, venga un momento a mi oficina, señorita Evans.

# RECORRIENDO LOS VACÍOS LEGALES

El director Walsh tomó asiento en su lujoso sillón ergonómico, detrás de su escritorio, como si se tratara de un trono. Ni siquiera era un sillón muy bonito, estaba tan lejos de ser un trono como un cepillo de dientes de un coche. Además, ni siquiera era una persona muy agradable. Él apestaba y su sillón también.

—*La guerra del chocolate* —comenzó a decir mientras le daba la vuelta al libro y lo observaba. No, no lo observaba, lo recordaba, lo revivía. Sus ojos se posaron en la cubierta durante más tiempo que un simple vistazo. La mayoría de la gente no habría notado la diferencia, pero yo sí. Veía esa mirada todo el tiempo en la biblioteca.

Cualquier recuerdo que hubiera tenido, desapareció cuando lanzó el libro sobre el escritorio.

—¿Puede decirme por qué lleva material vedado dentro del instituto? Usted sabe que la posesión de dicho material está en contra de los reglamentos de la academia.

Al principio pensé que lo mejor que podía decir era también lo más cercano a la verdad: *iba a deshacerme de ellos a petición del Sr. Caywell*, pero me pregunté si eso no lo metería en problemas. No podía estar bien visto que un miembro del personal de la academia le diera libros prohibidos a una alumna, aun teniendo en cuenta las circunstancias. Aunque el Sr. Caywell seguramente hubiera querido que dijera la verdad, no podía delatarlo. Eso me daría más puntos como basura de circo y ya tenía suficientes. Pero si no podía decir la verdad, ¿qué debía hacer entonces?

La conversación que había mantenido con LiQui en la biblioteca apareció de golpe en mi mente, esa en la que me había relatado con exactitud cómo sería una reunión como esta. De repente, lo que hacía unos segundos había parecido una situación inoportuna, era ahora una especie de regalo experimental.

—Entonces, ¿estos libros están prohibidos? —pregunté.

Su cuerpo se puso rígido, como si ni siquiera se atreviera a asentir por miedo a traicionar algún tipo de dudoso límite político que le habían hecho memorizar.

—Hay una lista de material vedado en el manual del alumno. Y traer esa clase de material al instituto va claramente en contra de nuestros reglamentos.

—Bueno —proseguí, sacando mi lado más astuto—, pero ¿le molestaría que le preguntara por qué?

Sus cejas, con ese pelo anormalmente largo en el medio, se achataron y sus fosas nasales se abrieron como grandes óvalos. Todo en él se alargó irradiando una sensación de molestia.

—Porque en este momento no es favorable para las condiciones de su aprendizaje.

—Ah —exclamé, fingiendo que comprendía—. Está bien, entonces supongo que iré a leer el manual. Así podré saber qué libros están prohibidos.

—¡Claro que sí! Qué material está vedado es algo que todo alumno debe saber. De hecho, el manual del alumno debe ser leído con frecuencia y convicción. Teniendo en cuenta su conducta de arrepentimiento, por el momento, solo le haré una advertencia, señorita Evans. Pero si esto vuelve a ocurrir, me temo que tendré que ponerle una amonestación.

—Claro —comenté con una sonrisa forzada—. Yo... volveré a leer el manual del alumno para ver qué libros están prohibidos.

—Como le decía, todo alumno que se precie debe estar al tanto de qué material está vedado. Ahora puede retirarse. ¡*Ciao*, Clara Evans!

El Sr. Walsh salió de detrás de su escritorio, tomó ambos ejemplares de *La guerra del chocolate* y abandonó la oficina, dejándome sola y sin una nota de justificación por mi tardanza.

Me puse de pie y lancé una mirada asesina al escritorio:

«Eres literalmente el escritorio más espantoso que haya visto en mi vida».

Y, acto seguido, abandoné la oficina mientras pensaba qué le diría a la Srta. Croft por llegar tarde a su clase una vez más. Probablemente la verdad. Tal vez, si le contaba la verdad, ella se enfadaría y me daría un sermón inspirador del cual sacar fuerzas.

Llegué a Literatura Avanzada y noté dos claras diferencias en cuanto entré al aula. La primera era que Jack Lodenhauer aún no estaba en su silla. La segunda, que la Srta. Croft no estaba de pie al frente de la clase; de hecho, no estaba por ningún lado. En su lugar, había una señora de pelo corto y canoso y falda de tubo. Era obvio que no tenía tatuajes de magnolias en los brazos y era sumamente probable que hubiera copiado su peinado de un video de gimnasia de los años setenta.

Di un paso hacia atrás y miré el número de aula. Era correcto. Busqué a Ashton con la mirada y, como era de esperar, estaba sentado en el lugar de siempre.

—Disculpe, ¿puedo ayudarla? —preguntó la profesora interrumpiendo la clase.

Observé a los demás esperando una explicación, pero nadie dio ninguna.

—Eh... ¿esta es la clase de Literatura Avanzada?

—Así es. Y de haber llegado a tiempo no tendría que preguntar.

—Tiene razón —respondí deslizándome en mi asiento—. Es que me he retrasado con un proyecto en la biblioteca.

—Eso no quita que haya llegado tarde —objetó y, sin más, se volvió hacia la pizarra, que tenía un garabato polvoriento acerca de los beneficios de leer *Alicia en el país de las maravillas* en latín.

—¿Qué clase de basura de circo es esta? —murmuré a Ashton mientras la Srta. Falda McFalda escribía una novela en la pizarra. Luego busqué la carpeta en la mochila y me encontré con una de las cubiertas blancas que estaba segurísima de haberle entregado a Hanna Chen un tiempo atrás. Ni siquiera recordaba cuándo me la había devuelto. Así de loco era todo, ya estaba literalmente olvidando partes de mi día.

—No lo sé —respondió—, pero parece que será nuestra basura de circo el resto del semestre. Asegura ser nuestra nueva profesora.

—Ehh… ¿y dónde está la Srta. Croft?

# LA SRTA. AMARGADA MCFALDA Y TODO LO DEMÁS

*En el aire oscilante de los tallos dorados, la noche no hallaba lugar para instalarse dentro de los fractales amarillos. Deseando lograr el mismo efecto en su interminable búsqueda de la simpleza, Lila examinó este tema durante días, cuando lo más simple hubiera sido no haberlo examinado nunca.*

—Lukas Gebhardt, *La casa de ventanas de madera*

—¿Qué está pasando? —interrogué al Gabinete—. Este instituto se está cayendo a pedazos y *no* es por culpa de la carne.

—¿Lo dices por la profesora que han despedido? —preguntó LiQui.

Casi salto de mi asiento al escuchar el comentario.

—¿Han despedido a la Srta. Croft? ¿No ha sido algo más como «tómate un descanso, vete de vacaciones, visita a tu familia» o algo por el estilo?

—Despedida —confirmó LiQui—. El anuncio oficial para el personal mencionaba algo sobre «diferencias de opinión en las políticas escolares».

—¡Era mi profesora de Literatura Avanzada! —exclamé mientras me reclinaba y me tapaba la cara con las manos—. ¿Por qué es tan horrible quinto año?

—Tuve a la Srta. Croft en Composición Literaria cuando estaba en primer año, era genial. Un poco intimidante, pero genial —intervino Scott—. Por otro lado, *Las ventajas* es un libro increíble, Clara.

—LiQui —pregunté frotándome los ojos—, ¿le diste *Las ventajas* a Scott en vez de leerlo tú?

—Scott, no me estás ayudando —exclamó LiQui haciendo una mueca—. Te dije que podías leerlo mientras no se lo contaras a Clara.

—Uf, eres una idiota con los libros, LiQui. Sin ofender, Scott, me alegra mucho que te guste, pero es ella quien debía leerlo.

Eché un vistazo hacia la mesa de las Estrellas, donde todavía faltaba Jack Lodenhauer, aunque sabía que si escuchaba las conversaciones que se mantenían a mi alrededor, él estaría presente en todos lados. Supuse que todos éramos basura de circo. Nos comportábamos como si estuviéramos por encima de ser un verdadero desastre, cuando en realidad todos éramos como una bomba a punto de explotar y haríamos lo imposible por olvidar, aunque fuera por un momento, que todavía estábamos dolidos por marcharnos y abandonar nuestros propios destrozos. Me prometí que jamás volvería a pronunciar ni una sola palabra negativa acerca de Jack Lodenhauer.

—¿Quién está dando Literatura Avanzada ahora? —preguntó LiQui.

—La Srta. Amargada McFalda, pero eso no es lo importante —respondí recordando mi visita a la oficina del Sr. Walsh—. LiQui, necesito que me muestres la lista de libros prohibidos.

—Ya hemos tenido antes esta discusión, ¿o me equivoco? —preguntó mi amiga frunciendo el ceño.

—Ah, eso pensaba. Entonces me parece que tendré que volver a hablar con el Sr. Walsh, ya que todavía no he podido ver la lista de «material vedado».

—¿Te han pillado con una cubierta blanca?

—No, me han pillado con donaciones prohibidas que el Sr. Caywell me había entregado para las BBPP.

—¿El tipo te ha hecho ir al despacho por llevar libros donados? —LiQui sacudió la cabeza indignada.

—Sí, he estado en su oficina esta mañana, durante gran parte de la clase de Literatura Avanzada. Así que imaginarás mi sorpresa cuando he entrado al aula y he visto a McFalda en lugar de la Srta. Croft.

—¿Sabéis algo más acerca de la Srta. Croft? —inquirió Scott.

—Solo que todo se debió a «diferencias en las políticas escolares» —contestó LiQui.

—Maldita sea, este instituto se está poniendo cada vez más turbio —comenté—. No sabía que había tanta política. —Devoré el último bocado de mi almuerzo, me puse de pie y empecé a recoger mis cosas—. Tengo algunos libros que entregar, os veré más tarde.

—No olvides contarme cómo te ha ido con el director Walsh —exclamó LiQui—. Avísame si necesitas refuerzos.

—Claro que los necesitaré... iré a verlo ahora mismo.

—Sé que saldrá todo bien. Eres una guerrera, una versión todavía más ruda de Levi y Joss.

—Ya quisiera —indiqué—. No soy ni Levi ni Joss, soy simplemente Clara.

LiQui hizo un gesto de burla.

—Levi y Joss eran simplemente Levi y Joss hasta que fueron Levi y Joss.

—¿Estás leyendo *NMP*? —pregunté sorprendida mientras la señalaba con el dedo.

—Estoy poniéndome al día con la lista de libros de Mav o, mejor dicho, con el club de lectura de Jeff Goldblum.

ADÁPTATE MENOS, PERTENECE MÁS

Estaba sucediendo. Estaba recibiendo frases. Muchas.

*Precioso. Justo lo que necesitaba.*

*Jack L es sexy.*

*Adáptate menos, pertenece más.*

*Hasta ahora, los años nunca han dejado de formularme preguntas.*

Dejando de lado la segunda frase, que los chicos escribieran estas cosas en las cubiertas blancas me resultaba sumamente conmovedor. Nunca imaginé que me sentiría así. Tal vez hacer que mis compañeros dejaran registrado por escrito su amor por un libro era más que tener pruebas, tal vez era un movimiento. Tal vez significaba algo distinto y yo todavía no sabía qué. Releí las frases una y otra vez. Gracias a ellas, me resultaba emocionante registrar el préstamo de los libros porque me emocionaba la idea de recordarlas.

Qué buena manera de vivir: sentirme emocionada ante la idea de recordar frases provocadas por los libros.

# WALSH BRILLABA POR SU AUSENCIA

*Puede parecer que cuanto más inteligente eres, más cosas te asustan.*

—Katherine Peterson, *Un puente hacia Terabithia*

Entré en la oficina del Sr. Walsh, pero el Sr. Walsh brillaba por su ausencia. El instituto estaba vacío. Permanecí durante unos minutos pensando que tal vez el director regresaría cual hijo pródigo, pero los segundos transcurrían con rapidez y faltaba poco para mi próxima clase. Ya había perdido una ese día y no quería que un dragón de Komodo con falda tubo me sorprendiera otra vez. Si en alguna de mis otras materias había cambios de profesores, quería saberlo sin que me ridiculizaran delante de toda la clase.

Sintiéndome un poco derrotada, salí de la oficina.

No podía dejar de preguntarme si no estaba siendo testigo de sus trucos. Todos sabían que el director acostumbraba recorrer los pasillos, pero tal vez no era porque quisiera vigilar a sus alumnos. Tal vez, si no se sentaba en su oficina, no tendría que lidiar con cuestiones como las mías. Tal vez era por eso que LiQui tenía una posición tan activa en el consejo de estudiantes y a eso le debía el Gabinete su propia existencia. Tal vez todo el sistema de Lupton estaba diseñado de forma tal que conseguir algo fuera tan complicado y confuso que todos preferíamos olvidar los problemas cuando se presentaban.

Tal vez era por eso que el Sr. Caywell se oponía con tan poco entusiasmo. Tal vez las personas que se oponían activamente, como la Srta. Croft, terminaban como la Srta. Croft. Tal vez todo el sistema administrativo de la academia estaba construido alrededor de la máxima: «A los estudiantes no les importa tanto como para luchar contra el estado de las cosas». De modo que buscaban a los que sí les importaba, LiQui, y los colocaban en puestos donde podían controlarlos: un proceso para eliminar la disconformidad. No era que LiQui no fuera genial como presidenta del consejo de estudiantes y que no hiciera cosas increíbles. Las hacía y era demasiado buena para la academia. Pero tal vez el Gabinete era una forma de darle al consejo una sensación de control semejante a un placebo. Con esa manera de dirigir un instituto, la administración se aseguraba de recibir el dinero de la matrícula y luego nos conducía como a un rebaño durante los cinco años sin tener ningún incidente. *Panem et circenses.* Dinero para comprar el pan. Solo las promesas necesarias («nos importa lo que piensas») para que los alumnos se mantuvieran entretenidos. Después de leer *NMP*, era difícil no ver la futilidad de todo. Para ser sincera, algunos días, por haber leído *NMP*, todo parecía menos enriquecedor y más desalentador.

Concentración, Conocimiento e Impacto. ¿Y si esos principios venían en segundo lugar después de Contención y Control? ¿Más alguna tercera palabra que también sirviera de antítesis? ¿Y que también comenzara con C?

Esos pensamientos eran tan sorprendentes, tan conspirativos, que me detuve en medio del pasillo.

Tal vez el Sr. Walsh simplemente no podía... quedarse sentado, y yo estaba sacando conclusiones de políticas que no existían. Tal vez el Sr. Walsh solo quería llegar a los diez mil pasos con su pulsera FitBit de actividad. Yo estaba tomando el liderazgo de todas las novelas distópicas, incluyendo *No me pisotees*, y lo estaba aplicando injustamente a la Academia Lupton.

¿Verdad?

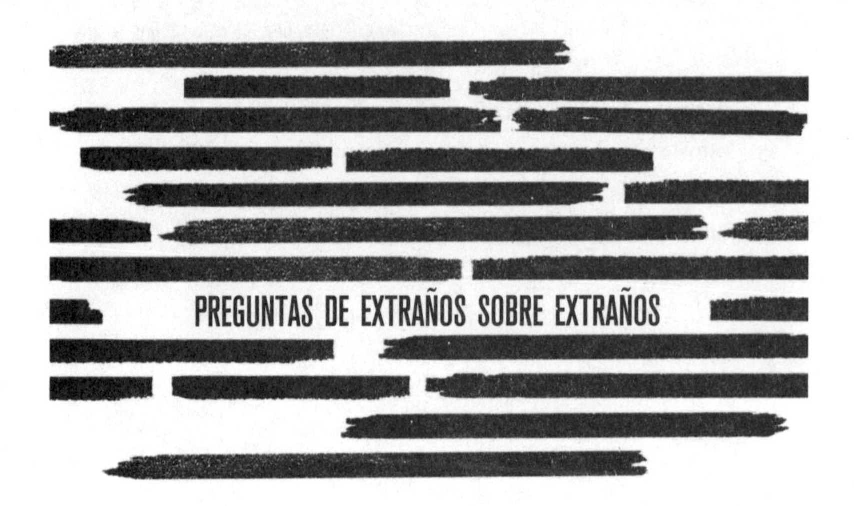

# PREGUNTAS DE EXTRAÑOS SOBRE EXTRAÑOS

Esa noche, había una pared de mensajes pidiéndome libros.

Esta vez, de gente que conocía, pero con la que nunca había interactuado. En realidad, se trataba de personas enviadas por el Sr. Caywell y por el Gabinete. Pero había un mensaje que tenía que ver con libros de alguien que sí conocía. Y ese fue el que más me hizo pensar de todos. Una conversación que seguía dando vueltas en mi cabeza al comenzar la nueva semana.

**Ashton** [06:56 p. m.] Ya le he dado los libros a Jack.
Le he dicho que tú se los enviabas. ¿Cómo encajan en todo esto?
¿Por qué los elegiste?

**Yo** [06:56 p. m.] ¿Más allá de que son mis preferidos?
Bueno, Holden y Charlie afrontan muchos
problemas. Pensé que le servirían por esa razón.
Como esta frase de El *guardián*: «"¿Alguna vez te hartaste de todo?", pregunté. "Lo que quiero decir es si alguna vez sentiste miedo de que todo sería un desastre a menos que hicieras algo?"».

**Ashton** [07:01 p. m.] Entiendo.
Otra cosa, ¿Queso, el Club de Lectura, es el lunes?

**Yo** [07:01 p. m.] ¿Queso, Qué Sorpresa Leeremos Ahora es muy largo para ti?
Sí. Nuestro objetivo es reunirnos cada dos semanas.
¿Vendrás?

**Ashton** [07:01 p. m.] Sí. Jack también.

**Yo** [07:02 p. m.] Esta podrá parecer una pregunta rara, porque no nos conocemos mucho.
¿Estás bien?
¿Jack está bien?

**Yo** [07:10 p. m.] ¿Ashton?

Para: Alumnos, Profesores, Padres

De: m.walsh@academialupton.edu

Asunto: Un anuncio para celebrar

Querida familia Lupton:

Es un placer para mí escribirles en el día de hoy para contarles que, después de muchos años de negociaciones, el consejo de la Academia Lupton ha llegado a un acuerdo para adquirir la zona de la Alianza Stringer & Peerless, ubicada detrás del instituto. La compra ha sido posible, en parte, gracias a una generosa donación de un donante anónimo.

A pesar de que, a estas alturas, la venta del terreno de la ASP hará posible la tan necesaria expansión de la Academia Lupton, aún queda mucho por hacer: firmar contratos, conseguir permisos, elaborar planos y realizar una campaña para recaudar fondos. Nuestra comunidad tendrá la oportunidad de jugar un importante papel en el futuro de la Academia Lupton, tanto de forma física como directiva.

Cordialmente,
Director Milton Walsh

# PROHIBIDOS, VEDADOS. DA LO MISMO

*El grafito raspó el papel. El viejo mundo aguzaba el oído, el nuevo mundo simplemente se acercaba más.*

—Lukas Gebhardt, *No me pisotees*

A la mañana siguiente, me presenté temprano, luchando contra la niebla, la bruma y el café derramado en los pantalones, para localizar al Sr. Walsh antes de que comenzara su diario juego de elusión. Pasé junto a la verja de la ASP, que, junto con el poste de alumbrado, estaban rotos e inclinados mientras el golpeteo de la lluvia sobre mi chaqueta se volvía cada vez más rápido y ruidoso. Había tanta niebla que no podía ver las casas destartaladas que había observado durante años y de las que tanto había escuchado hablar. Y, además, no podía dejar de pensar en la suma de dinero que el donante anónimo había soltado por ellas, cuando lo único que deseaba era que mi coche dejara de toser cada vez que lo apagaba. Y tal vez unos pantalones que no tuvieran, en la entrepierna, una mancha de café con la forma de la Antártida.

Después de montar un alboroto de características rituales y vetustas, completamente insertado en la historia, la donación fue repentina.

ASP y AL habían estado dando vueltas durante años, incluso antes de que el director Walsh entrara agitadamente en escena y, de repente, teníamos a un donante descendiendo velozmente desde el aire con los millones necesarios para ampliar la academia. Yo podría haber nacido en un establo, pero ciertamente no había nacido ayer. No había que tener mucho cerebro para imaginar que algunos murmullos, un acuerdo y dos manos estrechándose en un rincón nos habían llevado hasta ahí. Una confabulación de sesenta y siete millones y medio de dólares realizada por debajo de la mesa.

Mi única pregunta era: *¿Qué vendió, Sr. Walsh?*

Dios mío, qué triste que era cuestionárselo todo, todo el tiempo. Era agotador golpear la superficie de las cosas pensando que era madera maciza y terminar descubriendo que era enchapado. Regresé al instituto deseando poder meter toda la niebla en una vieja bolsa de la compra y arrojarla a la basura. Los días de niebla eran los peores. En cuanto tragaba un poquito de bruma me convertía en un ser amorfo y taciturno a pesar de todos los intentos que hiciera para que no ocurriese. En ese sendero neblinoso de adoquines, incluso pasando la rotonda, no había pájaros cantando. El aroma fresco de la lluvia se veía ahogado por las enormes gotas que se lanzaban directamente hacia mi rostro, quitándome la capucha.

Me abrí paso entre los charcos y los terrones de hierba recortada que estaban pegados a los adoquines, y golpeé las botas de lluvia contra el marco de la puerta antes de entrar a Lupton Hall. Lo único bueno era que la mancha de café con la forma de la Antártida había desaparecido. Y, en su lugar, mis pantalones parecían recién sacados de una piscina para niños: mojados y llenos de hierba.

Todo estaba más silencioso que de costumbre, pero más que nada porque la lluvia era más fuerte que de costumbre. Por qué ocurría esto, no lo sabía, pero parecía ser una alegoría del día.

Practiqué lo que iba a decir, repitiéndolo dentro de mi cabeza una y otra vez. La memoria motora casi me hizo pasar de largo delante de la oficina del director, mis pies marchaban en piloto automático directamente hacia la biblioteca. Me detuve, respiré profundamente, me quité los restos de hierba de los pantalones y entré. Su puerta estaba abierta, pero la abertura era diminuta. El Sr. Walsh estaba dentro, también su espantoso escritorio, de modo que eso era bueno. Lo que no era bueno era que estaba hablando por teléfono. Y, por razones que ya hemos establecido, escuché la conversación a escondidas.

—Sí, sí. Me parece bien. A él lo tendremos muy pronto por aquí. Me alegra que hayamos podido solucionar el tema. Mmmm. Sí. Perfecto. Muchas gracias. —Colgó el teléfono y esperé unos segundos antes de llamar, para que no pareciera que había estado escuchando. Un buen dominio del sigilo es crucial incluso para el plan más inocente.

»¿Quién es?

—Clara Evans.

—Ah, Clara Evans. —Abrió la puerta, asomó la cabeza para ver si su asistente estaba sentada en su escritorio, cosa que no era así, e hizo un gesto con la cabeza hacia el pasillo—. Hablemos afuera, ¿le parece bien?

Asentí y salimos de la oficina.

—Sr. Walsh, leí el manual del alumno para ver lo de los libros prohibidos…

Su mirada se volvió más penetrante, pero su rostro se mantuvo inalterable; sus rasgos, incluyendo ese pelo de la ceja anormalmente largo, inusitadamente inmóviles.

—El material vedado, sí.

Levanté las manos en una muestra de agotamiento, de absoluta confusión.

—Busqué por todos lados, pero no había ninguna lista. Solo una nota que decía que había que pedírsela a la presidenta del consejo de estudiantes, cosa que hice, y ella dijo que no tenía ninguna lista, de modo que no sé qué debo hacer.

—Ah, bueno, es que, eh... —balbuceó mientras metía las manos en los bolsillos—. Mientras usted se encuentre en Lupton, utilice solamente la biblioteca del instituto. Y si está en la biblioteca del instituto, entonces no está prohibido. Quiero decir, vedado. Muy sencillo. Así ya no tiene que hacer el esfuerzo de andar adivinando.

Era muy obvio que nunca había llegado hasta este punto con un alumno, que se había quedado sin guion. Sus palabras pensadas de antemano y sus ocurrencias ingeniosamente elaboradas estaban vacías de contenido.

—Entiendo. Pero eso no resulta muy útil. Si no sé qué está prohibido, puedo terminar con alguna amonestación solo porque lo he metido en el instituto y ni siquiera sabía que sería un problema. ¿No podría poner la lista en algún lugar?

—Ah, bueno, bueno, bueno. Normalmente, a los alumnos que traen algo prohibido al instituto, se les hace una advertencia, no se les pone una amonestación inmediata. Usted misma ha experimentado una situación exactamente igual. No hay de qué preocuparse. Bueno, debo volver a mi trabajo. Tengo mucho que resolver con respecto a la compra de la ASP. ¿Emocionante, verdad?

—Sr. Walsh, no creo que...

—Director. ¡*Ciao*, señorita Evans! ¡Avíseme si tiene más preguntas!

—Tengo más...

Entró en su oficina y cerró la puerta. Escuché un *clic* que dejaba traslucir que me había dejado fuera.

Permanecí allí unos minutos, más confundida que cuando había llegado. Al final, arrastré mi ser amorfo y taciturno a la biblioteca y continué trabajando en la sala de procesamiento. Programé el temporizador de mi teléfono para que me gritara diez minutos antes de la clase de Literatura Avanzada, para no entretenerme y llegar tarde.

# O SERÁS LA ESCORIA DEL CIRCO

*Destruir cosas es mucho más fácil que hacerlas.*

—Suzanne Collins, *Los juegos del hambre*

Llegué a la clase de Literatura cinco minutos antes para compensar el último desastre, pero no era la única que había vuelto desde el otro lado del mundo. Lo vi en cuanto entré, lo cual ya era mucho decir, porque era difícil competir con la falda de tubo del mismo color naranja de los subrayadores (tenía que reconocerle algo a la profesora por minúsculo que fuera: al menos estaba promoviendo los subrayadores naranjas) que se encontraba al frente del aula.

Jack Lodenhauer se hallaba sentado junto a Ashton como si se tratara de un miércoles cualquiera. Sentado cómodamente. Como si no lo hubiesen detenido por conducir alcoholizado ni lo hubiesen suspendido. Por alguna extraña razón, estaba ahí. Yo recibía una advertencia por algo que ni sabía que existía, pero él estaba de vuelta una semana y media después de haber recibido una suspensión por beber alcohol dentro del instituto y causar daños a la propiedad *durante* el estado de ebriedad, *y* por conducir alcoholizado.

El último chico al que habían atrapado bebiendo durante un partido de fútbol americano había tardado un mes en volver. La academia mantenía una guerra para que los alumnos no bebieran alcohol casi tan intensa como la que mantenía para que los alumnos no leyeran.

Debo admitir que permanecí en la puerta más tiempo del que hubiera debido y lo sabía, pero estaba intentando convencerme a mí misma de la promesa que había hecho.

*Ni una palabra acerca de Jack Lodey y sus hazañas, Clara Evans, o serás la escoria del circo.*

*Ni una palabra.*

Pero con la misma actitud con que me recibió la última vez, Falda MacFalda hizo un ademán muy agresivo de que entrara y me sentara. Todos los ingredientes: la pesadumbre, el hecho de que me sintiera un ser amorfo y taciturno, la regla, la confusión, la intención de no comportarme como una idiota, el límite de tiempo que al parecer tenía el marco de la puerta, todo eso hizo que sus movimientos resultaran más estridentes que la reprimenda que me había dado la primera vez delante de toda la clase, y las palabras brotaron de mi boca antes de que pudiera detenerlas.

—¿Y usted quién rayos es? —pregunté—. ¿Dónde está la Srta. Croft?

Sí.

Le pregunté a una profesora, sin el más mínimo tono de delicadeza o respeto «¿y usted quién rayos es?».

En mi defensa, tenía los pantalones muy, muy, pero muy congelados por el aire acondicionado y eso solo podía volver impertinente a cualquiera.

# UNA IDIOTA DE PURA CEPA

Me encontraba de nuevo en la oficina del Sr. Walsh. Era mi nueva casa. Había estado ahí tantas veces que comenzaba a pensar que, tal vez, su escritorio no era tan espantoso como había considerado en un principio. Ese lugar estaba un paso más arriba del establo donde me había criado.

Me miraba mudo y casi sin pestañear; todo parecía formar parte de un juego. Era como si se hubiera puesto el semblante que decía *no estoy enfadado, solo decepcionado* de la misma manera en que se pondría una chaqueta. Era demasiado bueno suponer que no estaba realmente decepcionado. Uno no tenía que fingir estar de determinada manera, a menos que realmente no lo estuviera.

—Es la tercera vez que la veo en una semana, señorita Evans —señaló—. Nunca había sido un problema hasta este año, ¿qué está pasando?

No sabía cómo responder a esa pregunta. Había pasado de «contenida y adoctrinada» a «problema» solo porque le había hablado acerca de un reglamento inexistente que él decía que existía. Emocionante.

Aceptó mi silencio y me pagó con más expresión de estar decepcionado.

—Esta vez le pondré una amonestación por insultar y gritar a una profesora.

—No le he gritado —comenté—. Le he preguntado quién era después de haber sido innecesariamente mala conmigo por segunda vez. ¿Quién es? —pregunté—. Ha aparecido de la nada. ¿A dónde ha ido la Srta. Croft? La administración no ha dicho ni una sola palabra al respecto.

—Eso es porque lo que ocurre tras bambalinas no concierne a los alumnos. Su trabajo es aprender. Nuestro trabajo es administrar. Nosotros confiamos en que usted haga su trabajo, usted debería confiar en que nosotros hagamos el nuestro. Concentración, Conocimiento, Impac...

—Sí, Sr. Walsh, ya lo he entendido.

Meneó la cabeza, alterado por haber sido interrumpido durante su guion elaborado de antemano.

—¿Quiere hablar usted con sus padres acerca de este incidente o tengo que llamarlos yo?

Me pareció gracioso. Mis padres recibirían una llamada del director contándoles que su hija, cuya equivocación más grande hasta la fecha había sido llegar tarde a una clase por haber volcado sopa de gallina con fideos sobre una carpeta, había insultado a una profesora. Supuse que sería la manera más fácil de que ellos se enteraran de las novedades que había en mi vida: no me había mostrado muy comunicativa desde el comienzo de las clases. Tenía una constante falta de deseo de hablar de lo que me pasaba desde que había comenzado la Bibsec.

—¿Sabe algo? —pregunté riendo—. Me parece bien que usted se encargue de llamarlos.

—No me parece que esto sea gracioso, señorita Evans, ¿por qué a usted sí?

De repente, tuve un momento revelador.

Esa mañana, cuando el Sr. Walsh estaba hablando por teléfono, había dicho: «A él lo tendremos muy pronto por aquí».

Y luego, Jack Lodey.

Sentado en la clase de Literatura Avanzada.

Muy pronto.

De modo que así había sido. Los Lodenhauer habían comprado la ASP para la Academia Lupton a cambio de que Jack volviera al instituto. ¿Quedaría algo en sus antecedentes? Aun cuando esa no fuera la razón por la cual los Lodenhauer habían comprado la ASP, estaba segura de que había sido un beneficio adicional. ¿Qué significaba eso? ¿Era importante? Si Jack vivía por encima de la ley, ¿era eso importante? ¿Tal vez? Si esa era realmente la manera de operar del instituto, quería decir que nos engañaban a todos, día tras día, haciéndonos creer que nuestras opiniones eran importantes. Y que nuestro aprendizaje nos ayudaba a elaborar la forma en que esas opiniones eran importantes y que podíamos cambiar lo que nos rodeaba, que podíamos causar un «impacto». ¿Qué haces en un lugar en el que todos los engranajes que lo hacen funcionar tras bambalinas están corroídos? ¿Qué haces en un lugar donde te dicen una y otra vez que eres importante, pero una vez que das un paso en público para tratar de mostrar tu importancia, te empujan nuevamente dentro de tu jaula?

—Porque todo esto es raro, muy raro —respondí, y no estaba segura de si la respuesta era para él o para mí.

El Sr. Walsh arrugó los labios y luego dedicó un minuto entero a garabatear silenciosamente en un documento que iría a mi «archivo». Ahora, había cometido un delito. Tal vez todo aquello no había sido más que un plan de mi subconsciente. Distraer al director insultando a una profesora para ser la chica que insultaba a los profesores y no la que estaba llevando a cabo un mercado negro de libros. Muy raramente esos dos problemas habían estado conectados.

Suspiré mientras escuchaba el susurro de la escritura, deseando que el día terminara de una vez. Hasta temía tener que dirigir la reunión de Queso esa noche, ya que todavía no había podido releer *Las ventajas*. Era curioso el poco tiempo que tenías para leer cuando estabas ocupada ayudando a otras personas a leer.

Extrañamente, la parte del día que menos temía era volver a mi casa y encontrarme con mis padres.

Un giro inesperado de la trama.

# MOJOVACIÓN

*Y esto puedes saber: teme el momento en que el hombre deje de sufrir y de morir por lo que cree, porque esa es la cualidad esencial del ser humano y lo que lo distingue dentro del conjunto del universo.*

—John Steinbeck, *Viñas de ira*

Entré a Mojo y me topé con un grupo de personas apiñadas delante de la puerta con expresión confundida y desorientada, obstruyéndome el paso e impidiendo el acceso a la parte del queso del club de lectura. La parte de la gente podía obviarla. En mi defensa, se podía argumentar que el día había sido bastante deprimente, de modo que me estaba aferrando a cualquier porción de belleza por más pequeña que fuera. En ese día en particular, era el queso.

Parada en medio de los confundidos, descubrí que ese enorme grupo de gente era mi gente. Los queseros habituales, más Ashton, Jack, el Gabinete, LiQui y (¡sorpresa!) casi la mitad de los chicos de la clase de Literatura Avanzada, y (¡doble sorpresa!) la Srta. Croft.

—Aahhh —exclamé—. Guau.

—Sí —comentó LiQui—. De nada.

—¿Por qué?

—Le mandé un correo a la Srta. Croft —respondió ella extendiendo los brazos— pidiéndole que viniera esta noche. También avisé a tu clase. No encontré respuestas en la investigación que realicé sobre derecho contractual, de modo que pensé: ¿por qué no conseguir la información sucia de la mujer a la que despidieron?

—¿Por qué no me has avisado? —pregunté con un gruñido—. ¡No estoy preparada mentalmente!

—Estabas muy ocupada insultando profesoras. Ni siquiera has aparecido durante la comida. ¿Qué ha pasado?

—1. Tienes razón. 2. Tenía muchos libros que distribuir. 3. Podemos hablar de eso más tarde. Bien, ¿así que esta noche tenemos como quince personas?

—Cuando yo vengo, traigo a la masa conmigo. De nada.

—Ok, no fastidies, Maui. —Suspiré—. Necesitamos más espacio.

Y no lo encontraríamos en Mojo, de modo que supuse que eso implicaría alejarme del queso.

Nada de queso.

Me quedaba sin mi pequeña porción de belleza.

—Tenemos que ir a Libris. Tiene un gran salón en el sótano y queda a solo diez minutos de aquí.

—Iremos en mi coche porque tenemos que hablar sobre eso de que andas insultando profesoras —señaló LiQui.

Miré hacia la puerta sabiendo dentro de mi corazón que tendría que marcharme sin queso, pero intentando ver si existía alguna manera de no tener que hacer la cola de los burritos. Tal vez solo quedaba actuar drásticamente: arrojarme sobre la barra, meter el puño entero en el recipiente del queso y correr hacia la puerta. ¿De qué servía la dignidad si no tenías queso? Un puño cubierto de queso era mejor que la dignidad, sin lugar a dudas.

Ahuequé las manos alrededor de la boca.

—Bueno, gente. Somos un grupo muy grande para este lugar, no gordo, sino en sentido colectivo, como tamaño. ¿Se entiende lo que digo? Tenemos que migrar como los pájaros. Hagamos como los pájaros y dirijámonos a Libris. Migremos hacia la librería. —Respiré profundamente como si estuviera en medio de un entrenamiento—. Vayamos a Libris. ¿Todos sabéis dónde es? Sí. En la calle Main. Muy bien. Vamos.

—Clara —dijo la Srta. Croft mientras yo mantenía abierta la puerta para que pasaran todos los queseros—. Espero que te parezca bien que haya venido. Pareces sorprendida.

—No estoy sorprendida de estar sorprendida —comenté encogiéndome de hombros.

La Srta. Croft me miró sin comprender.

—Lo siento, ha sido un día muy largo. Está bien que haya venido. En serio.

—Bueno, gracias —comentó caminando hacia su coche—. Estoy impaciente por escuchar cómo te está yendo. Nos vemos en Libris.

Ashton se apartó del grupo y Jack se quedó con él. Luego, cuando la última persona cruzó la puerta, se inclinó hacia mí y bromeó:

—¿Esto es una fachada para vender droga, verdad? No me mientas.

—A esta altura, todo puede ser. Nos vemos en Libris.

Caminé hacia la camioneta Izuzu Rodeo verde de LiQui. Para poder llegar al asiento del acompañante, tenía que pasar a través del asiento trasero y luego trepar por encima de la consola del medio. Antes solía sentarme atrás en lugar de hacer toda esa esforzada maniobra para llegar al asiento de adelante, y siempre sentí que era una situación incómoda, como viajar con tu madre o en un Uber. Sin embargo, esta vez, mi pie se deslizó de la consola y se atascó en esa parte que era tierra de nadie, ubicada entre la consola y el asiento delantero. El impulso me lanzó hacia delante y caí de cabeza en la cavidad que estaba debajo de la guantera, formando un arco de vergüenza, el pie en el asiento, la cabeza en el suelo.

—Qué agradable —exclamé levantándome.

—Últimamente, para ti todo es como una gran lucha, ¿verdad?

—Me alegra que sea lo suficientemente terrible como para que lo hayas notado.

—Desembucha —exigió LiQui con su cara de *reportera* antes de que pudiera colocarme el cinturón.

De modo que, de camino a Libris (para hablarle a un millón de personas de vaya uno a saber qué), le conté a mi amiga toda la historia: cómo llegué a insultar a esa profesora desconocida, mi teoría de que los Lodenhauer habían pagado para que Jack volviera al instituto y lo raro que era todo. Que la Bibsec había pasado a ocuparme mucho tiempo, que Jack venía a la maldita reunión de Queso y todas las complicaciones con Ashton y con Jack, y con los libros.

Tal vez ese era el trasfondo de lo que había sentido desde el comienzo de las clases. Todo me parecía embrollado, confuso y complicado. Era como la sensación que me asaltaba al entrar a mi habitación y ver mi camisa colgando de un aplique en la pared, o las tazas de café sucias que se iban multiplicando sobre la mesa de noche, o encontrar un zapato debajo de la cama y no tener la seguridad de que su par estuviera cerca. No podía dejar de percibir el desorden con cada movimiento y cada pensamiento. Una vez que descubres que algo es caótico, no hay vuelta atrás. Siempre será así. Caótico.

Tampoco era un caos normal, esperable. El instituto era razonablemente caótico: muchos deberes, partidos de fútbol americano, salidas con amigos. Eso era lo normal. Pero ese año, todo era caótico de una manera que no había esperado, ni siquiera considerado. El tener que andar repartiendo libros a escondidas, la constante caminata a mi taquilla, el constante registro de los libros que entraban y salían, la presión de hacer todo eso y continuar siendo una alumna ejemplar. La inminente cena de la Beca de los Fundadores y la correspondiente beca colgando como una espada encima de mi cabeza, el nudo en el estómago que crecía cuantos más días transcurrían y más libros entregaba a chicos que ni siquiera conocía. Eran como capas y más capas de niebla emocional.

Las clases me parecían densas y burdas, no podía analizar la información que recibía tan clara y rápidamente como lo hacía antes. Los días comenzaban a asemejarse a una nebulosa de cubiertas blancas y viajes a la taquilla. Todo eso sumado a que el final del semestre estaba tan lejos que la gente ni siquiera había comenzado a desear que llegara en las conversaciones cotidianas.

Las palabras brotaron imparables de mi boca y la avalancha liberó algunas lágrimas con ella, de modo que a esas alturas estaba llorando en el coche de LiQui. Y no estaba llorando por las cosas que sabía, sino por las que no sabía.

Eso creía.

Ni siquiera sabía si las cosas que no sabía eran la razón por la cual estaba llorando, lo cual me hizo llorar más todavía. De repente, la idea de clausurar la Bibsec, que había sido un pensamiento que jugaba al gato y al ratón con mi cerebro, llamó a mi puerta y no salió corriendo. Eso me frustraba y me confundía a la vez, porque la Bibsec nunca fue algo que hubiera comenzado con la idea de abandonarlo. Era una especie de proyecto «hasta que la graduación nos separe». Además, no tenía frases suficientes como para hacer algo con ellas, pero... ¿qué había pensado conseguir con esas frases? ¿Acaso había pensado en lo que iba a suceder? Irrumpiría en la oficina del director y le entregaría las frases y él simplemente diría: *Ah, sí, Clara, tienes razón. Ya se ha levantado la prohibición de los libros. ¡Buen trabajo! ¡Ciao!*

Además, desde que Scott me había acusado de estar llevando a cabo una lucha de poder, no podía quitarme de la cabeza que yo era una versión distinta del Sr. Walsh: ambos con nuestras luchas de poder; cada uno pensando que tenía razón; ninguno de los dos cediendo ni vacilando. Estábamos trabados en una batalla, una batalla que yo quería ganar desesperadamente.

Había algo raro en todo lo que estaba haciendo y no lograba determinar qué era.

¿Acaso estaba convirtiendo los libros en armas? ¿Ganar era suficiente? ¿Era lo único que quería?

La sensación se instaló dentro de mí. No. Ganar no era suficiente para la Bibsec.

Necesitaba un nuevo motivo para continuar.

Un motivo mejor. Y debería haber sido un poco más fácil encontrarlo: yo creía en los libros. Era Clara Evans, la chica que adoraba los libros. ¿Por qué me resultaba tan difícil?

Todo continuaba siendo tan complicado como cuando había comenzado.

Respiré una vez.

Dos veces.

Cerré los ojos.

Intenté cerrar la mente durante un segundo.

Una vez que pude hacerlo durante uno, la cerré durante dos.

Tres.

Cuatro.

Entonces pude respirar otra vez.

Entonces pude ver otra vez.

Pude sentir el calor de la mano de LiQui en la rodilla y me concentré en eso.

Y respiré.

Y me concentré en esas dos cosas hasta que llegamos a Libris.

# CENSURA AVANZADA PARA LOS IRACUNDOS Y DESINFORMADOS

Todos se hallaban en el sótano de Libris, una vieja casa de ladrillo transformada en librería por su dueña, la señora Lowe.

En cuanto vi estantes con libros a través de las ventanas de la tienda, con solo pensar en el olor que habría dentro, me sentí más ligera. Papel, naturaleza condensada y manos elaborando palabras, algo imprescindible, lleno de magia y conocimiento. Puntos, comas, digresiones, analogías. La belleza de los pensamientos cotidianos transformada en poesía. Estaba todo allí y me invadió una leve sensación de paz dentro del caos que reinaba en mi mente.

—De modo que seré sincera —les expliqué a todos—. No he tenido la oportunidad de releer *Las ventajas*. Lo que quiero decir es que algo se me podría ocurrir y también podría hablar de lo que me pareció cuando lo leí hace dos años, pero no sería algo nuevo, fresco. Lo siento. Esta es la primera vez desde el comienzo de Queso que no he leído el libro a tiempo y me siento muy mal.

Los asistentes habituales de Queso me dijeron que no me preocupara.

Ojalá las palabras tuvieran efecto sobre mí en este momento.

—Gracias —exclamé mirando a la Srta. Croft—. Bueno, contexto para los queseros habituales: ella es la Srta. Croft, una de mis profesoras. La despidieron misteriosamente y está aquí para explicarnos el motivo, para que podamos entender qué sucedió. Srta. Croft, sé que ha venido a hablar, pero quiero que primero nos dediquemos a charlar sobre libros. De esa manera, si a alguno de los asistentes habituales no le interesa escuchar su historia, puede marcharse. Muy bien. Si alguien tiene algo que decir sobre *Las ventajas*, puede comenzar.

Silencio. Ni siquiera Sean, que era siempre la persona indicada para iniciar los debates, se sentía cómodo como para lanzarse a hablar.

Resultaba extraño ser un grupo tan grande, eso era cierto. Habíamos sido entre cinco y diez desde el comienzo, de modo que estar rodeados por un millón de chicos era raro. Parecía más una conferencia y menos un debate. Transformaba a Queso, sin lugar a dudas, en una nueva prueba del caos reinante. Normalmente, llegábamos, charlábamos, comíamos queso, lo pasábamos bomba y nos marchábamos. Pero después se añadieron las Estrellas y ahora hablar de libros solo parecía el acto de apertura de la mesa de chismorreos de LiQui. Lo absurdo de la situación no hacía más que fortalecer esa sensación de que todo parecía embrollado e inestable. ¿Existía al menos una cosa que fuera constante? ¿En algún lugar?

—Muy bien —continué—. De acuerdo. Queseros habituales, siento mucho que este haya sido un día perdido, pero no dudéis en marcharos si lo deseáis. Lo lamento. La semana que viene, tenemos que elegir los libros de los próximos seis meses. No os olvidéis de pensar ideas. Tal vez podamos retomar *Las ventajas*.

Mientras mi club de lectura se convertía en una segunda y extraña clase de Literatura Avanzada, fui al baño. Más que nada para hacer pis, pero también para alejarme de todos. Para alejarme de Jack y del peso de sus ojos, que se volvían cada vez más intensos cuanto más cerca estaba de él. Para alejarme de Ashton y su repentina amabilidad. Para alejarme de LiQui y su mente de abogada sabia y omnisciente. Necesitaba un descanso.

Volví al sótano, preparada, suponía, para la parte de la noche en la que averiguaría más cosas sobre las políticas de la Academia Lupton: diversión pura.

—Srta. Croft —exclamé—, tiene la palabra.

Asintió y comenzó a hablar sin perder un segundo.

—En primer lugar, gracias por venir y permitirme interrumpir vuestro club de lectura. Cuando LiQuiana se contactó conmigo para averiguar qué había sucedido, me resultó muy frustrante que no lo supiera, especialmente dado que ella es la presidenta del consejo de estudiantes. Me pareció que era importante que los alumnos supieran lo que había pasado, aunque solo se tratara de mis alumnos, de modo que venir aquí me pareció lo más adecuado.

Asentí y ella prosiguió con el relato.

—No sé cuántos de vosotros lo sabéis, pero el primer día de clase, la administración emitió una lista de más de cincuenta libros prohibidos. Era confidencial y no para los alumnos. Me enfadé mucho por varias razones, razones de las que podría hablar durante un buen rato, pero esa no es la cuestión. La cuestión es que la prohibición, obviamente, afectaba a mi materia. Específicamente, a la elección del material para mis clases. Por lo tanto, cuando la administración me pidió que rehiciera el programa teniendo en cuenta los libros prohibidos, lo hice, en cierto modo. Les entregué el programa del año anterior, pero con los títulos cambiados. Sin embargo, en secreto, reformé el programa y lo denominé «Censura para los iracundos y desinformados». Quería dar mi clase de Literatura sobre la censura y su historia. Quería mostrar mi oposición dándoles a los alumnos las herramientas para entender los riesgos que implicaban la censura y prohibir libros.

»No era lo que el instituto quería (al tratarse de un establecimiento privado tenían la autoridad para prohibir lo que quisieran), pero yo estaba respetando las reglas. Daba clase sobre los procesos judiciales y no sobre los libros prohibidos. Estaba entusiasmada, y me entretuve tanto en elaborar el nuevo programa que olvidé cambiar el de mis clases de Composición Literaria. Había dejado un libro prohibido y entregado el programa como si estuviera listo. Y, obviamente, me llamaron de la oficina del director por no adherirme al nuevo reglamento del instituto. El Sr. Walsh me pidió que quitara el libro del programa, como había hecho con Literatura Avanzada.

Se detuvo y respiró profundamente.

—Mientras observaba a ese hombre pidiéndome que quitara un libro del programa, sentí que no era suficiente ser inteligente, sutil y dedicarme a hablar sobre los procesos judiciales de censura. No estaba pronunciándome en contra de manera clara, me estaba adaptando. De modo que dije que no y me despidieron por «diferencias irreconciliables sobre los reglamentos escolares». Clara —dijo volviéndose hacia mí—. Después de que habláramos el primer día, ¿recuerdas? ¿Cuando hablamos de *No me pisotees*? Me fui a mi casa y lo terminé. Creo que ese libro fue lo que realmente me dio la convicción de decirle que no al Dr. Walsh. Es difícil para mí separar mis razones de ese libro.

Uno hubiera pensado que escuchar a la Srta. Croft diciendo que se había sentido inspirada por *No me pisotees* habría sido alentador para mí, pero, de hecho, hizo que sintiera más miedo de la Bibsec. Ella se había inspirado en el mismo libro, por las mismas razones y la habían despedido.

La Beca de los Fundadores destelló dentro de mi mente: mi billete para la universidad, el camino hacia mi futuro. Yo era finalista. Todos los finalistas recibían algo de dinero, pero el ganador recibía el viaje completo. Adonde fuera.

No lo había pensado hasta ahora, pero LiQui, Vandi y yo, todo estaba en peligro, todo estaba en la mira. Si me pillaban, me suspenderían. Y si me suspendían, perdería la oportunidad de ganar la Beca de los Fundadores.

¿Qué estaba haciendo?

¿Alguien tenía una máquina del tiempo que pudiera transportarme hasta al comienzo del semestre?

¿Habría para mí una segunda oportunidad?

—¿Hay una lista de cincuenta libros prohibidos? —preguntó una chica de la clase de Literatura Avanzada—. ¿Cómo no nos hemos enterado?

Apreté los labios. No diría nada a menos que fuera una broma. No confiaba en mí, pero ya se me habían acabado todas las bromas.

—Podemos llevar esto a juicio —propuso la profesora moviéndose en el asiento—. De hecho, estoy planeando hacerlo. Estoy planeando ir a la prensa en los próximos días. ¿Me preguntaba si alguno de vosotros estaría interesado en ayudar?

Me quedé paralizada y no levanté la vista. Sabía que ella esperaba que dijera algo. Yo adoraba los libros. CasaLit, las Pequeñas Bibliotecas, etcétera, etcétera. Si no decía que sí, ¿en qué me convertía? Solo quería que la noche terminara de una vez. Estaba harta. De ese día; de todo. Quería irme a casa, enfrentarme a mis padres, meterme en la cama y desaparecer debajo de las sábanas.

La mesa estaba de nuevo en silencio.

—Bueno, pensáoslo —añadió la Srta. Croft—. LiQui tiene mi correo electrónico por si decidís que queréis participar.

—Srta. Croft —intervino LiQui—. Muchas gracias por venir y explicarnos todos los detalles. Me pondré en contacto con todos por la mañana y veré si están dispuestos a participar de la lucha.

Cuando se puso de pie, supe que no dejaría que me marchara sin hablarme de mi participación en su cruzada.

—Clara —profirió acercándose a mí mientras todos se levantaban y tomaban sus cosas.

—Mire, Srta. Croft, yo...

—Me sorprende que no quieras ayudar. ¿De verdad es así? ¿Qué harían Levi y Joss?

No podía pensar. Sentía que mi mente se derrumbaba sobre sí misma. Como si la magnitud del peso de la zona difusa combinado con lo desconocido y con el hecho de que cada vez estaba más hambrienta estuvieran devorando mi capacidad para procesar.

—Tengo que irme, Srta. Croft. Hablaremos después.

Y, así sin más, me alejé de ella, dejándola en el sótano.

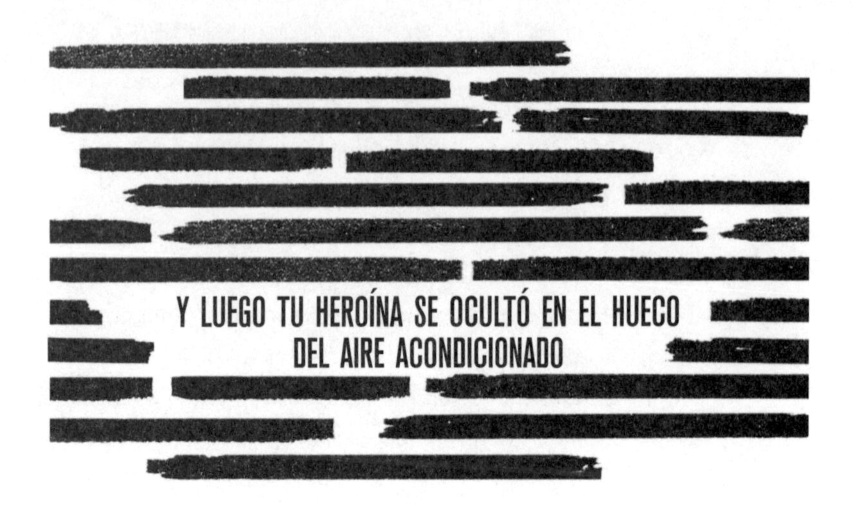

## Y LUEGO TU HEROÍNA SE OCULTÓ EN EL HUECO DEL AIRE ACONDICIONADO

*Y miré el cielo. El mismo cielo que habían mirado mis antepasados cuando la libertad fluía desenfrenadamente como un río. Levi, dentro, estaba regateando con dinero que no era nuestro el precio de un libro que podría hacer que nos mataran solo por mencionarlo.*
*En esa combustión de tiempo y trascendencia, no podía distinguir las verdaderas intenciones de nada. Todo era historia, monumentos y una nebulosa de poder y muerte, y me pregunté si todo eso valía la pena. Si alguien más habría sentido lo mismo. Estar tumbado en una trinchera, matar a otro hombre o a otra mujer. ¿Estaba justificado?*
*La cabeza me daba vueltas.*
*Me di cuenta de que quería pan, lo cual, sentí, estaba bien.*
*A pesar de lo que Levi decía, había un tiempo y un lugar para el pan.*

—Lukas Gerbhardt, *No me pisotees*

Salí casi corriendo de Libris y pasé junto a los mismos estantes que, una hora antes, me habían alegrado tanto. Me quedé fuera, entre las sombras del edificio, en un pequeño hueco donde se encontraba el aire acondicionado, tratando de lograr que mi mente hiciera algo además de entrar en cortocircuito bajo el peso de todo aquello que no lograba entender.

Una marea de gente cruzó la puerta y me quedé mirando cómo se vaciaba el aparcamiento. Cuando la Srta. Croft se marchó, no pude dejar de pensar que su mirada fugaz hacia donde yo me encontraba se debió a que había olido mi culpa y mi confusión en el aire.

Permanecí apoyada contra la pared de Libris, mirando al cielo. Me sentía como Joss cuando tuvo que salir durante una transacción con uno de los vendedores de libros. Él salió porque se preguntó si la lucha estaba justificada, si valía la pena, yo salí porque me pregunté si aún sabía por qué estaba luchando.

El aire y el zumbido del aparato se calmaron un poco y cerré los ojos. Y, por un minuto, reinó la nada, y, en ese minuto, intenté capturar esa nada para poder guardarla en el bolsillo y sacarla cuando la necesitara.

—Leí *Las ventajas*. Ahora leeré el otro —comentó una voz. Abrí los ojos y Jack se encontraba frente a mí.

—¿Sí? ¿Qué te pareció? —pregunté cerrando nuevamente los ojos: quería concentrarme en la nada.

—Precioso.

La nada se desvaneció, reemplazada por mi asombro, y abrí los ojos.

—Ese libro es la razón por la cual he venido a tu club —explicó—. He oído que te gustaba. Pensé... Pensé que, tal vez, podríamos hablar de él. Tal vez hablar contigo estaría bien.

—¿Hablar conmigo? ¿Qué quieres decir?

Un estruendoso «¡Ey!» atravesó el estacionamiento. LiQui.

—¿Clara?

—Estoy aquí —exclamé emergiendo de mi hueco de normalidad. Para mi sorpresa, Ashton venía detrás de ella. Miré a Jack. Todo indicio de vulnerabilidad que había mostrado unos segundos antes se retiró rápidamente a un lugar profundo de su interior, y la pérdida fue tremendamente decepcionante.

—¿Te encuentras bien? —me preguntó Ashton.

—Siento que te he preguntado lo mismo hace poco y no he obtenido ninguna respuesta —contesté con un resoplido de sarcasmo.

Esbozó una sonrisa avergonzada.

—¿Ya os habéis presentado? —inquirí haciendo un ademán entre LiQui y él.

Ashton dijo que no con la cabeza y luego extendió la mano.

—Ey, me encanta tu trabajo como presidenta. Deberías presentarte en serio, como presidenta de EE. UU., yo te votaría. Me encargaré de tu campaña.

LiQui ladeó la cabeza y su sonrisa, un tercio asombrada y dos tercios divertida, hizo que sus labios se agrandaran formando una O. Me miró y le hice un gesto cómplice con la cabeza.

—Pero mira que eres un terrón de azúcar —comentó.

—Dios mío —exclamó Jack y, por un minuto, pensé que se estaba burlando de LiQui y estuve a punto de dispararle mis dardos verbales, pero luego añadió—: No lo halagues, no lo necesita.

—Mira —intervino Ashton—. Cualquier persona que trata con la administración de la academia sin vender su alma ni lamer culos, según mis parámetros, es fantástica.

—No pares. Di más cosas bonitas —añadió LiQui, ufana.

Jack tenía la mirada clavada en el suelo.

—Lo haría, pero tenemos que irnos —indicó—. Clara, esta noche ha sido… rara. Muy rara. Gracias.

—A mí me lo dices. —Miré a Jack—. Ey, después de *Las ventajas*, te recomiendo seguir con *El guardián*. Holden y Charlie son superparecidos.

Jack asintió y ambos se marcharon.

LiQui se volvió hacia mí en cuanto estuvieron suficientemente lejos.

—Vamos, larguémonos de aquí, así no pareceremos dos bandidas en medio de la oscuridad que andan en algo sospechoso.

Mientras observaba a Jack alejarse, me pregunté qué acababa de ver sobre él y por qué querría hablar conmigo. ¿Acaso esa había sido su intención desde el principio? De ser así, ¿por qué se había comportado como un idiota el primer día que había venido al club? ¿Por qué era un idiota?

¿De dónde había salido el Jack Lodenhauer que acababa de conocer?

# *NO ME PISOTEES* CAPÍTULO 43: JOSS

*Levi estaba en silencio mientras garabateaba en un papel bajo la luz de la lámpara.*

*—¿Qué estamos haciendo? —pregunté, apoyando el lápiz con fuerza. El ruido resonó interminablemente a través de las paredes de la caverna—. Estamos escondidos aquí dentro, cuando nuestro mundo continúa luchando. Al menos, cuando éramos soldados, luchábamos.*

*Levi levantó la mirada.*

*—¿Quién dice que no estamos luchando?*

*—¿Estás luchando en este momento? —Lo miré.*

*—Sí —respondió.*

*—¿Estás sosteniendo un arma?*

*—No, pero un arma es casi tan necesaria para una batalla como un martillo para hacer una sopa.*

*—Entonces, ¿qué estás haciendo?*

*—Estoy escribiendo. Estoy escribiendo todo lo que siempre quise decir, y les estoy diciendo a todos que todo lo que han hecho no es más que pan y circo.*

*—¿Y si la gente solo presta atención a los asesinatos, a las ciudades devastadas, a los huérfanos y a la sangre?*

*—Entonces, escucharán nuestras historias.*

*—Aquí las historias no tienen poder, Levi. Las historias no son suficientes para terminar una guerra.*

*—Joss, ¿qué crees que inició la guerra?*

# ¿PUEDE LA NOCHE TERMINAR DE UNA VEZ POR TODAS?

En cuanto entré, pude oler la decepción paterna y materna. La casa también olía a cena guardada y aún debíamos tener la famosa conversación *—has insultado a una profesora, ¿acaso te has convertido en una asesina en serie?—* antes de que pudiera comer, de modo que tenía que aceptar seguir teniendo hambre durante quinientas mil horas más. Debería haber metido el puño en el queso. Qué decisiones estúpidas había tomado.

Antes de que pudiera soltar la mochila, mi madre entró en la cocina, escoltada por mi padre. Llevaba una camiseta de *Star Wars* de la mitad de su cuerpo para arriba y unos jeans con roturas de la mitad para abajo. Una mirada más atenta reveló que eran *mis* jeans con roturas. No dije nada. Imaginé que la mayoría de los chicos se quejaban de que sus padres eran poco *cools* y yo sabía con certeza que mi madre ni siquiera intentaba demostrar que era una madre genial por llevar mis jeans con roturas y una camiseta de *Star Wars*, lo cual la convertía efectivamente en una madre genial. Pero si mi armario la ayudaba a ser relevante para la sociedad y hacía que mis amigos me envidiaran el hecho de tener una madre que a veces llamaba «hermano» a mi padre, era mi deber dejar que eso ocurriera.

—Hola —saludó mientras mi padre se acercaba.

—Hola —les dije a ambos—. Cuánto tiempo sin verte, papá.

Ese otoño, mi padre y yo teníamos horarios que nos hacían llegar y marcharnos cinco minutos antes que el otro. Si yo estaba en casa con un poco de tiempo libre, era probable que él no estuviera, pero, infaliblemente, él volvería a casa justo antes de que yo me fuera o unos pocos minutos después. Él era, y lo digo sin ninguna vergüenza, vendedor de coches usados, de modo que sus horarios eran poco fiables. La parte buena de su trabajo era que lo hacía muy bien. Tenía un inexplicable aspecto de padre de familia. Algo en él (yo pensaba que era su pelo ondulado; intentad recordar la última vez que visteis a un vendedor de coches con pelo oscuro y ondulado) decía: *Este hombre es súper confiable*.

—Tú debes de ser ella —exclamó mi padre extendiendo la mano—. Me llamo Kevin Evans y soy el dueño de la casa en la que has estado viviendo.

Estreché su mano, contenta de que comenzara con una broma. Si estaba bromeando, entonces no me matarían, tal vez estaba cosechando los frutos de haber tenido demasiado miedo de rebelarme durante la mayor parte de mi adolescencia.

—Encantada de conocerlo, señor. Tiene un buen establecimiento. Mi única crítica es que el papel higiénico podría ser más suave.

Me quitó la mochila de las manos, la colocó sobre la mesa y luego me envolvió en un fuerte abrazo.

—He oído que has estado haciendo muchas cosas.

—Sip —repuse—. Más que nada dando vueltas por callejones oscuros y haciéndome selfies.

—Qué hija.

—¿Qué ha pasado? —preguntó mi madre yendo directo al grano.

Me aparté del abrazo de mi padre y luego me embarqué en la explicación con la que había decidido que me sentía más a gusto. Les conté lo de la lista de libros prohibidos de la que nadie estaba informado y que quería hacer algo al respecto, pero no que *ya* estaba haciendo algo al respecto. Les conté que me habían pillado con los ejemplares de *La guerra del chocolate* de la biblioteca, pero culpé al Sr. Caywell. Les conté que había descubierto los trucos de la academia: decir que tenían una lista cuando, en realidad, no la tenían. Les hablé de todo, excepto de la Bibsec.

No se lo conté porque ya sabía que era peligroso y sabía todo lo que me dirían... y no necesitaba escucharlo: ya lo estaba sufriendo al sentirme estúpida por no saber qué hacer. No necesitaba que me hicieran sentir culpable por mi manera de proceder. Quería que todo lo que ocurriera fuera por mi decisión.

—No sé si esa ha sido una jugada inteligente por tu parte, Clara —comentó mi madre. El tono poético había desaparecido y hablaba como una persona normal, lo cual era siempre una mala señal.

—Jessica —intervino mi padre, pero ella lo ignoró.

—¿A qué te refieres específicamente? Os he contado muchas cosas.

—Te queda solo un año e insultas a los profesores. Juegas con fuego al intentar romper los reglamentos del instituto.

—Mamá, no lo estaba haciendo por rebeldía. Estaba enfadada, tenía un día malo. Es frustrante que mis días malos estén profundamente relacionados con mi carácter y los días malos de los adultos sean simplemente días malos. No es que yo me junte con LiQui y planeemos la manera de insultar a cada uno de los profesores.

—Yo entiendo lo de la profesora —indicó mi madre con calma—. Solo estoy pensando en eso de no respetar los reglamentos. ¿Qué quieres conseguir con eso?

—Quiero saber cuáles son las posibles razones en que se basaron para redactar esos ridículos reglamentos. Por qué pueden castigarme por leer esos libros.

—Esas son buenas preguntas —coincidió mi madre—. Pero no dejes que un puño reemplace el duro trabajo de la bondad y la compasión.

—¿Qué estás intentando decir, mamá? Dilo de una vez.

—Tranquila, Clara —intervino mi padre—. Sé que te estás sintiendo atacada, pero mamá está... —Mi madre le lanzó una mirada fulminante—... *nosotros* estamos preocupados de que estés poniendo en riesgo tus posibilidades de obtener la Beca de los Fundadores. Si te metes en problemas en el instituto, podrías perderla.

—Bueno, Kevin —añadió mi madre—, no estoy hablando de la beca. No es eso a lo que me refiero en este momento. Lo que digo es que no quiero que Clara se convierta en una persona que ve demonios detrás de todas las puertas, que esté esperando que aparezca algo por lo cual protestar, que se sienta agraviada todo el tiempo y esté buscando cosas contra las cuales enfurecerse. Para mí, eso es lo más importante de todo.

—Sí, de acuerdo, esas también son cuestiones importantes —admitió mi padre—. Es cierto.

—Lo dices como si estuviera enfadada en cuanto me despierto cada mañana —exclamé poniendo los ojos en blanco.

—Sé que eso no es así, Clara. Solo quiero que lo pienses. Eso es todo. Estoy de acuerdo contigo en que esos reglamentos no parecen correctos. Y no estoy en contra de protestar y pensar la forma de lograr cambios expresando tu opinión. Pero las protestas no pueden consistir solamente en levantar el puño y gritar. En esta época, la bondad y la amabilidad son casi tan revolucionarias como la protesta, y yo preferiría que utilizaras la rebeldía de la bondad a la rebeldía de la protesta.

—Mamá, lo intenté —protesté, la voz más aguda por la frustración—. Traté de hacerlo amablemente. Escribí una carta junto con la presidenta del consejo de estudiantes pidiéndole a la academia que me explicara el tema, pero se negaron. ¿Qué puedo hacer si lo único que queda es pelear?

—Entonces, pelea amablemente.

—¿Y eso qué quiere decir? —pregunté con un gruñido.

—Un fuerte gancho izquierdo para derribarlos, una mano extendida para ayudarlos a levantarse.

La habitación quedó en silencio hasta que al final habló mi padre.

—La llamada ha sido… un poco impactante para nosotros. La chica cuya mayor rebelión era quedarse despierta toda la noche para leer un libro era también la chica que insultaba a la profesora y trataba de encontrar un vacío legal para quebrantar un reglamento.

—Antes que nada, ¿sabíais lo del Subrayador Despertador de Clara Evans?

—¿Pensabas que los subrayadores aparecían por arte de magia cuando comenzaba el curso? —preguntó mi madre riendo.

—Creo que pensaba que eran los mismos de la última vez —respondí sinceramente.

—Imposible. En esta casa, los subrayadores siempre desaparecen. —Mamá le echó una mirada penetrante a mi padre, de quien yo había heredado mi amor por los subrayadores naranjas. Él los utilizaba para resaltar secciones de revistas, libros que no fueran de ficción que compraba en mesas de saldos y también para destacar palabras que le gustaban de los crucigramas. Hasta los usaba para escribir notas, lo cual era el límite de mi amor por ellos. Leer un Post-it amarillo fluorescente, escrito con subrayador naranja y pegado a una puerta de color azul a las 06:30 de la mañana me producía una pesadumbre tan especial que prefería no perpetuar.

—He vivido toda mi vida en una mentira. ¿Hace cuánto tiempo que lo sabéis?

—Desde siempre —contestó mi padre—. Como Snape.

Me eché a reír y estaba a punto de responder cuando mi madre me interrumpió.

—Nos estamos desviando del tema.

—No es importante, en serio —comenté con un suspiro—. Lo de la profesora ha sido solo un mal día. Lo de encontrar un vacío legal para quebrantar el reglamento fue solo curiosidad.

Pensé que ese era el problema cuando raramente excedías los límites. Cuando lo hacías, independientemente de lo que fuera, de repente, estabas leyendo *El libro de cocina del anarquista,* haciéndote un tatuaje en la cara y fumando marihuana en el baño. Era increíblemente frustrante. Nadie era perfecto, pero parecía que a mí no se me permitía ser imperfecta ni tener días malos. O era una alumna ejemplar que nunca se metía en problemas o una hija con el rostro tatuado. Cuando les dije a mis padres que no era algo importante, no era para que dejaran de hacerme preguntas, solo quería que me permitieran situarme en mitad de las dos opciones, que no pensaran que habían fallado como padres.

—Estamos orgullosos de ti por todo lo que has hecho en los dos últimos años —afirmó papá—. Simplemente no sabíamos que tenías todos estos problemas con el instituto. Deberías habérnoslo contado.

—Sí —admití encogiéndome de hombros—. Supongo que sentía que no había mucho que pudierais hacer al respecto.

—Bueno, puedes usarnos a nosotros como consejeros —añadió papá encogiéndose de hombros a su vez.

—Tampoco queremos que vivas sintiéndote agraviada y a la defensiva —comentó mamá.

—Por Dios, mamá. Está bien. Ya lo he entendido. En serio. Deja de comportarte como si hubiera provocado un incendio de manera premeditada. Hay una diferencia entre estar a la defensiva y luchar en contra de algo.

—En primer lugar —insistió—, luchar *contra* algo es mucho menos importante que luchar *por* algo.

—Bueno, es lo que he querido decir —exclamé, pero no sé si era así. Creo que no sabía cuál era la diferencia.

—Compasión y pasión —recitó mamá como leyendo mis pensamientos—. Te alzas en defensa de algo porque crees, no porque quieres ganar. No quiero que añadas más odio a este mundo. Eso es todo. Tenemos suficiente. Puedes protestar, cuestionar. Pero alzarte en contra de algo o de alguien puede transformarse en odio a eso mismo que intentas cambiar sin que te des cuenta. Si quieres cambiar algo, el odio es el peor lugar desde donde comenzar.

En eso tenía razón.

Yo había estado en contra de las Estrellas desde el primer día del instituto y, si debía ser sincera conmigo misma, los había odiado. Los había odiado de arriba abajo sin darles la posibilidad de ser personas. Había creado un relato, una ficción, que reemplazaba su verdadera forma de ser, y eso era lo que los caracterizaba en lugar de lo que realmente eran.

Mi propia ficción.

Yo había odiado, sin ninguna duda.

Y no solo eso.

Si había empezado la Bibsec queriendo ganar, ¿creía realmente en ella?

Dios.

No podía pensar.

Todo parecía muy denso.

Apoyé la cabeza en las manos y lloré.

Otra vez.

# UN MENSAJE NO VISTO A MEDIANOCHE

**Número Desconocido** [12:11 a. m.] Hola, soy Jack, he terminado *El guardián.*

¿Podemos hablar mañana?

RESPONDIENDO POR LA MAÑANA AL MENSAJE
NO VISTO POR LA NOCHE


**Yo** [05:58 a. m.] Hola, perdón, me acabo de despertar.

¡Genial! Estaré temprano en el instituto, en la biblioteca, si quieres hablar de *El guardián*.

Me muero por saber qué te ha parecido.

# UNA SERIE DE EVENTOS DE CIERTA CLASE

*No podemos determinar en qué preciso momento nace una amistad. Como cuando se llena un recipiente gota a gota y hay una gota final que hace que se desborde, así también en una serie de actos bondadosos hay finalmente uno que hace que el corazón se desborde.*

—Ray Bradbury, *Farenheit 451*

Mi mente amenazaba con desaparecer, pero al menos la sala de procesamiento estaba lo más organizada que podía estar.

Estaba *bien*.

Súper y requetebien.

Sería un buen proyecto final para dejarle al Sr. Caywell. Era algo egoísta, pero yo quería que mi legado como voluntaria de la biblioteca fuera que, cada vez que un voluntario intentara hacer algo, el Sr. Caywell pensara: *Mmm, Clara lo habría hecho mejor*.

Al final, había logrado elaborar un sistema con las cajas de donaciones acumuladas: más de cinco años en un estante, menos de cinco en otro. Los libros «prohibidos» permanecían en sus cajas. Si la Bibsec ya los tenía, entonces mi plan era llevarlos a una de las BBPP. No era una mentira, de verdad iba a llevar libros prohibidos de la biblioteca a mis BBPP. Si eran libros de los cuales la Bibsec necesitaba ejemplares extra, un nuevo paquete de papel blanco esperaba dentro del cajón de un viejo escritorio marrón, que se encontraba contra la pared más lejana. El plan original era hacer las cubiertas blancas allí mismo: manufacturar el flagelo de la Academia Lupton dentro de sus propios muros. Pero no había utilizado el papel después de hacer los tres últimos ejemplares de *NMP*, y no era porque la Bibsec no necesitara nuevas cubiertas blancas.

Extraje dos libros de una pila, ambos prohibidos. De ambos libros, teóricamente, yo necesitaba ejemplares extra para la Bibsec: otro ejemplar de *El guardián entre el centeno* y un primer ejemplar de *Las aventuras del Capitán Calzoncillos,* que, sí, estaba en la lista prohibida. Los arrojé sobre el escritorio, donde otro grupo de libros que yo «quería» esperaba la transformación.

Con un suspiro, eché un vistazo a los libros no transformados.

—¿Cómo es posible que podáis devolverme la mirada? —les pregunté y se abrió la puerta una milésima de segundo después. Esperé ver a un Sr. Caywell sin aliento, lanzando elogios sobre el buen aspecto de todo, pero, en su lugar, apareció Jack Lodenhauer. Su expresión era… especial. No sé. Era como si sus ojos no se acabaran nunca. Un espacio interminable, infinito, demasiado vasto para que una sola persona lo dominara.

—¿Estabas hablando con alguien? —preguntó echando una mirada alrededor de la sala.

—¿Qué? ¿Yo? Nop.

Metió las manos en los bolsillos y bajó la vista hacia el suelo.

—Eh. Me ha parecido escucharte hablar.

Agité la mano como desechando la idea mientras reía incómodamente.

—No hay nadie aquí adentro. No puedo hablar con nadie. Quiero decir que no es que nunca haya hablado conmigo misma antes, pero hoy no era lo que estaba haciendo. En realidad, ni siquiera estaba hablando.

Y luego.

Jack Lodenhauer.

Se echó.

A llorar.

Me aparté del escritorio y cerré la puerta. Lo único que pensaba era: *bueno, es la última vez que hago esa broma*. No sabía si debía abrazarlo o quedarme sentada y esperar. Había odiado a Jack antes de la Bibsec. Mucho. Tanto que nunca hubiera imaginado que alguna vez llegaría el momento en que existiera para nosotros la posibilidad de abrazarnos. Pero esa posibilidad se quebró, porque se inclinó hacia mí y lloró sobre mi hombro. De modo que, en vez de mostrarme sorprendida o confundida, me lo tomé como si el universo me estuviera brindando el honor de vivir ese momento.

Permanecimos así unos minutos. Él llorando; yo sintiendo que mi manga estaba cada vez más mojada. Al final se apartó y, si se sintió incómodo por haber tenido una crisis nerviosa frente a mí, no lo demostró. Y si lo hacía, yo estaba totalmente dispuesta a contarle mi crisis nerviosa igual de impresionante en el coche de LiQui, cuando nos dirigíamos a Queso la noche anterior. Por lo menos, él conservaba la capacidad de respirar mientras lloraba, algo que yo no podía decir de mí misma.

—No lo entiendo —exclamó, secándose las lágrimas.

—¿Qué es lo que no entiendes? ¿El libro?

—¿Por qué Holden tenía que terminar en un hospital psiquiátrico de mierda? ¿Por qué no podía terminar bien?

—Bueno, a mí me parece que terminó bien. Es decir, no tan bien como en un final feliz de película, pero estaba recibiendo ayuda, que es una manera de comenzar a recuperarse mucho mejor de lo que nunca había tenido hasta entonces. Por fin estaba dedicando tiempo a esa parte de sí mismo. Podrá no ser ese final en que «se haya recuperado por completo», pero creo que eso es más realista, ¿verdad? Uno no se cura así sin más.

—Terminó en un hospital psiquiátrico. Estaba lidiando con la depresión y terminó en un hospital psiquiátrico. Igual que Charlie en *Las ventajas*.

—Sin embargo, hay muchas otras cosas en esas historias. Yo siento que no hay que obsesionarse con esa parte.

—Solo una vez Holden es feliz. Una vez. Cuando su hermanita Phoebe está dando vueltas en el carrusel.

—Sí, pero es porque ella es inocente. Todo el libro trata sobre la inocencia. Mantener a los niños en un paraíso infantil en vez de crecer y tener que enfrentarse a toda esta mierda. —Extendí las manos alrededor de la sala—. Pero yo siento que, en ese momento, él se da cuenta de que tiene que crecer sin dejar de ser quién es. Tiene que encontrar la manera de crecer sin envejecer, de recibir con alegría a ese nuevo Holden. ¿No crees que es algo bueno como para tener presente? ¿Sentirte identificado con él en eso? ¿Sentir que no estás solo?

—¿Por qué me diste ese libro? —preguntó.

Ladeé la cabeza. No podía entender que hubiéramos leído el mismo libro. ¿Cómo podía sentirse tan frustrado? ¿Cómo podía incitarme a mí a cambiar el mundo, a crecer bien y, sin embargo, dejarlo a él prácticamente desconsolado? A mí me decía «sé generosa y escucha a todos». Cuando lo terminé, me quedé pensando: *las personas respiran, comen, cargan cosas pesadas. Si tienes un corazón que late, tienes un problema*. Porque me hizo pensar en el mundo como un lugar donde todos deambulaban sin prisa entre sus propias debilidades. Asustados, inquietos. Todo me pareció menos atemorizante sabiendo que Holden también estaba ahí.

—Esa inocencia de la infancia no puede perdurar eternamente, y creo que no debería —respondí—. Todas esas personas actúan como si fuera la mayor forma de felicidad, pero todo está basado en la ignorancia. Los niños son felices porque ignoran cómo es el mundo, lo cual es bueno, para los niños. Pero ¿para nosotros? ¿Acaso no es mucho más potente elegir la felicidad sabiendo cómo es el mundo realmente? ¿Pelear por ella? ¿Encontrar nuestra propia alegría en medio de todo lo que sucede? Pensé que, tal vez, tú llegarías a las mismas conclusiones.

Jack se apoyó contra la pared, los ojos cerrados. Permaneció en silencio, aunque tenía claramente aspecto de que quería decir algo pero no encontraba la fuerza para hacerlo. Tenía la misma expresión que cuando habíamos hablado en el hueco del aire acondicionado y, como ahora había luz, podía verla.

—¿Qué? —pregunté—. Di lo que tengas que decir. No me enfadaré.

—No puedo —respondió meneando la cabeza.

—¿Por qué no? —inquirí arqueando una ceja.

—Porque vivo en el sur. Porque pertenezco a una determinada familia. Por todo eso se supone que no debería decirlo.

—Jack, no estoy segura de lo que estás intentando decir. Hasta donde yo sé, está permitido que a los sureños no les guste *El guardián entre el centeno*. Por mí puedes destrozarlo. Tenemos gustos difer...

—Soy gay. Los únicos que lo saben son Ashton y Resi. ¿Crees que Holden me hace sentir que pertenezco? ¿O Charlie? Ellos me hacen sentir que estoy jodido. Y él ni siquiera es gay, ni siquiera tiene una familia que lo ha amenazado literalmente con echarlo de su casa. No es más que un chico que está deprimido. Phoebe tampoco lo trata con frialdad cada vez que va a su casa. Yo quiero esa inocencia infantil. Ni siquiera quiero ser el guardián entre el centeno: solo quiero que me atrapen. Quiero que haya alguien más junto a mí, pero no hay nadie. Así que, ¿por qué crees que preferiría que me recuerden cómo es el mundo y cuánto me odia en lugar de vivir en la ignorancia?

Lo miré. Las lágrimas volvieron a caer silenciosamente por su rostro. No sabía qué decir. No se me ocurría nada.

Siempre había supuesto que las personas que no experimentaban un libro de la misma manera que yo no lo estaban observando correctamente. No lo entendían, lo malinterpretaban. Pero, de pronto, comprendí que había un contexto que tener en cuenta. ¿Acaso era yo una privilegiada por poder adorar los libros en los que el dolor fluía de manera abundante sin sentir más desesperanza? ¿Era un privilegio o simplemente cambiaba de una persona a otra? ¿O ambas cosas? Pero yo tenía amigos que adoraban ese libro. Amigos que experimentaban el dolor de manera profunda pero conectaban de la misma forma que yo. Sean, de Queso, era uno de ellos.

—Yo... lo siento mucho, Jack. No lo sabía.

—Sí, bueno, yo también lo siento. Nadie lo sabe. Nadie lo sabrá. No puedes contárselo a nadie. Si se corre la voz sobre mí, mis padres renegarán de mí por completo. Hablarán con todos sus amigos y no podré conseguir trabajo, no podré encontrar un lugar dónde vivir. Eso es lo que me pasa.

—No te preocupes, no se lo contaré a nadie. ¿Existe alguna manera de que pueda ayudarte? ¿Cambiarán las cosas cuando te vayas a la universidad? Tú eres uno de los finalistas de la Beca de los Fundadores, ¿verdad? Si la ganas, entonces podrás ir adonde quieras.

Lo dije como si existiera la posibilidad de que no pudiera ir a adonde quisiera, pero ambos sabíamos que eso era mentira. Él no necesitaba la beca por el dinero, pero yo no sabía qué más decir.

Meneó la cabeza y luego se encogió de hombros.

—No lo sé. Verás, si me marcho... si me marcho y vivo como realmente quiero vivir, quedaré fuera de la familia. El dinero, las conexiones, todo desaparecerá.

Miré hacia el suelo. Tenía que decir algo, cualquier cosa. ¿Una cita? Algo que mejorara la situación. Pero no podía. No sabía qué lo podría ayudar. Mi recurso habitual era darle un libro a la persona que estaba en un conflicto, pero ya le había dado un libro —de hecho, le había dado cuatro—, y ahí estaba él. Sufriendo todavía más a causa de ellos.

—Tampoco ayuda que este instituto también me odie. Todos me odian.

—Yo no te odio —precisé.

—Por supuesto que me odias. ¿La forma en que me miraste la primera noche que fui a tu club? Por supuesto que me odias. *Yo* me odio.

—Está bien... está bien. Sí, sí. Te odiaba. Te *odiaba*, pero porque no te conocía.

—¿Y qué tengo yo de querible ahora que me «conoces»? Soy un Holden gay. Me quejo de todo con la ventaja adicional de llevar la Letra Escarlata del sur conservador.

—Jack...

—Emerson está en primer año. ¿Alguna vez has visto que me hablara?

No, no lo había visto. De hecho, fue justo ahí cuando me di cuenta de que no se sentaba en la mesa de las Estrellas. Emerson, su hermano pequeño, se comportaba como si Jack no existiera.

—Ashton y Resi son los únicos amigos que nunca me han odiado. Y, de todas maneras, me imagino que ahora ya deben de odiarme.

Se quedó callado.

—¿Él te gusta? —pregunté—. ¿Ashton?

—No —respondió meneando la cabeza.

—Bueno... por lo menos tienes eso a tu favor.

Jack me observó durante unos segundos y luego se echó a reír.

—Sí, por lo menos.

—¿Cómo puedo ayudarte? —le pregunté mirándolo a los ojos.

—No lo sé —contestó encogiéndose de hombros—. Ni siquiera sé cómo ayudarme a mí mismo.

—Me da la sensación de que eres más fuerte de lo que crees.

—No lo soy. Hice que me detuvieran conduciendo alcoholizado a propósito. Quería que me suspendieran para no tener que venir a este infierno. Para no terminar el último año en un lugar donde cada rincón susurrara mi nombre. Pero a mi madre le gusta este instituto. Cree que me mantiene derecho, responsable. De modo que pagó para que volviera, para que volviera al lugar donde me vigilan en su nombre.

—Entonces, ¿tu familia lo sabe?

—Sí —respondió—. Lo sabe. El año pasado decidí salir del armario y contárselo. De ahí que Emerson no me hable.

Más silencio.

—No te voy a mentir —comenté y luego hice una pausa—. Tu madre parece realmente horrible.

Volvió a reír pero no dijo nada.

—Ey, tengo otro libro para ti. Este te va a animar, lo prometo. Espérame aquí —le dije mientras me dirigía hacia el escritorio. Tomé dos hojas de papel blanco del cajón y, en pocos minutos, había forrado el ejemplar, con calificación pendiente, de *Las aventuras del Capitán Calzoncillos*, lo había añadido a mi app y registrado en la cuenta de Jack, utilizando su info. Se lo entregué. Lo aceptó y lo examinó.

—*Capitán Calzoncillos* —comentó inexpresivamente.

—Está prohibido, aunque no lo creas.

—Lo creo. Prométeme que no se lo dirás a nadie.

—Lo prometo.

Más silencio.

—¿Puedo hacerte una pregunta? —añadí.

Asintió.

—No me conoces. ¿Por qué me lo has contado?

—*Las ventajas* —contestó sencillamente—. Lo saqué hace un año, cuando no estaba prohibido, y el Sr. Caywell me dijo: «Ah, este es uno de los libros preferidos de Clara». Supuse que si te gustaba ese libro, tal vez lo entenderías. Tal vez te preocuparías por mí.

Una lágrima se formó en el borde de mi ojo y me la sequé de inmediato.

—Pero ¿era realmente necesario que me lo contaras?

—Es que me siento tan solo que preferiría no estar aquí. Es una de las razones por las cuales arrastré a Ashton a tu club de lecturas. Quería ver... quería encontrar un lugar donde me sintiera comprendido.

—Entonces cuando yo te hablé bruscamente, confirmé que incluso las personas que pensabas que podrían comprenderte no te comprendían.

—No es necesario que hablemos de eso —señaló encogiéndose de hombros.

—Pero es cierto.

—Te disculpaste.

—Eso no importa, igualmente me comporté como una idiota sin ninguna razón.

—Sí, bueno, igual no importa. Yo hago lo mismo con todo el mundo. No somos tan distintos.

—Entonces... ¿eso es todo?

—¿El qué?

—¿Aceptamos el odio que recibimos porque todos odiamos a alguien?

—Sí, claro, todos odiamos —respondió—. Solo es cuestión de ver si es a otro o a ti mismo.

—Eso no mejora la cuestión, Jack. No lo aceptes.

—¡No lo estoy aceptando, maldita sea! —gritó—. Es solo que es completamente ridículo pensar que no odiamos ni odiaremos a nadie. Es mejor aprender a reconocerlo en nosotros mismos... porque entonces *sabremos* que odiamos, y, al saberlo, será más fácil dejar de hacerlo.

Suspiré. Tenía razón.

—¿A quién odias? —pregunté apoyándome contra la pared junto a él.

—A todos y a mí mismo.

—Entonces, ya que lo sabes, ¿puedes dejar de hacerlo?

—No —contestó meneando la cabeza—. No sé por qué odio, solo sé que es así. ¿Cómo puedes dejar de hacer algo si no sabes por qué lo haces?

—Tal vez sea menos odio y más enfado.

—No estoy seguro de saber cuál es la diferencia. —Se encogió de hombros.

Yo tampoco lo sabía.

—Jack. —Levanté la vista hacia él—. Tú estás hecho de manera artesanal, eres único, y yo desearía poder quitar toda esa... mierda de tu vida, tu madre, tu familia, y tirarla a la basura. No sé qué más decirte más allá de que puedes contar conmigo y que no tienes que estar solo.

Asintió. Fue un movimiento simple, claro y automático, y tuve la súbita sensación de que tal vez lo había escuchado todo y no le servía de nada.

Después de todas las frases que había leído en mi vida, me pareció que, al final, me había quedado sin saber qué decir.

CORREDORES, SALTADORES, MARATONISTAS,
TÉCNICOS ARREBATADORES, APROPIADORES,
AVIADORES, NADADORES


Necesitaba una siesta o un cubo de pollo frito.

El día había terminado. Cerré la taquilla con fuerza después de guardar los datos del registro de la última devolución del día. Durante el almuerzo, siete chicos me habían entregado libros y no había tenido tiempo de actualizar la aplicación. Ni siquiera había tenido tiempo de reflexionar sobre la conversación que había mantenido esa mañana con Jack, aun cuando me atormentaba cada milésima de segundo que pasaba.

Ese día, para registrar cada uno de los libros entregados, me había quedado un rato después de clase. Cuando terminé, le envié un mensaje a LiQui. Ni siquiera había tenido tiempo de ir a la cafetería: había estado ocupada con los libros durante toda la hora de la comida. Lo único que había comido era la galleta que LiQui había deslizado por la ranura de mi taquilla. Le dije que teníamos que vernos por la noche y que, por una vez, necesitaba pollo y no queso (días extraños), *lo antes posible*.

De camino hacia la salida, pasé por la biblioteca para buscar los deberes de Historia. Los había dejado en la sala de procesamiento, que, ahora que estaba ordenada, se había convertido en algo más que un lugar donde almacenar libros donados: la utilizaba como un espacio donde dejar todas mis cosas.

Entré a la biblioteca por el lado más cercano a las estanterías, que no se veía desde el escritorio, y escuché la voz del Sr. Walsh. Me detuve y desaparecí detrás de una estantería, esperando que no me hubiera visto.

Espié a través de las pilas de libros. Ahí estaba él, de espaldas a mí, los brazos cruzados con aspecto de dictador. La hebilla brillante del ceñido chaleco del traje lanzaba destellos sobre la pared.

—Un exmiembro de la plantilla de profesores habló con la prensa acerca de la lista de material vedado —apuntó el Sr. Walsh, la voz tensa y preocupada. Exmiembro del plantel de profesores. Prensa. La Srta. Croft debía de haber atacado—. Tengo cierta influencia sobre la gente de *Times Free Press*, un exalumno de Lupton es uno de los editores del periódico, pero si existe un artículo y está impreso... bueno. Necesito su palabra, su absoluta colaboración para manejar todo este asunto. Tendremos que encarar a la prensa con el más absoluto cuidado. Nos encontramos en medio de los acuerdos con la ASP y, si hay algo que no necesitamos en este momento, es tener publicidad negativa. No solo eso, tampoco necesitamos que se arme un gran alboroto alrededor de libros que no son importantes.

—Dr. Walsh, usted sabe cuál es mi postura en este tema. No les mentiré a los chicos diciéndoles: «Lo siento, no tenemos ese libro» cuando es obvio que está prohibido. La biblioteca no es lugar para ese tipo de cosas.

—No estoy de acuerdo, Sr. Caywell. Cambie el tema, ofrezca otro libro similar, dígales que no tiene el que ellos solicitan pero que pueden pedirlo. Hay muchas opciones. Tiene que tomar una decisión, porque ella... ellos irán a los periódicos en los próximos días y necesito que usted esté en mi equipo.

—Me veo obligado, con todo respeto, a rehusarme —dijo el Sr. Caywell con un suspiro—. Los alumnos sabían que la administración del instituto se deshizo de *Los juegos del hambre* cuando lo prohibieron, y comportarse de manera sospechosa no hizo más que empeorar las cosas. Los chicos son más inteligentes de lo que usted piensa. Me limitaré a decirles que los han quitado de circulación hasta nuevo aviso.

—Usted hará exactamente lo que yo le pido y eso no es lo que le estoy pidiendo.

El Sr. Caywell sonrió, pero era una sonrisa que implicaba exactamente lo contrario de lo que las sonrisas implicaban.

—No les mentiré en nombre de la administración a los alumnos que entren a mi biblioteca y pidan un libro prohibido. Especialmente por un reglamento acerca del cual no fui consultado ni advertido, que no encuentro justo y con el cual no estoy de acuerdo.

El Sr. Walsh asintió mientras se apretaba las sienes con las manos.

—Lo escucho, Sr. Caywell, lo escucho. Y por favor refiérase a ellos como «material vedado», «libros prohibidos» es demasiado agresivo. De todas maneras, tal vez unos días de descanso obligatorios lo ayudarán a recordar que fue contratado para servir al instituto y a los alumnos. Podemos denominarlo «periodo sabático breve por motivos personales». Al menos, hasta que todo esto quede en el olvido.

Malditas comillas.

¿Qué?

De ninguna manera.

—¿Habla en serio? —preguntó el Sr. Caywell riendo.

—Totalmente. Me han encargado convertir este instituto en el mejor de su clase y un acuerdo por el que he peleado desde mis comienzos está pendiendo de un hilo. Si no cortamos esto ya mismo y de raíz, una montaña de problemas aterrizarán en nuestra puerta. Yo respeto que no esté de acuerdo y respeto su trabajo. De modo que, si no quiere acatar las órdenes en esta simple cuestión, entonces, por el bien del instituto, eso es lo que debo hacer. Seré sincero con usted. Lleva ocho años en Lupton, es un gran bibliotecario y los alumnos lo quieren. Pero no estamos de acuerdo en este tema y creo que esa es una buena manera de llegar a un acuerdo.

El Sr. Caywell lo miró con fijeza. Probablemente pensaba lo mismo que yo estaba pensando. ¿Acaso el Sr. Walsh creía realmente que la solución era cerrar la biblioteca mientras la prensa realizara una cobertura negativa de los libros prohibidos?

—¿Sabe algo, Sr. Walsh? Me parece genial. Aprovecharé para ir a visitar a mi madre.

El director sonrió de verdad, pero no de una forma que implicara victoria. Sonrió como si pensara que le había dado al Sr. Caywell lo que él merecía. Como si realmente creyera que estaba haciendo lo correcto.

El director apoyó la mano en el hombro del bibliotecario.

—Muy bien. Por supuesto serán unas vacaciones remuneradas. Es lo menos que puedo hacer por usted.

El Sr. Caywell tomó un bolso del suelo y comenzó a meter en él sus pertenencias.

—Muy generoso por su parte —comentó secamente.

—Gracias por su comprensión, Sr. Caywell. Y ahora me marcho. Debo asegurarles a las autoridades que todo está bajo control. Ajá. ¡Suerte! Si todo sale bien y se mantiene la calma, lo veremos de nuevo el lunes.

—Me parece genial.

El Sr. Walsh giró sobre sus talones como si acabara de mantener una de las mejores conversaciones de su vida. La energía en su paso solo era comparable con la de un chico de dieciséis años que acababa de recibir un Mustang rojo por su cumpleaños. Metió las manos en los bolsillos de los pantalones y comenzó a silbar. Esperé a que el silbido se perdiera por el pasillo antes de salir de mi escondite.

El Sr. Caywell puso el dedo en los interruptores de luz de la biblioteca justo cuando me planté delante de él. Asintió como si no se sorprendiera de verme allí.

—Clara, qué sorpresa. Has olido la sangre.

—¿Piensa cerrar la biblioteca sin más? —pregunté—. ¿Y Lupton se quedará sin biblioteca?

—¿Realmente crees que esto pasará desapercibido?

—No, no lo creo.

—¿No te parece que la biblioteca cerrada es todavía mejor que abierta? Se está cavando su propia fosa. Esta es la jugada que yo esperaba de él desde que comencé a trabajar aquí. Algo tan impulsivo y político que pasaría por alto lo más obvio. Mi partida es por todos los libros que ha prohibido alguna vez.

Entendí que, para el Sr. Caywell, todo estaba muy claro. Había invertido su tiempo en lidiar con toda esta locura y, súbitamente, tenía la oportunidad de defender aquello en lo que creía. Durante todos esos días, yo había pensado que era la Srta. Croft la que peleaba, la que realmente estaba haciendo algo. Pero esto estaba calculado. No se estaba amotinando en la calle. Él se había infiltrado, esperado, y ahora atacaba. Brillante.

Era extraño, porque por la forma en que habló de marcharse, casi me pareció que lo hacía por venganza. *Mi partida es por todos los libros que ha prohibido alguna vez*. Lo que no entendía era que si él realmente estaba actuando por venganza, entonces ¿dónde estaba el límite? ¿*Había* algún límite? ¿La Srta. Croft actuaba por venganza o por convencimiento? ¿Se podía actuar por ambos? ¿En qué parte de esa fina línea se volvía algo malo? ¿Por qué todo era siempre tan confuso?

Apagó las luces de la biblioteca mientras yo corría a la sala de procesamiento y reunía mis cosas. Lo seguí hacia fuera y observé cómo bajaba las dos grandes rejas de seguridad, que abarcaban el largo de las dos aberturas de la biblioteca, y las cerraba.

Cuando terminó, se volvió hacia mí y añadió:

—En este momento, el Sr. Walsh y yo solo estamos de acuerdo en una cosa: la mejor manera en que puedo servir al instituto es no estando aquí. —Extendió la mano hacia la biblioteca—. Espero algo de ti, Clara. No sé qué es ni qué debería ser, pero esta biblioteca cerrada es un impulsivo regalo del director Walsh. No lo desperdicies.

El peso de su «no lo desperdicies» se sumó al peso del «por qué no me ayudas» de la Srta. Croft en la reunión de Queso de la noche anterior.

—Dele mis saludos a su madre —dije con tono monótono mientras el Sr. Caywell se alejaba.

Su risa resonó por el pasillo.

—Se los daré. Tal vez hasta te traiga alguno de sus famosos muffins de banana con pepitas de chocolate.

Miré a través de las ranuras de la reja de seguridad. Ya estaba harta del peso. Todo se me estaba yendo de las manos. Si el Sr. Walsh llegaba al extremo de cerrar la biblioteca para evitar problemas, estaba luchando por el poder de una manera muy especial y yo no podía hacer nada al respecto, no podía arriesgarlo todo en mi último año. Levi y Joss vivían en una zona de guerra, la muerte los rodeaba por todos lados. En mi caso, era mi futuro.

¿Podía creer en los libros y abandonar la Bibsec? ¿Creer en algo implicaba el sacrificio máximo? ¿Existía algún momento en que no sacrificarse podía ser lo mejor para el bien común? Si continuaba con la Bibsec, podía poner en peligro la Beca de los Fundadores, podía perder la oportunidad de ir a Vanderbilt con LiQui. Hasta podía perder para siempre la oportunidad de conseguir el dinero para ir a la universidad. Si iba a la universidad, ¿estaría en una mejor posición para luchar, para hacer el bien?

Pero ¿y si no había una próxima vez?

¿Y si había una próxima vez y yo decía lo mismo, «la próxima vez»?

Pero... independientemente de la próxima vez, independientemente de todas esas preguntas, la Bibsec no era simplemente la trama fantasiosa de un libro. No era algo que había hecho simplemente para demostrarle al Sr. Walsh que estaba equivocado, no la había creado porque creía en los libros. Era mi propia lucha por el poder: utilizar los libros como armas para ganar una guerra, en vez de recolectar libros para lograr la unidad. Yo no era Levi ni Joss. Yo era otro Sr. Walsh, peleando una guerra, forzando mis propias opiniones sobre los libros y decidiendo cuáles eran los mejores para los demás. No iba a funcionar.

Tenía que detenerme.

Debía detenerme.

Respiré profundamente y sentí que toda la preocupación de lo que *debería o no debería hacer* era un peso que desaparecía de mi pecho. Me sentí libre: había tomado una decisión. Por fin.

La biblioteca verdadera estaba cerrada, no podía renunciar ahora. Yo reemplazaría al Sr. Caywell, sería la biblioteca hasta que él regresara. Cuando la verdadera biblioteca reabriera sus puertas, mi trabajo habría acabado. Retiraría las cubiertas blancas del instituto, las llevaría a mis Pequeñas Bibliotecas, y me concentraría solamente en graduarme y marcharme de Lupton. Ese era mi plan a largo plazo y me gustaba. También me gustaba mi plan a corto plazo: cenar pollo frito.

# LA MIEL DE LOS LIBROS

*Siento pena por cualquiera que se encuentre en un sitio donde se sienta estúpido y fuera de lugar.*

—Lois Lowry, *El dador de recuerdos*

Con una taza gigante de John Deere en la mano, llena de zumo de mango, observé mi ejemplar personal de *No me pisotees*. Deseaba fervientemente leerlo otra vez pero, en cambio, estaba pensando en Jack, en nuestra conversación. En que lo había odiado durante mucho tiempo y ni siquiera me había dado cuenta, y en que eso se había sumado a su sufrimiento aunque no fuéramos amigos. Me pregunté qué podía hacer para ayudarlo. O, al menos, qué libro podía brindarle algo de esperanza. Pero también me pregunté si me atrevería a leer *NMP* otra vez. El libro había conmocionado mi vida a un nivel que yo ni siquiera lograba procesar. ¿Realmente quería volver a familiarizarme con él? Por suerte, los dioses de los libros me proporcionaron una distracción cuando mi padre llamó a mi puerta.

—¿Sí?

—Me encanta llamar a tu puerta porque eso significa que estás en casa —comentó al entrar en mi dormitorio.

—No puedo tener una floreciente carrera sin fines de lucro —expliqué riendo—, buenas notas, amigos y una vida doméstica.

—¿Por qué crees que me convertí en vendedor de coches?

—¿Por vergüenza?

—¡Para poder tenerlo todo, nena! —espetó.

Lancé una carcajada ante su exclamación.

—De todas maneras —prosiguió—, el motivo de que llame es para avisarte que LiQui está abajo.

—¿La has hecho entrar? —pregunté.

—No ha querido. ¿Vais a ir a cenar a algún sitio?

—Pollo frito —respondí poniéndome de pie—. Ha estado llamándome todo el día.

—Te entiendo. —Asintió—. A mí me pasa lo mismo con la pizza.

—Ah, pizza. Eso también suena bien.

—Lo siento. No he querido interponerme entre tú y el pollo frito.

Con un suspiro, me bajé de la cama.

—¿Por qué me odias? —pregunté.

Me dio un fuerte abrazo.

—Dale saludos al pollo.

—Le diré al pollo que mi padre no aprueba nuestra relación y que preferiría que saliera con una pizza.

—¿Cómo crees que se lo tomará el pollo? —preguntó mi padre con una mueca.

—Nada bien —respondí meneando la cabeza.

—Es lo mejor para los dos. Adiós.

—El tiempo cura todas las heridas. Adiós.

Bajé corriendo, pasé delante de mi madre y salí por la puerta del frente. LiQui estaba sentada en los escalones del porche.

—¿Hola? —dije mientras me sentaba y ella se desplomó inmediatamente entre mis brazos llorando y temblando durante por lo menos cinco minutos. ¿Acaso yo despedía feromonas que decían *llora conmigo*? ¿Qué estaba sucediendo?

Por fin, habló:

—Lo siento. Probablemente estabas leyendo algún libro increíble que te daría ganas de hacer algo loco y valiente, y yo vengo y me comporto como una cobarde.

No sabía qué había sucedido para que pensara que era una cobarde ni qué responderle. No porque no quisiera hacerlo sino más que nada porque cuando LiQui se desahogaba, la dejabas desahogarse.

—Estoy enfadada con Lukas —confesó—. Furiosa. No importa que sea sexy.

—¿Lukas? —inquirí confundida—. Ah, ¿te refieres a *mi* Lukas? ¿Qué ha hecho?

—No me refiero a *No me pisotees*, ese estuvo bien.

—Te perdono por eso.

—Hablo de *La casa de ventanas de madera*.

—Ah —susurré—. Sí, ese también es fuerte.

—Creo que quiero ser presidenta —afirmó secándose las lágrimas.

—No quiero ser desconsiderada, pero… ¿acaso ya no lo eres?

—No, presidenta de los Estados Unidos.

—Ah, ese sí que es un salto importante. ¿Es por lo que dijo Ashton?

—Me conformaría con ser senadora —respondió después de lanzarme una mirada asesina—. No es que no puedas cambiar las cosas con un título de grado en Economía, pero yo quiero cambiar las cosas como Lila Stavey. Quiero pelear con destreza como Levi y Joss. Quiero ser abogada, luego senadora y después presidenta. Estaba conforme con lo del título de grado en Economía, en serio, pero desde que comenzó todo este asunto de investigar los derechos de los estudiantes y las leyes contractuales de los institutos privados, indagar cómo funciona la administración y todo lo otro que he estado haciendo por tu tema de los libros, por no mencionar verte a ti trabajar con las bibliotecas y después leer *Las ventanas de madera*... No sé, ahora resultaría hipócrita por mi parte intentar obtener un título de grado en Economía cuando siento dentro de mis entrañas que lo mío es el liderazgo cívico y el trabajo para lograr el cambio desde los movimientos comunitarios.

Sus palabras se fueron apagando.

—Qui, eso es... maravilloso. Simplemente maravilloso. —Asentí—. Y no creo que estés loca. Yo también veo que llevas eso adentro. Creo que lo harías increíblemente bien.

Sonrió y se secó una lágrima.

—Ya veo por qué te gusta tanto la miel de los libros, amiga, ese tipo es un peso pesado.

—Entonces, ¿*sí* te ha gustado *No me pisotees*?

—Lo que estoy diciendo es que *Las ventanas de madera* es mucho mejor.

—Así que...

—Así que, no sé qué hacer. ¿Debería destrozar a mi familia comunicándole mi nuevo plan? Si mis abuelos no me ayudan, mis padres estarán furiosos. Y terminaré yendo a un centro de estudios superiores mientras tú vas a Vandy.

—Estoy segura de que si les contaras a tus abuelos que quieres ser presidenta de los Estados Unidos, te perdonarían que no obtengas el título en Economía.

—No conoces a mis abuelos.

—Sí, tienes razón. ¿Y qué dicen tus padres?

—*Tus abuelos pagan, haz lo que ellos digan.* —Suspiró—. Pero vayamos a comer pollo frito. He llegado a la conclusión de que tú eras la culpable de estas lágrimas, y, si conducía en este estado emocional, habríamos terminado en una zanja. Así que tenía que derramarlas aquí.

—Técnicamente, Lukas es el culpable. Él escribió el libro que inició la Bibsec.

—Nooo, él no me hizo leer *La casa de ventanas de madera*.

—Yo tampoco. —Levanté un dedo—. Yo puse en tus manos *No me pisotees* y no *La casa*.

—Ah, entonces supongo que, técnicamente, Mav es el culpable de estas lágrimas.

—Como si fuera algo nuevo.

—¿Verdad? —Suspiró—. Ah, para que lo sepas, me invitó a salir.

—¿Quién? —pregunté.

—Mav, ¿no estás prestando atención a todas las conversaciones que estoy manteniendo al mismo tiempo?

Descubrí que estaba asombrada por segunda vez.

—Ehhhhh. Creía que habíais, y te estoy citando, «cortado para siempre».

—Leyó *Eleanor & Park* y, por lo visto, descubrió que Park era todo lo que él quería ser como novio y aquí estamos.

—Entonces…

—Ser presidenta es preferente.

—Como siempre digo —comenté riendo—, el departamento de estado antes que el apareado.

LiQui resopló y luego se secó otra lágrima de la mejilla.

—¿Te sientes bien? Me refiero al decirle que no a Mav.

—Sí. Él se marchará a alguna universidad a jugar al fútbol americano e, incluso si siguiéramos juntos, ya estamos muy lejos de estar en la misma sintonía. Pero de todas formas es gracioso pensar que ha sacado todas estas grandes ideas románticas de un libro.

—Bueno, dejando a Mav de lado, siento lo de tus abuelos, LiQui. Eso sí que es muy duro.

—Lo sé —repuso apoyándose contra mí—. ¿Por qué será que saber quién eres a veces lo vuelve todo más difícil?

Pensé inmediatamente en Jack. En mí. En todos.

—Por la misma razón que saber en qué crees resulta tan confuso de desentrañar.

—¿Y cuál es esa razón?

—El miedo, supongo.

Transcurrieron unos segundos de silencio.

Me levanté y tiré de mi amiga.

—Bueno, ¿qué te parece si mejor comemos pizza?

LiQui resopló como si se hubiera ofendido porque yo cambiara nuestros planes para la cena, pero luego ladeó la cabeza como si estuviera considerándolo. Después de unos segundos, me miró con una expresión que decía: *¿Por qué todas las decisiones tienen que ser tan difíciles?*

—Sí. —Asentí—. Dímelo a mí. Subamos al coche y veamos qué pasa.

# EL BIBLIOTECARIO ESTÁ PASANDO EL RATO CON SU MADRE

Tres cosas raras:

Mi cuerpo estaba entrenado para despertarse temprano, la biblioteca estaba cerrada y el bibliotecario estaba pasando el rato con su madre.

Eso creó un problema: me desperté temprano y no tenía a dónde ir. De modo que inventé una nueva tradición. Respondí algunos correos de CasaLit y luego revisé algunas de mis BBPP para asegurarme de que estuvieran abastecidas. Después, justo antes de entrar a la autopista, me detuve en una estación de servicio para ver si en el periódico había algún artículo sobre Lupton, pero no había ni una sola mención de la academia.

Aun después de todo eso, todavía me quedaba tiempo de sobra, de modo que decidí ir por el centro de Chattanooga en vez de tomar la autopista. Atravesar el centro de la ciudad era un camino más largo simplemente por la cantidad de semáforos que existían entre mi casa y el instituto.

La nueva ruta pasaba junto al palacio de justicia y por debajo del Distrito de Arte, que albergaba el Museo de Arte Hunter, museo en el cual, en un viaje de estudios, LiQui había dejado las gafas en el suelo y la gente las había observado como si se tratara de una obra. Cuatro puentes cruzaban el río Tennessee: el de la Autopista

27 (mi ruta normal), el de la calle Market (el que elegí ese día), el de los Veteranos y el de la calle Walnut. Sin embargo, el puente de la calle Walnut no era para coches: se trataba de uno de los puentes peatonales más largos del mundo.

A veces, LiQui y yo caminábamos por el puente de la calle Walnut después de clase, si no teníamos ganas de volver inmediatamente a nuestras casas. Era uno de mis lugares preferidos de Chattanooga. Había que pararse sobre el río y observar sus corrientes turbias y antiguas. En los días claros, me gustaba imaginar que la estructura metálica de color azul formaba parte de la atmósfera de la tierra. Si no fuera por Chattanooga, el cielo se desplomaría.

Finalmente, entré en Lupton como una alumna normal y encontré uno de los últimos espacios en el aparcamiento de quinto curso. Caminé por la rotonda, me dirigí hacia Founders Hall (el edificio de los Fundadores) y, en cuanto entré, percibí los murmullos sobre la biblioteca incluso antes de llegar al aula.

Ah.

Y Jack no estaba en clase, otra vez.

# LA SEGUNDA ESTRELLA A LA DERECHA ENCUENTRA NIÑOS PERDIDOS

Un vistazo a nuestra mesa de la comida demostró que el mundo estaba inclinándose de una forma incomprensible.

Ashton estaba sentado en el sitio libre al lado de donde yo solía ponerme. Por suerte, todos estaban muy ocupados murmurando acerca de la clausura de la biblioteca como para murmurar acerca del nuevo ocupante de nuestra mesa. Era raro que no tener una biblioteca les hiciera olvidar las reglas de las mesas.

—Ey —le dije a Ashton—. Bienvenido a la segunda estrella a la derecha.

Me miró confundido pero luego levantó la vista y dedicó unos minutos a ubicarse en el lugar. Después echó una mirada al cuadro del sol, que se hallaba encima de nuestras cabezas, y rio por lo bajo.

—¿Por qué nunca antes me he sentado aquí?

—Nosotros siempre hemos estado aquí, colega —respondió Li-Qui encogiéndose de hombros.

—¿Qué? Y yo que siempre había creído que el sitio perfecto era aquel —añadió Scott, lo primero que brotó de su boca.

Tuve que lanzarle de inmediato una mirada que decía «corta las bromas sobre chicos ricos o eres hombre muerto».

—Lo siento —se disculpó con una mueca—. No era mi intención ponerte en una casilla.

—Scott —corrigió LiQui—. Se dice «no era mi intención encasillarte».

—Sea como sea, ¿no estás en una casilla? —preguntó Scott.

—Bueeeno —exclamé volviéndome hacia Ashton. Quería hablarle de Jack, de su familia, de lo triste que parecía estar. Pensar en la forma de ayudarlo. Pero la mesa de la cafetería no era el lugar indicado—. ¿Qué ha pasado? Jack volvió y ahora desapareció.

Se encogió de hombros. No parecía seguro de querer hablar de lo sucedido, pero debió de sentirse lo bastante cómodo como para aventurar un pequeño comentario, lo cual me hizo sentir orgullosa.

—Todos estamos enfadados con alguien. Yo estoy enfadado con Jack. Jack está enfadado con Resi. Resi está enfadada conmigo por estar enfadado con Jack. Es una larga cadena. De todas maneras, necesito hablar contigo, Queen Li.

Me pregunté si Ashton sabría que yo sabía lo de Jack. No me había lanzado ninguna mirada que dijera *ey, ya lo sabes*, de modo que supuse que no era así.

—Continúa —comentó LiQui abanicándose.

—¿Sabes qué es la AHG, verdad?

—¿La Alianza Hetero-Gay, no? —preguntó ladeando la cabeza.

—¿Y sabes que no hemos recibido financiamiento desde que nos reconocieron oficialmente? ¿Dos años?

—Venga ya. *No* puede ser cierto —repuso LiQui, la boca abierta del asombro.

—Bueno, anoche leí *NMP* y, por ese libro, ahora quiero cambiar todo lo que odio. Así que esta mañana me he pasado por la oficina del director Walsh tres veces para hablar sobre la forma de recibir financiamiento.

—Ese libro, amigo —señaló LiQui—. Es peligroso.

Sonreí ante el hecho de que no fuera yo quien lo hubiera dicho.

—Un momento. Entonces, ¿tú has estado encargándote de la AHG? ¿Por qué no habías mencionado el tema del financiamiento hasta ahora?

—¡Es Lupton, amigo! —exclamó Ashton riéndose—. Suelen actuar de esa manera y no hay nada que nosotros podamos hacer. Yo veo cómo manejan el tema del dinero. Vosotros no sabéis qué poco poder tenemos. ¿Conocéis la frase «el dinero manda»? Bueno, aquí, el dinero enseña, impone las reglas, borra registros públicos. El dinero cancela suspensiones.

—Sí. Es verdad —admitió LiQui encogiéndose de hombros—. Sabía algo de eso por estar en el Gabinete, pero justo este año me he enterado de que era tan malo.

—Es lo peor —afirmó Ashton clavando el tenedor en una ensalada césar de aspecto tristón.

—Y... ¿por qué ahora? —pregunté—. ¿Por qué pelear ahora cuando sabéis que no lograréis nada? Sé que es una pregunta estúpida... perdón.

—Porque... —comenzó a decir LiQui después de lanzar un resoplido.

Yo sabía por qué. Porque era la única manera en que él sentía que podía luchar por Jack. Jack. Un chico cuya familia llevaba años unida a Lupton. Una familia que no iba a financiar una asociación que apoyaría a su propio hijo. Ahora podía ver el peso en los ojos de Ashton mucho más claramente. Ya no era el mejor amigo del idiota y ricachón más grande del planeta. Tampoco un miembro del grupo de las Estrellas. Era un amigo ferozmente leal, que no encontraba la forma de ayudar.

—¿Y? ¿Qué ha pasado? ¿Has hablado con el Sr. Walsh?

—No ha pasado por su oficina —respondió—. Siempre anda en otro lado.

—Creo que tiene una segunda oficina en otro lugar —comentó LiQui.

—¿Alguien sabe si tiene una pulsera FitBit?

—Lo que están haciendo tiene que estar violando algún estatuto, ¿verdad? Por una vez, me gustaría hacer algo.

—Puedo estudiar el tema —se ofreció LiQui—, pero no puedo prometerte nada. Lupton es un instituto privado, pueden discriminar todo lo que quieran.

—Dios mío, ¿por qué he pasado cuatro años aquí? —exclamó Ashton con un suspiro.

CANTIDAD DE MENSAJES RECIBIDOS
RELACIONADOS CON LA BIBSEC Y LA CLAUSURA
DE LA BIBLIOTECA: ¡BASTA POR FAVOR!


Durante la comida: 5

Después de la comida: 24

Después de Matemáticas: 35

Mientras repartía cubiertas blancas a la salida del instituto: 41

Cuando llegué a casa: 56

Antes de ir al partido: 67

## Parte A: El e-mail

Para: clara.evans@academialupton.edu

De: shellibrown@fundacionfundadores.org

Asunto: ¡Últimos detalles de la cena de la Beca de los Fundadores!

Srta. Evans:

En nombre de toda la gente de la Fundación Fundadores, quiero felicitarla una vez más por ser finalista de la Beca de los Fundadores. ¡Este correo es un amable recordatorio de que la cena de la Beca de los Fundadores ya está muy cerca!

Todos estamos impacientes por escuchar los discursos de los finalistas y le agradecemos por adelantado todo el trabajo que ha realizado para prepararse para este evento. A continuación, encontrará todos los detalles y toda la información que necesitará para el próximo sábado.

Dónde: Museo de Arte Hunter

Cuándo: 06:45 p. m.

Vestimenta: Formal

Mesa N°: 6. La invitada de honor con quien compartirá la mesa será Janet Lodenhauer, fundadora de la Comisión de Educadores para el Cambio de Chattanooga. Le rogamos que venga preparada con algunas preguntas.

Cena: Se servirá a las 07:15 p. m. después de unos aperitivos. Si usted o alguno de sus invitados son alérgicos a alguna comida en especial que deba tenerse en consideración, responda a este correo lo antes posible.

Si tiene alguna consulta, ¡no dude en preguntarnos!

Gracias,

Sherri Brown

Presidenta de la Fundación Fundadores

Parte B: Mi reacción posterior

Mierda.

Me había olvidado. Me había olvidado. Me había olvidado. Me había olvidado. Me había olvidado. Me había olvidado. Me había olvidado. Me había olvidado. Me había olvidado. Me había olvidado. Me había olvidado. Me había olvidado. Me había olvidado. Me había olvidado. Me había olvidado. Me había olvidado. Me había olvidado. Me había olvidado. Me había olvidado. Me había olvidado. Me había olvidado. Me había olvidado. Me había olvidado. Me había olvidado. Me había olvidado. Me había olvidado. Me había olvidado. Me había olvidado. Me había olvidado. Me había olvidado.

Me había olvidado del discurso.

Tengo que preparar algo en una semana. Necesito ropa. Debo averiguar si mis padres pueden ir. Pensaba invitar a Lukas, pero es demasiado tarde para avisarle. Tengo que preparar algo en tres días.

# CUATRO EN UNA GRADA

*La biblioteca aumentaba lentamente, como una nevada constante. Me parecía hermoso. Era muy apropiado que las mismas cosas cuya verdad iba trabajando dentro de nosotros con el transcurso del tiempo, también se tomaran su tiempo para trabajar en ellas mismas.*

—Lukas Gebhardt, *No me pisotees*

Era viernes y, por primera vez en todos estos años en el instituto, me senté con tres amigos a ver un partido de fútbol americano: LiQui, Jack (que hoy no había aparecido por la clase y, si vamos al caso, tampoco por el instituto, pero yo no pensaba preguntarle nada) y Ashton.

No me había dado cuenta de que Ashton se relacionara con tantas personas del instituto. No paraba de hablar una y otra vez con casi todo el mundo. Parecía un tipo de RRPP y me resultaba raro de ver porque tenía una imagen muy clara dentro de mi mente de que él solo hablaba con las Estrellas, literalmente. La había tenido durante años. ¿Cómo se me había pasado algo así? ¿Y cómo no había visto que Jack era un alma torturada, producto de haber escuchado siempre que debía cambiar, que no era lo bastante bueno y que no tenía problemas porque era rico?

¿Por qué había pensado que alguien no podía sufrir? El sufrimiento es como la lluvia, que cae y gotea por todos lados. No queda un solo lugar que no moje, entonces ¿por qué se consideraba aceptable descartar el dolor de una persona por considerar que era poco? Era como si creyéramos que existía un criterio universal para lo que deberían ser los niveles de sufrimiento de una persona antes de sentir empatía por ella.

Mientras reflexionaba sobre todo esto, observaba a Ashton interactuando con Jack, impresionada ante él... mi amigo. Dos amigos, quienes, para mí, eran como dos personas completamente nuevas, recién llegadas a Lupton. LiQui notó mi mirada atenta. Luego me golpeó con la pierna, se inclinó hacia mí y susurró:

—¿En serio?

—¿Qué? —pregunté volviéndome hacia ella—. Ah, ¿Ashton? No, solo estaba... no. ¿No es una locura todo lo que creemos que sabemos?

—Mmm, es cierto —murmuró LiQui con indiferencia.

—¡En serio! Lo que digo es cómo hemos termindao aquí. ¿Con Jack Lodey y Ashton Bricks en la misma grada?

—No lo sé, pero... es divertido —respondió encogiéndose de hombros.

Me puse de pie cuando alguien en la cancha atrapó una pelota e hizo algo especial.

—Iré a buscar algo para comer. Enseguida vuelvo.

Otra cosa que noté fue que si no había alguien conversando con Ashton, había alguien hablando conmigo sobre la biblioteca, con la cual, al menos en este momento, yo no quería tener nada que ver. Durante un rato, respondí sinceramente, pero luego me harté de que me molestaran y mi nivel de sarcasmo fue aumentando segundo a segundo.

Al comienzo del partido:

Ellos: ¿Sabes por qué está cerrada?

Yo: No. No tengo la menor idea.

Ellos: Tu biblioteca permanecerá abierta, ¿verdad?

Yo: Hasta que abran la biblioteca.

Una hora después:

Ellos: ¿Por qué está cerrada la biblioteca?

Yo: Los libros están plagados de comas.

Dos horas después:

Ellos: ¿Por qué está cerrada la biblioteca?

Yo: Nadie sabe cómo se encienden las luces.

Hacia el final del partido:

Ellos: ¿Por qué está cerrada la biblioteca?

Yo: A alguien se le cayó una hamburguesa junto al mostrador de préstamos y devoluciones y conectó nuestro mundo con un universo paralelo, de modo que ahora hay un agujero en el suelo y, si miras por él, podrás ver qué tal te va en una realidad alternativa. Bueno, eso si ya no estás muerto. De todas maneras, estamos esperando a que venga el equipo de mantenimiento para arreglarlo. No podemos permitir que los alumnos enloquezcan al enterarse de su mortalidad cuando el primer principio de Lupton es «concentración», ¿verdad?

Con cada pregunta que me hacían, comencé a sentir que la presión de ser yo la única embajadora de literatura de la Academia Lupton se iba apilando como ladrillos sobre mis hombros. El único alivio era que no tendría que hacerlo por mucho más tiempo.

Compré un montón de nachos para los demás y un paquete de Twizzlers para mí (esos caramelos largos de regaliz que están ricos y son aburridos al mismo tiempo) y los llevé a las gradas. Al repartir los nachos, noté que Jack dirigía la vista hacia mis Twizzlers. De modo que me senté junto a él, abrí el paquete y se lo tendí para que tomara uno mientras me moría de ganas de preguntarle por qué hoy no había aparecido.

—¿Es esto un soborno para que mi madre ponga tu nombre en los primeros puestos de la lista de la Beca de los Fundadores? —preguntó un poco en broma y un poco en serio.

Sentí que una cierta dosis de agresión crecía como una burbuja dentro de mi garganta, pero la aparté y empujé el paquete más cerca de él.

—Es porque quiero invitarte a un Twizzler.

Observó el paquete unos segundos y al final metió la mano y sacó uno.

—Los Twizzlers son raros. Son sosos pero no puedo parar de comerlos.

—¡Yo estaba pensando lo mismo! —exclamé riendo—. ¿Cómo lo logran?

Ashton se estiró y metió toda la mano dentro de la bolsa de caramelos mientras conversaba con LiQui detenidamente acerca de cada una de las temporadas de *Las amas de casa de Nueva Jersey*. Extrajo un manojo de Twizzlers del tamaño de un tronco sin ni siquiera echar una mirada. Observé mi bolsa casi vacía, la apreté y sentí su crujiente vacío. De repente, me embargó la tristeza.

—Mis Twizzlers —gemí a nadie en especial.

Y Jack se echó a reír, con fuerza.

—Eso es lo más triste que he visto en mucho tiempo. Tu cara. Dios mío. ¡Ash!

Ashton se dio la vuelta súbitamente, dos palitos sobresaliendo de su boca.

—¿Qué?

—Acabas de agenciarte la mitad de los Twizzlers de Clara y está a punto de echarse a llorar.

Todos se giraron para mirarme y, de pronto, mi tristeza por los Twizzlers hizo reír a todo el mundo y después yo también estaba riendo y, antes de que pudiera reaccionar, Ashton volvía del puesto de comida con tres paquetes más de Twizzlers y los arrojaba sobre mis rodillas.

Entre Jack y yo, no dejamos ni uno.

# MOJO CON DOS ACOMPAÑANTES

Me sorprendió que me pareciera tan normal que hubiera dos Estrellas comiendo queso con nosotras. LiQui se sentó junto a Jack, Ashton junto a mí. Y un rato después llegó Resi y se unió a nosotros. A pesar de los informes anteriores de Ashton de que todos estaban enfadados con todos, no parecía ser así. Era una combinación que debió haber sido incómoda, pero no lo fue. Eran seres humanos. Eran como LiQui y como yo, tenían su propio grupo, y yo no podía dejar de pensar en eso.

Había creído que LiQui y yo éramos realmente únicas, que nadie más en todo el instituto podía llegar a igualarnos en lo cercanas que éramos. Pero al observar la relación entre Ashton, Jack y Resi, sentí como si se encendiera una luz.

Ellos no eran las Estrellas porque quisieran ser unos exclusivos idiotas. Eran las Estrellas como LiQui y yo éramos yo y LiQui. Las cosas eran así y listo. Yo no podía decir eso acerca de todas las Estrellas, pero ¿de estas tres? Su exclusividad era, en el peor de los casos, una fachada, o, en el mejor de los casos, algo imaginado por los demás, y lo único que hacía falta para llegar a esa conclusión era mirar en vez de suponer.

# LA MUERTE DE UNA BATERÍA: MEMORIAS

El lunes después de ir a Mojo con las Estrellas, las noticias todavía no habían estallado, el Sr. Caywell no había regresado y la clausura de la biblioteca ya se había instalado en la academia. Los alumnos no solo susurraban, sentían su ausencia. Se estaba convirtiendo en un problema para el Sr. Walsh, lo cual me resultaba muy agradable. Yo sentía su falta de manera muy especial. No sé qué pasaba con eso de que la biblioteca estuviera cerrada, pero el solo hecho de que no existiera hacía que todo el mundo quisiera libros. Libros que yo ni siquiera tenía. Libros que ni siquiera estaban prohibidos. El típico síndrome de la fruta prohibida.

Siempre deseábamos lo que no podíamos tener.

La semana pasada parecía unas vacaciones comparada con la cantidad de trabajo de la Bibsec que estaba haciendo después de que cerrara la biblioteca, y eso hizo que los días transcurrieran ridículamente rápido. Tan rápido que no podía mantener el ritmo. No comía, llegaba tarde a casi todas las clases. Si no estaba entregando libros de manera furtiva a mis compañeros en los pasillos, me encontraba con ellos en mi taquilla, junto a una fuente, en el baño o detrás de la puerta de un armario. Utilizaba tanto la aplicación que el 100% de carga de la batería con la que empezaba el día ya había descendido por debajo del 30% antes de la comida.

Ya había dominado el rápido intercambio de libros e información. Sentía que todo marchaba sobre ruedas pero era muy agotador. No veía nunca a LiQui. Y todos los días había planeado utilizar mi tiempo libre para escribir una suerte de mal borrador de mi discurso para la cena de la Beca de los Fundadores, que se acercaba velozmente hacia mí. Pero no lo hacía. En su lugar, hacía grandes esfuerzos para terminar los deberes unos pocos minutos antes de la fecha exigida. El miércoles, la tinta de un trabajo de cinco páginas sobre los orígenes del comercio de pimienta negra para la clase de Historia estaba todavía tibia y húmeda en el momento de entregarlo.

Para cuando salí el jueves del instituto, las taquillas de LiQui y de Ashton estaban vacías y solo quedaban cuatro libros en la mía. Cuatro. *Four.* La cantidad de puentes que atravesaban el río Tennessee era la misma cantidad de libros que me quedaban. Había prestado sesenta y seis libros. A pesar de la confusión que había sentido por el hecho de manejar la Bibsec, estaba contenta de que, en sus últimos días, funcionara al límite. Mis compañeros estaban leyendo y eso era bueno. Yo era la chica de los libros de todos los alumnos de la academia. Había tal vez un grado de separación entre el chico que vendía marihuana en Lupton y yo. Pensé en ponerme en contacto con él para formar una sociedad.

No, no lo pensé.

Era una broma. No lo hice.

Lo que sí hice después de ese jueves, fue irme a casa y hablar con mis padres acerca de la cena de la Beca de los Fundadores, lo que les causó un leve ataque de nervios, comprensible teniendo en cuenta que era la primera vez que oían hablar de ella y el evento se llevaría a cabo en solo dos insignificantes días. Tomé una barrita de granola de la despensa y luego me excusé de cenar para poder escribir mi discurso o, si no existía otra opción, quedarme mirando la pared y reflexionar sobre el universo. O tal vez afrontar el desprecio que sentiría por mí misma cuando no se me ocurriera nada sobre lo que escribir. Afortunadamente, no tuve que afrontar ningún tipo de desprecio porque estaba tan cansada que me quedé dormida sobre el escritorio.

# EL GUARDIÁN NO ESTABA AHÍ

*De repente, me sentí muy solo. Casi deseé estar muerto.*

—J. D. Salinger, *El guardián entre el centeno*

El teléfono zumbó contra el escritorio y abrí los ojos de golpe. Me llevó unos segundos comprender que estaba oscuro y que había babeado toda la hoja que se suponía que sería mi discurso, lo cual me pareció bien.

Me froté los ojos. El teléfono comenzó a zumbar otra vez y atendí.

—¿Hola?

Un Ashton aterrorizado estaba al otro lado, la respiración pesada, llena de miedo.

—¿Ashton? —pregunté mientras sentía que mi mente se prendía fuego y la adrenalina se escurría dentro de mi pecho—. ¿Ashton?

—Estoy aquí, de pie —musitó entre lágrimas—. He llamado al 911 pero todavía no han llegado. Yo estoy aquí, de pie, y él está tirado en el suelo.

—¿Qué? ¿Qué está pasando? —pregunté poniéndome de pie.

—Jack, creo que está... no lo sé. No respira. Hay frascos de pastillas por todos lados. Creo que está muerto.

Me sentí más pesada, como si mi cabeza tuviera el doble de su tamaño normal.

—¿Has llamado al 911? ¿Dónde estás?

—En el instituto.

—¿Qué?

—Entró al instituto forzando la puerta y me envió un mensaje diciendo que acabaría con todo. Mencionó algo de no tener un guardián entre el centeno.

El corazón se me hundió dentro del pecho. Profundamente. Más profundamente que nunca.

—Ashton, voy para allí.

—No, no vengas.

—Estaré ahí pronto. No cortes, quédate conmigo al teléfono.

Bajé corriendo las escaleras, aferré las llaves del gancho que estaba junto a la puerta y salté dentro del coche. Si no le hubiera dado *El guardián entre el centeno* y solo hubiéramos comido Twizzlers la semana anterior, ¿habríamos terminado de todas formas de esta manera?

En el teléfono, no se escuchaba más que el sonido de la respiración de Ashton y, un minuto después de haberme metido en el coche, el sonido de los paramédicos, y Ashton hablando con ellos. Yo los escuchaba mientras conducía. El mundo entero me pareció inmenso y oscuro; estaba envuelta en un terror palpitante. Recordé la noche que habíamos pasado la semana anterior durante el partido de fútbol americano, comiendo Twizzlers y riendo. Pero también recordé nuestra conversación en la sala de procesamiento.

Yo había sido la causante de esto.

Conduje a gran velocidad hasta el instituto y, al llegar, me encontré con una escena de luces giratorias y una oscuridad atravesada por destellos azules y rojos. El director Walsh y los padres de

Jack se encontraban en la escalera. Ashton estaba sentado en la hierba, a un costado del sendero de adoquines, observando a los paramédicos desde las sombras mientras sacaban a Jack en una camilla, cruzaban la puerta, rodaban por el sendero, rodeaban la rotonda y lo metían en la ambulancia.

—¿Ashton? —murmuré suavemente.

—Hola —saludó levantando la vista.

Me senté a su lado.

—Escribió algo con aerosol encima de la pared de la biblioteca donde lo encontré —relató—. *Para Holden Caulfield, de Holden Caulfield. Esta es mi declaración.*

»¿Qué significa? —preguntó.

—No lo sé —mentí, mientras la culpa brotaba por todos mis poros.

Sentí como si tuviera un cuchillo en el estómago, retorciéndose y cortando hasta los rincones más oscuros de mí. Era la declaración escrita en el ejemplar de *El guardián entre el centeno* que llevaba en el bolsillo Mark David Chapman (el hombre que le disparó a John Lennon), cuando lo arrestaron por asesinato. Pero ¿para Jack? Para él significaba otra cosa. Significaba que esa era la solución para él. Holden ingresaría a un hospital psiquiátrico; Jack acabaría con todo.

—Yo tengo la culpa —balbuceé—. Yo le di el libro, pensé que lo ayudaría. No pensé que provocaría esto. No me lo imaginé.

Comencé a llorar. Ashton me atrajo hacia él, me abrazó y también se echó a llorar. Ninguno de los dos sabía qué decir. Yo no entendía bien cómo un libro podía convencer a dos personas, por separado, de asesinar a alguien o suicidarse. La idea, la situación, eran tan estremecedoras que, cuando le eché una mirada al Sr. Walsh, me pregunté si él habría tenido razón todo este tiempo y yo, al fin, había visto lo que él veía cuando miraba los libros. Un poder impredecible.

Y tuve miedo.
Por primera vez en mi vida.
Tuve miedo de los libros.

*Una nueva sensación de náuseas invadió a Jerry al descubrir en qué se había convertido: en otro animal, en otra bestia, en otra persona violenta en un mundo violento, que causaba daño. No perturbaba al universo pero le hacía daño.*

—Robert Cormier, *La guerra del chocolate*

Era viernes por la mañana, el último día de la Bibsec. No había vuelto a la cama cuando volví a casa. Debería haber empleado el tiempo en escribir el discurso, pero cada vez que intentaba pensar en algo, inspirándome en la experiencia de mi corta vida, veía a Jack en una camilla. Cada reflexión sobre CasaLit, cada intento de escribir acerca de las Pequeñas Bibliotecas me hacía sentir como si estuviera rodeada de criaturas hechas de sombras y dientes.

Los libros eran todo lo que tenía. Bueno, también tenía a Li-Qui y a mis padres, pero ¿aparte de ellos? Yo estaba hecha de libros. Ahora nada en mi vida parecía estar bien. Me hallaba sumergida en un océano de preguntas sin respuestas y me sentía egoísta por pensar que eso era injusto, pero lo pensaba de todas formas.

Cuando más los necesitaba, mis cimientos habían desaparecido. Sentía como si estuviera flotando en medio del espacio. Sin rumbo, sin ataduras, sin nada. Y con esa clase de sentimientos no se ganaban becas.

Estaba entrando en el coche para dirigirme al instituto cuando sonó el teléfono. Era Ashton.

—¿Hola? —dije.

—Hola... Bueno, Jack está bien. Se encuentra en el hospital y tendrá que ir a un centro de rehabilitación juvenil durante unos días para que lo supervisen.

—Ok. ¿Cuándo podemos verlo?

—No lo sé —respondió—. Estoy intentando averiguarlo.

—Él me lo contó. La semana anterior, me lo contó.

—¿Te confesó que era gay?

—Sí.

—Clara —comenzó a decir después de tomar una gigantesca bocanada de aire y sentirse más aliviado—, he convivido con ese tema desde el principio del instituto. En los tres últimos años, Jack se ha sentido muy desgraciado. Completamente desgraciado. Y está muy asustado y se siente muy solo. Yo lo alenté para que saliera del armario, para que se lo contara a su familia. Y lo hizo, pero salió horriblemente mal y está sufriendo desde entonces. Pensé que nunca más se lo contaría a nadie.

—Me dijo que Resi lo sabía.

—Sí, pero Resi piensa que Jack debe hacer solo aquello que lo haga sentir seguro y no quiere presionarlo. Fue por eso por lo que nos peleamos la semana pasada. Yo estaba empujando a Jack a salir del armario ante todo el mundo, porque se está destrozando al tratar de ignorar el tema, y Resi se enfadó conmigo por presionar a Jack. Yo le grité a Resi porque no me parecía bien que observara a un amigo derrumbarse y no hiciera nada al respecto; ella se efadó conmigo por presionarla y Jack se enfadó con los dos por pelearnos por él. Pues nada, antes de que comenzaran las clases, me dijo que quería ir a tu club de lectura. Yo no sabía por qué, pero lo imaginaba. Creo que pensaba que todos los que estaban allí leían historias sobre chicos gays y no los criticaban. Por lo tanto quería ir un par de veces para ver cómo reaccionaban ante esas historias. Creo que, si se sentía lo bastante seguro, pensaba elegir ese lugar para hablar de su homosexualidad, con personas que sabía que no se comportarían como su familia.

—Y yo le grité antes de que terminara la primera noche —comenté meneando la cabeza.

—Sí, eso no fue lo mejor, pero, para ser justos, él se estaba burlando de vosotros. Creo que sintió que me había arrastrado hasta ahí y tenía que entretenerme o algo por el estilo.

—Ashton, ¿he provocado yo esto?

—No lo sé, tal vez. Pero muchas personas lo han provocado. No has sido tú sola.

—¿Qué podemos hacer por él?

—Creo... no sé. Acompañarlo. ¿Aceptarlo? No sé qué más hacer. Estar con él y aceptarlo es lo único que se me ocurre.

—Bueno, ya estoy cerca del instituto. Nos vemos pronto.

—Nos vemos.

Corté la conversación sin dejar de repetirme que no era mi culpa, pero, por Dios, la conexión era demasiado fuerte. Había comenzado con mis manos. Yo había elegido el libro. Yo había hecho que Ashton se lo entregara.

Ya habían limpiado el instituto, no había rastros de lo ocurrido la noche anterior. Entré a la clase de Literatura sintiéndome aturdida, indolente, tan perdida en la vastedad que me pregunté por qué había ido. Me senté al lado de Ashton, sabía que él sentía lo mismo. Me estiré y le tomé la mano. Sabía que LiQui habría enloquecido pensando que comenzaría a besarlo ahí mismo, pero no era así, a pesar de la cantidad de libros que había leído donde, justo en ese momento —si mi vida hubiera sido un libro— Ashton y yo habríamos empezado a salir. Luego, instantáneamente, todo se habría arreglado. Los cerdos habrían volado y todos los lectores estarían esperando que nos besáramos unas páginas más adelante. Pero esto no era así.

El sexo pasaba a segundo plano, reemplazado simplemente por el hecho de que él era mi amigo, yo quería ayudarlo y esa era la mejor manera de hacerlo que conocía.

La clase apenas había comenzado cuando alguien golpeó la puerta y entró. Era la Sra. Borgen, la administradora del instituto.

La Srta. Falda McFalda se volvió hacia la puerta.

—¿Sí, Sra. Borgen?

—El director quiere ver a Ashton Bricks.

Volví la cabeza bruscamente hacia mi amigo.

Él me miró a los ojos y luego bajó la vista hacia su mochila.

Se me cayó el alma al suelo. Ayer, después de clase, yo había separado para Ashton *La casa de ventanas de madera* y *¡Habla!*, (otra vez). ¡H*abla!* porque él quería copiar algunas frases y *La casa* porque quería leer el otro libro de Lukas. ¿Y qué era lo más irónico de todo? La Bibsec iba a caer justamente gracias al libro que había sido la razón por la cual yo había comenzado a trabajar en una biblioteca, y eso me enfureció terriblemente.

—¿Ese asunto no puede esperar, Sra. Borgen? Estamos en el medio de la clase.

—El director Walsh ha dicho que era urgente.

Yo quería salir disparando hacia una salida. Saltar por una ventana. Tal vez, desmayarme.

Ashton aferró su mochila y me echó otra mirada. Esta decía *Lo siento mucho*.

Yo le lancé otra que, esperaba, no dijera lo que sentía.

Después de que se marchara, el pánico, no la niebla de la noche anterior, fue lo que me impidió prestar atención. ¿Acaso el Sr.

Walsh regañaría a Ashton por ser una mancha en el amplio e inmaculado orgullo del instituto? ¿Confesaría Ashton todos los secretos de la Bibsec? Yo sabía que no lo haría, pero tal vez ya no importaba. El hecho de que el director conociera la existencia de las cubiertas blancas implicaba que la operación ya había sido descubierta. El anonimato se había perdido.

Por primera vez desde que había comenzado con la biblioteca, me di cuenta de lo estúpida que había sido. No por mi romántica esperanza de convencer al Sr. Walsh con frases o, dejando de lado las frases, simplemente ganarle la batalla de los libros, sino porque había arriesgado mis posibilidades de ganar la Beca de los Fundadores. No había pensado que terminaría así. Se suponía que sería una guerra secreta, que se llevaría a cabo en las sombras. Nada había sido como yo había pensado que sería, pero, al mismo tiempo, tampoco me había planteado qué sucedería. ¿Por qué me había hecho esto a mí misma?

Luego, en mitad de la clase de Literatura, el mismo lugar que me había inspirado para crear la Bibsec, me di cuenta de algo.

Los libros siempre habían sido una parte muy positiva de mi vida y siempre había recibido elogios por adorarlos tanto. De modo que, cuando alguien dijo «No, estos libros no son buenos para ti», me enfurecí. Ahora que esa furia había sido reemplazada por preocupación y desconcierto, me pregunté por primera vez qué razón podría haber tenido alguien para decir que no eran buenos para mí.

Desde el día en que comencé la biblioteca, siempre había habido algo que me resultaba raro, porque nunca antes había puesto en duda el valor de los libros. Siempre había creido que, si tenía forma de libro, era bueno. Y mis padres siempre habían afirmado lo mismo. De igual manera, nunca me había cuestionado de verdad lo que los libros producían en mí, lo que hacían por mí y conmigo. Durante toda mi vida, solo había visto que el mundo les abría los brazos. Pero, de repente, me encontré con que el Sr. Walsh decía que no era bueno que leyera libros. No tenía ni idea de que alguien pudiera mirar un libro y pensar que, después de leerlo, estaría peor de lo que estaba antes. No tenía ni idea de que alguien pudiera no querer que otra persona leyera algo.

Y eso me había molestado.

¿Por qué?

¿Por qué?

¿Qué era lo que no entendía?

Y ahora al fin lo veía.

Daño.

Yo no era Levi.

Yo no era Joss.

Yo no era Katniss.

Yo no era Guy Montag.

Yo no era Lila.

Había creído que lo era cuando todo esto comenzó. Sin embargo...

Fui ingenua.

Me equivoqué.

LOS AMIGOS ESTÁN EN TODOS LADOS

*Ah, Celie, la incredulidad es algo terrible. Y también lo es el sufrimiento que causamos a otros sin saberlo.*

—Alice Walker, *El color púrpura*

Me dirigía hacia la clase que venía a continuación de Literatura cuando los altavoces cobraron vida con un chisporroteo. Todos los alumnos se detuvieron, los ojos cautivados por los altavoces del techo, como si pudiéramos encontrar algún tipo de indicio de lo que estábamos a punto de escuchar en la malla metálica que los cubría.

—Atención personal y alumnos. —Era el Sr. Walsh—. Se llevará a cabo una asamblea urgente en el gimnasio en diez minutos. Repito, se llevará a cabo una asamblea urgente en el gimnasio en diez minutos. Todo el personal y todos los alumnos deben dirigirse hacia allí lo antes posible. La asistencia es obligatoria. Vuelvo a repetir, se llevará a cabo una reunión urgente en el gimnasio en diez minutos. La asistencia es obligatoria. Gracias.

Resultaba muy raro que no tuviera nada que ver con la Bibsec, que fuera una mera coincidencia. Ashton no había vuelto a clase.

Una pequeña parte de mí esperaba que la asamblea fuera por Jack. Tal vez el Sr. Walsh regañaría a todos por empujar a Jack al fango todos los días durante cuatro años, como yo había hecho.

—Ey —dijo Ashton detrás de mí.

Me di la vuelta y, antes de que pudiera decir algo, lo abracé y me eché a llorar, las dos cosas al mismo tiempo.

—¿Qué ha pasado? —logré preguntar finalmente.

—Es largo de explicar —respondió y, antes de que pudiera preguntar algo más, apareció LiQui con su Gabinete y me apartó del medio del pasillo, donde todos los fulanos, menganos y alumnos del instituto pasaban junto a una Clara llorosa y equivocada.

—Yo no sigo más —proferí después de unos segundos—. Se acabó. —Les conté a todos el pánico que había sentido cuando habían sacado a Ashton de la clase. Les conté de mi plan de renunciar a la Bibsec. Y deseé tanto haber renunciado antes, ante la primera vacilación.

No alcancé a terminar mis pensamientos porque me interrumpió el chirrido del altavoz recordándome que había una asamblea urgente en el gimnasio y que la asistencia era, repito, obligatoria.

—Chicos... prometedme que seguiremos viéndonos cuando yo vaya a un nuevo instituto, y cuando vosotros vayáis a la universidad —pedí mientras me secaba las lágrimas—. Prometedme que no os perderé.

Todo presionaba mis nervios. Sentí que si soplaba una brisa, por más leve que fuera, me doblaría.

—Los problemas van a todos lados —afirmó LiQui rodeándome con sus brazos—, pero yo también.

—Nosotros —añadió Ashton asintiendo.

—Estamos aquí, contigo —prosiguió LiQui, la mano en mi hombro—. A veces, estaremos allí, en cualquier parte o en todas partes, pero incluso entonces, estaremos aquí, contigo.

Asentí.

—Tú puedes hacerlo, Clara —comentó Scott—. Eres la chica más brutal y lectora que conozco.

—En realidad, soy la única chica lectora que conoces —apunté secándome una lágrima—. Además, ya no sé si quiero seguir siéndolo.

—Me parece bien —concluyó LiQui—. Deja que Mav se haga cargo.

Todos nos echamos a reír mientras yo, de nuevo, me secaba las lágrimas. Y luego, tomada de la mano de LiQui y con el brazo de Ashton alrededor de los hombros, me encaminé hacia mi futuro.

# ESA FRASE ES MÍA

*Aquí encontré valentía.*

—Resi Alistair, *en la cubierta blanca BB*

El Sr. Walsh se encontraba en el semicírculo del centro de la cancha, las manos en la espalda. No se veía ni un solo tic nervioso o parpadeo por ningún lado. Toda su frustrante y estrafalaria simpatía se había secado como un desierto. Su aspecto era el que yo siempre había imaginado que debía tener: loco, agresivo. Era el verdadero Sr. Walsh y no el falso que siempre habíamos visto deambulando por los pasillos.

Llevaba una cubierta blanca debajo del brazo.

Las gradas habían sido separadas de las paredes, ofreciendo sus bordes duros como asientos. Debido a mi ataque de llanto, fuimos de los últimos en llegar y, debido a que fuimos de los últimos en llegar, nos tuvimos que sentar en la segunda fila. Casi al mismo nivel de los ojos del Sr. Walsh.

Estaba flanqueada por el grupo: Ashton a un lado, LiQui y el Gabinete al otro. Luego, mientras entraban los últimos chicos, Resi dejó el lugar donde estaba y se sentó detrás de mí. Después Mav se sentó en la primera fila, delante de mí, su gran masa corporal ocultándome casi por completo de la mirada del Sr. Walsh. Eché un vistazo a mi alrededor, estaba rodeada de gente que nunca había pensado que me rodearía. Excepto LiQui, no entendía bien qué hacían allí todos los demás.

Cuando el último alumno se sentó, el director Walsh comenzó a hablar.

—Como vosotros sabéis, en este instituto se debe mantener cierta disciplina. —Hizo una pausa como reflexionando sobre lo que acababa de decir—. Ha llamado mi atención que hay un grupo de libros circulando por la academia que tienen este aspecto. —Levantó el libro para que todos lo vieran. Yo no sabía bien quiénes reconocerían el libro, había repartido tantos en las últimas semanas que era difícil saber quiénes habían sido usuarios y quiénes no.

»Por si no estáis al tanto —señaló—, estos libros se encuentran en la lista de material vedado, que consta en el manual.

Nadie dijo nada acerca del hecho de que *no* hubiera ninguna lista en el manual del alumno. LiQui tenía razón: nadie lo había leído (lo más probable) o nadie se había dado cuenta.

—Tener material vedado —prosiguió— es inaceptable y será castigado. Debemos entender la importancia de adherirse a esta regla, de manera que aumentaré el castigo hasta que todos tengamos claro que no es gracioso ni prudente ni bueno para el bienestar del alumnado quebrantar las reglas, especialmente con el material vedado. —Levantó el libro—. Ya he suspendido a un alumno y estoy dispuesto a suspender a más.

Ashton.

Lo habían suspendido por mi culpa. Yo había llevado a Jack al precipicio. La cantidad de daño que había causado, que los libros habían causado, ya era demasiado. Me volví hacia Ashton. No me lo había contado. Captó mi mirada y agitó la mano como restándole importancia. ¿Cómo podía ser tan displicente?

—Al final del día, cuando os marchéis del instituto, revisaremos vuestras pertenencias para ver si tenéis algún tipo de material vedado y, al que se atrape con uno de estos libros, se lo suspenderá de inmediato. Sin embargo, solo recibiréis una simple advertencia si los entregan entre el final de esta asamblea y el final del día. Vosotros decidís. Y algo más. En este libro, hay una frase escrita: «Aquí encontré valentía». Me gustaría decirle a la persona que la escribió: corres peligro de caer por una pendiente muy resbaladiza. Existen razones por las cuales estos libros están vedados. Deberías replantearte tus juicios y preguntarte si realmente has considerado qué es realmente apropiado para que consumas.

»Muy bien. Ahora querría ofreceros algo más. Si la persona (o personas), responsables de estos libros dan un paso al frente, salvarán a sus compañeros de una suspensión y yo anularé las suspensiones que haya puesto hasta el momento. A esa persona le digo: tú decides. Si realmente te preocupa tu comunidad y su bienestar, deberás asumir la responsabilidad de tus actos.

Una chica levantó la mano.

—¿No está mal prohibir libros?

—Vedar libros y material audiovisual está dentro de los reglamentos de los institutos privados. La administración de este establecimiento ha decidido qué es lo que contribuye a tu formación y crecimiento como alumna, y tu trabajo es confiar en nosotros y respetar los reglamentos que hemos creado.

Quería echarme a llorar ahí mismo, quería escapar. Tenía que entregarme. Habían suspendido a Ashton. No me importaba que suspendieran a otra persona, pero Ashton no se lo merecía. Y menos en el último año y después de haber sido un gran amigo para Jack.

—¿Alguna otra pregunta? —inquirió echando una mirada por encima del alumnado—. Entonces eso es todo —concluyó—. Confío en que muchos de vosotros haréis lo correcto. Ahora, por favor, id a sus clases y sentaos a esperar. Los profesores y el personal, permaneced unos minutos más, por favor. Tenemos que organizar la logística para el final del día.

¿Perdería muchos días de clase como para tener que repetir el último año? ¿Tendría que ver a LiQui graduarse e ir a la universidad sin mí? ¿Perdería la Beca de los Fundadores? ¿Iría realmente a la universidad?

No importaba: tenía que entregarme. Me había equivocado, lo sabía, me había equivocado.

Me levanté dispuesta a dirigirme hacia el director cuando Mav me empujó hacia atrás y se puso de pie.

—Director Walsh, esa frase es mía. Y no solo eso, yo soy el que comenzó todo esto.

El director lo miró confundido. No parecía dispuesto a ignorarlo, pero su expresión era de incredulidad. No, eso no era lo que debía suceder: Mav no iba a pagar por mi estupidez.

—No —exclamé—. No fue él, yo escribí esa frase. Yo lo empecé todo. Yo he…

Antes de terminar de hablar, Ashton se levantó.

—Esa frase es mía. Yo lo empecé todo.

Lo miré casi sintiéndome traicionada. ¿Por qué hacía eso? Ya estaba en problemas. De hecho, ni siquiera era necesario que estuviera en esta asamblea. Estaba suspendido, no necesitaba meterse en más problemas. ¿Por qué era tan estúpido como para entrar en una pelea en la que no pintaba nada? Ese era mi problema.

Abrí la boca para detenerlo, pero luego LiQui se levantó y me interrumpió.

—Esa frase es mía. Yo lo hice. Yo lo empecé todo.

Resi se levantó.

El Gabinete se levantó.

Luego se levantó alguien en el lado opuesto de las gradas, alguien a quien yo no conocía.

—Esa frase es mía.

De repente, se fueron levantando todos los alumnos uno por uno, rostros que a veces reconocía y a veces no, todos diciendo que la frase era de ellos, una declaración que parecía implicar *Fui yo*.

No era como en una de esas películas donde todo un salón se ponía de pie, pero así lo pareció. Para ser sincera, eran unos pocos alumnos, probablemente unos cuarenta frente a un alumnado de quinientos. Todos mis amigos, muchos socios de la Bibsec cuyos rostros me eran familiares pero no conocía, y mis doce compañeros de la clase de Literatura Avanzada.

En contraposición, aquellos que se levantaron parecieron perderse entre quienes no lo hicieron, pero con cada alumno que se adjudicaba la creación de la Bibsec, el director Walsh se mostraba cada vez más frustrado, el camino a seguir cada vez más embarrado con el tiempo y la burocracia.

Lo que yo no entendía era lo siguiente: ¿qué estaban defendiendo aquellos que no eran mis amigos?

Al final, nadie más se puso de pie y en el gimnasio reinó un incómodo silencio de medio minuto. Luego levantó la mano una de las Estrellas que yo no conocía.

—¿Eso significa que los demás podemos irnos?

Todo el gimnasio se echó a reír rompiendo la intensidad del momento.

Pero la Estrella tenía razón.

Los que nos habíamos puesto de pie nos habíamos entregado.

Suspirando, el Sr. Walsh señaló a todos los que nos habíamos levantado.

—Aquellos que se han puesto de pie deben hablar con mi asistente y organizar una reunión conmigo hoy, antes de irse. —Mientras el gimnasio estallaba en un estrépito de conversaciones y chirridos de pisadas, el hombre salió con paso frenético, hecho una furia.

Observé a todos los que se habían levantado.

Luego lloré.

Enfadada. Confundida. Feliz.

Acompañada.

# Y TU HEROÍNA REGRESA A CASA TEMPRANO

*Cargamos libros en un carro de la mina, arrojándolos descuidadamente. Las tropas estaban con sus armas frente a nuestra cueva, no había tiempo para ser cuidadosos. «Levi, ve delante y empújalo», dije. Él tiró con fuerza del carro, que se movió lentamente emitiendo un gemido chirriante y metálico que resonó dentro de la caverna. Me miró y esbozó una amplia sonrisa, una sonrisa que decía* lo estamos haciendo, *pero luego apareció en las vías una chaqueta negra y Levi me estaba mirando y sonriendo cuando una bala se alojó en su corazón.*

—Lukas Gebhardt, *No me pisotees*

Justo después de la asamblea, en vez de ir a clase, me dirigí directamente a la oficina de la asistente del Sr. Walsh para arreglar la reunión, y luego me marché. Se me había agotado la capacidad de mantenerme en pie. No quería ver la fila de chicos entregando las cubiertas blancas al terminar el día, preguntándome en cada devolución si mencionarían mi nombre. No quería ver el amontonamiento delante de la puerta. No quería ver a toda la gente que me había defendido.

De modo que me escapé: dejé que destrozaran la Bibsec.

Algo que Levi y Joss nunca habrían hecho.

Subí corriendo las escaleras, la casa silenciosa, mi padre y mi madre en el trabajo, sin saber que su hija había malgastado su tiempo y su dinero haciendo que la expulsaran en el último año y, por el camino, había desperdiciado la posibilidad de obtener una beca increíble. Me tumbé en la cama. ¿Qué significaba que algunos de nosotros nos hubiéramos entregado? ¿Sería capaz de atribuirme la creación de la Bibsec? ¿Debería? ¿Ashton continuaría suspendido? Tal vez no importaba que todos se hubieran levantado, el director Walsh se daría cuenta de todo. Era cuestión de tiempo. Yo era quien entregaba los libros a mis compañeros, solo yo. Tarde o temprano, alguien confesaría la verdad.

# LOS PRIMEROS MENSAJES GRUPALES

**Ashton** [08:22 p. m.] Clara, ¿te has ido?
Mañana podemos ir a visitar a Jack.
¿Te animas a venir conmigo?
Además: ¿está bien que le envíe un mensaje a LiQui?

**Yo** [08:22 p. m.] No puedo ir. Es la cena de la Beca de los Fundadores.
¿Puede ser al día siguiente?
Además: sí, me he ido. He dormido una siesta.

**LiQui** [08:23 p. m.] Sí, Ashton. Iré. Cuando tú quieras.
Clari, una buena decisión, a decir verdad.
¿Queréis ir a Mojo?

**Yo** [08:23 p. m.] No lo sé.

**Ashton** [08:23 p. m.] Sí, yo necesito Mojo aunque Clara no quiera.
El domingo tiene el mismo horario de visita, así que podemos ir.
Ey, LiQui... ¿Puede ser que te haya visto besándote con Mav junto a las fuentes después de la asamblea?

**Yo** [08:23 p. m.] ¿Qué?

**LiQui** [08:23 p. m.] Ashton, WTF

**Ashton** [08:24 p. m.] Ay, ups, perdón. Creía... que... No sé qué creía.
Mala manera de empezar nuestros primeros mensajes grupales.

**Yo** [08:24 p. m.] ¿Qué?

**LiQui** [08:24 p. m.] NO SE DICEN ESAS COSAS EN UN MENSAJE GRUPAL.

**Yo** [08:24 p. m.] Mav salió en mi defensa en la asamblea, ¿verdad?

**LiQui** [08:24 p. m.] Es lo más sexy que ha hecho en su vida, literalmente. Y tiene los abdominales muy marcados y juega al fútbol americano.

**Ashton** [08:24 p. m.] ¿Mojo en 30?

**LiQui** [08:24 p. m.] Tú pagas. Para compensar el comentario desagradable que acabas de hacer.

**Ashton** [08:24 p. m.] Ok. Es justo.

**Yo** [08:24 p. m.] Ok.

*Pero es la verdad aun cuando no haya sucedido.*

—Ken Kesey, *Alguien voló sobre el nido del cucú*

Sobre la mesa había un plato de Mojo de color violeta con un enorme cuenco de queso.

A pesar de todo lo que había ocurrido, no pude evitar una sonrisa.

Tomé una patata frita, la mojé y luego la apoyé sobre la lengua, para que el queso derretido derritiera mis problemas. Me volví hacia LiQui.

—¿Así que has vuelto con Mav?

—Ey —exclamó levantando la mano—. El sarcasmo mejor déjalo a un lado.

—Está bien, sarcasmo retirado. ¿Habéis vuelto?

LiQui frunció el ceño. Era obvio que aún estaba a la defensiva.

—Sí... digo, no. En realidad, no. Pero mira, no estamos aquí para hablar de Mav, así que cálmate.

—¿Que me calme? —espeté bruscamente—. ¿Que me calme? Ayer a las dos de la mañana estaba despierta porque le di a Jack un libro por el cual decidió suicidarse. Por mi culpa suspendieron a Ashton y, a pesar de la actitud heroica de todo el mundo, me expulsarán en cualquier momento. Cuando eso ocurra, perderé la beca, lo perderé todo, ¿y tú quieres que me calme? Dios mío, ¿por qué no me detuviste? ¿Por qué me dejaste seguir adelante? No valía la pena.

Durante unos segundos, todos nos quedamos en silencio; luego LiQui contestó:

—Clara, eso no es justo. Y me parece que estás actuando como si fueras moralmente superior.

—¿Qué quieres decir con eso de que no es justo? Tú no...

—La Bibsec era tanto tuya como nuestra —afirmó—. Nosotros te apoyamos. Peleamos junto a ti, *por* ti, tanto, que «tu biblioteca» se transformó en «nuestra biblioteca». ¿Toda esa investigación que hice sobre derecho contractual, intentando encontrar algún resquicio, algún vacío legal que nos permitiera luchar contra la lista de libros prohibidos? ¿Todas las ideas que pensamos y aportamos? Eso fue algo que yo decidí hacer. Y no solo eso, me hiciste pensar en la forma de oponerme a mis abuelos. Hiciste que Mav quisiera volver a salir conmigo porque leyó *Eleanor & Park*. Hiciste que Ashton se uniera a nosotros, que esté literalmente aquí. Un amigo al cual obviamente ayudaste, de lo contrario no estaría aquí. Scott me dijo el otro día que no ha dejado de leer desde que le di *Las ventajas*. Es como las fichas de dominó, amiga. ¿Has observado las fichas de dominó, cómo van cayendo unas sobre otras? ¿Y quién sabe qué otras cosas han sucedido de las que ni siquiera estamos enteradas todavía?

—Yo sé que Resi ha cambiado por la Bibsec —agregó Ashton—. Y Jack estaba contento aquella noche, la noche del partido de fútbol. Estoy seguro. No lo había visto reír en mucho tiempo.

—No puedes saber qué más ha sucedido a causa de la Bibsec —prosiguió LiQui—. Así que antes de decirnos que no ha valido la pena, ¿por qué no echas una mirada a tu alrededor? Por supuesto que algunas cosas no han salido bien, pero todos hemos elegido basándonos en nuestras *propias* decisiones. Tú no obligaste a Ashton a sacar un libro para que luego lo pillaran. Pensar que eres responsable por todo el daño ocasionado es realmente ofensivo para el resto de nosotros. Especialmente para Jack. Estás atribuyéndote lo que él hizo, ignorando por completo el momento que él estaba atravesando.

LiQui me estaba mirando con una expresión que pedía que me enfrentara a ella. Estaba dispuesta a pelear. Pero no era que lo que dijo no me pareciera lógico, tan solo me resultaba intrascendente. Jack había intentado matarse por lo que había sacado de un libro. ¿Acaso eso no les parecía aterrador a todos? ¿Acaso los demás no veían qué poco control teníamos sobre los libros y lo que le producían a la gente?

—¿Puedo añadir algo? —preguntó Ashton alzando la mano.

LiQui agitó la mano hacia mí y yo asentí.

—No es que yo sea un gran lector, pero ¿no se supone que el sentido de toda esta discusión acerca de la prohibición (como lo que nos estaba enseñando la Srta. Croft), es que el acceso irrestricto a los libros nos permita cuestionar nuestras manera de pensar y cambiar? ¿Aprender cosas nuevas y pensar críticamente sobre esas cosas y no tenerles miedo? ¿Ser mejor de lo que éramos antes de leerlos?

Me encogí de hombros. No lo sabía, ya no estaba segura. Y esa sensación se instaló alrededor de mí como el aterrizaje de emergencia de una nave espacial o el polvo que dejaba atrás un villano en su retirada. Podíamos pasarnos el día hablando de las ideas románticas de los libros, pero eso no explicaba qué hacía nuestro amigo en el hospital. Nada lo explicaba. Jack no había estado pensando críticamente. No había tenido el espacio para pensar críticamente. Por lo tanto... tal vez decir que un libro era «inapropiado» para que alguien lo leyera era lo correcto.

No lo sabía.

Y el hecho de no saberlo me sacudía hasta la médula.

## Parte A: El e-mail

Para: clara.evans@academialupton.edu
De: m.walsh@academialupton.edu
Asunto: IMPORTANTE: Lunes por la mañana

Señorita Evans:

Este correo es solo para recordarle que la veré en mi oficina el lunes a primera hora. Esta vez, dejaré que usted hable con sus padres acerca de este asunto.

Director Walsh

## Parte B: Mi reacción posterior

Para: m.walsh@academialupton.edu
De: clara.evans@academialupton.edu
Asunto: RE: IMPORTANTE: Lunes por la mañana

OK

# TRISTE Y COMPUNGIDA

*Hay temas en los que no puedes dar marcha atrás, temas sobre los que debes tomar posición. Pero es a ti a quien corresponde decidir cuáles son esos temas.*

—Mildred D. Taylor, *Lloro por la tierra*

No podía dormir.

No podía dejar de pensar en Jack y eso me distrajo del hecho de que todavía no tenía un discurso para la cena de la Beca de los Fundadores y de que, en realidad, no importaba si lo tenía o no.

El lunes, ya me habrían expulsado.

*Él le dijo que era hermosa, pero también había dicho que el libro que ella tenía en las manos era inapropiado. Lila pensó que lo segundo era una negación de lo primero. Porque cuando uno decía que un libro era muy feo para el mundo estaba negando toda la belleza que contenía. Los libros podían tener partes feas, pero ningún libro era feo de principio a fin. Si él no podía entender eso con respecto al libro, ella dedujo que nunca sería capaz de entender lo mismo con respecto a ella.*

—Lukas Gebhardt, *Una casa de ventanas de madera*

Llevaba un vestido negro hasta la rodilla con cuello en V, donde destacaba un collar de perlas que mi madre me había prestado. También llevaba unos aretes haciendo juego y unos sencillos tacones negros atados al tobillo. El estómago me daba vueltas y sentía que estaba a punto de vomitar. Mis padres y yo entramos al Museo de Arte Hunter, una escultura de metal y vidrio que se erguía sobre el río Tennessee como un centinela. Sus muros avanzaban sobre el borde de un peñasco de veinticuatro metros, que desaparecía entre las curvas del río.

Permanecí en silencio mientras cruzábamos la entrada, una pared compuesta por ventanales. Una larga fila de postes negros nos condujo a lo largo de las salas de exposiciones y luego entramos a un vestíbulo muy grande y elegante con suelo de baldosas. Había ocho mesas redondas cubiertas por impecables manteles negros con caminos verdes. En el centro de cada una de ellas, había grandes cilindros de vidrio con moños de arpillera, llenos de hojas de magnolia y capullos de algodón. Una imponente escalinata, de metal curvado a un lado y vidrio repartido al otro, conducía al primer piso. Desde allí se podía observar el vestíbulo y a la gente que estaba abajo, o tener una mejor vista de las inmensas paredes de ventanales que quedaban sobre la estructura y los remaches azules del puente de la calle Walnut, la costa Norte, el horizonte del río y una pequeña isla que dividía las antiguas corrientes. Más allá del enorme vestíbulo se extendía un gran patio, que, decidí, sería el lugar perfecto adonde ir si tuviera que vomitar. Estaba lo suficientemente lejos del bullicio y poco iluminado como para que nadie notara a una joven con perlas devolviendo su elegante cena en el río.

Era un atardecer de temperatura agradable, con la brisa justa y el fresco justo, que hacían que pareciera una noche de otoño y no del final del verano. A pesar de lo perfecto del clima, yo sabía que la noche estaría muy lejos de ser perfecta.

Mis padres no sabían nada de lo que sentía, tenían una expresión de orgullo en la mirada. Una expresión que me aniquilaba cada vez que me hablaban. Recordaba nuestra conversación la noche en que yo había recibido el primer golpe y lo inflexible que se había mostrado mi madre acerca de no quebrar las reglas. Lo inflexible que me había mostrado yo acerca de ser la única que tomara las decisiones y ahí estaba, en una cena y sin discurso, porque ya había perdido.

No podía contárselo.

No podía contarles nada. Si yo no iba a disfrutar de esa noche, quería que ellos sí lo hicieran. Era lo menos que podía hacer antes de que se enteraran de que su hija había sido expulsada del instituto.

—Esto es increíble —comentó papá echando un vistazo a su alrededor—. Parece que ya eres la presidenta.

—Un momento —exclamé, fingiendo estar feliz—. No soy la presidenta: es LiQui.

—Nadie ha dicho que no podáis ser presidentas las dos. Solo tenéis que decidir quién va primero.

—Vosotros dos vais a hacer que nos echen —dijo mamá—. Comportaos de manera más distinguida.

—Esto es todo lo que tengo —repuse extendiendo la mano por mi cuerpo.

—Lo mismo digo —coincidió mi padre asintiendo.

Encontramos una mesa vacía con una pequeña tarjeta decorada con el número seis, asomando entre las hojas de magnolia. Después de confirmar que era la nuestra, nos sentamos. No había ningún invitado de honor a la vista; ni siquiera podía recordar quién era el mío.

Eché una mirada de curiosidad alrededor del salón para ver quiénes eran los demás finalistas de la beca. Siempre había sabido que Jack era uno, pero no estaba ahí.

Para mi sorpresa, la única persona que reconocí fue a Resi Alistair, que estaba sentada con su familia en la mesa dos. Hicimos contacto visual y me saludó con la mano; luego, sorprendentemente, se levantó y se dirigió hacia mí. Les dije a mis padres que volvería enseguida.

—No sabía que eras una de las finalistas —comenté cuando nos detuvimos una frente a la otra.

—Bueno, no lo era. Estaba en segundo lugar. Me llamaron después de que descalificaron a Jack.

—Ah —exclamé—. ¿Y por qué lo descalificaron?

—No sé los detalles —respondió—. Pero supongo que, a pesar de todo lo que hizo su familia para mantener la situación en silencio, la publicidad que tuvo su intento de suicidio y todo lo que ocurrió antes, obligó al comité de selección a retirarlo. No lo sé. Lo único que sé es que la Sra. Lodenhauer debe de estar ardiendo de furia.

Suspiré. No era justo: él debería estar allí.

—¿Ya lo has visto?

—No, todavía no. Iré mañana.

—Ah, bueno, ¿por qué no vienes con nosotros? También iremos mañana.

—Sí. Ashton lo mencionó. Es una buena idea.

Nos quedamos en silencio durante unos segundos; luego ella apoyó su mano en mi hombro.

—Gracias.

—¿Gracias? —pregunté.

—Por todo.

Intenté no mostrarme muy asombrada, pero no se me ocurría literalmente ni una sola cosa que hubiera hecho por la cual Resi debiera o tuviera que agradecerme.

—Este año, has sido... un milagro. Y no solo eso... incluso antes, con lo que hiciste con las Pequeñas Bibliotecas.

Como había sido criada en un establo, mis cejas se arquearon con incredulidad y no dije gracias.

—Cuando lanzaste CasaLit —prosiguió echando a reír—, fuiste el tema de conversación de mi grupo de liderazgo comunitario. Tú me inspiraste para que hiciera el proyecto que me ha traído hasta aquí.

Me quedé boquiabierta. No sabía qué decir.

—Pero por lo que realmente quiero darte las gracias es porque has sido una gran amiga para Ashton y para Jack. Yo... yo no he podido estar al lado de ninguno de ellos en buena parte de lo que ha sucedido y ha sido muy bueno saber que tú sí has estado.

—Resi. —Reí—. Yo no he estado junto a ellos. Fue Jack quien se acercó a mí. Te lo agradezco, pero no soy tan genial como piensas. CasaLit era solo eso, CasaLit. Y últimamente me estoy preguntando si no he estado haciendo algo malo. No lo sé.

Ahora fue su turno de mostrarse asombrada.

—¿Por qué podrías pensar que CasaLit es algo malo?

—Porque ya no confío en los libros. Es obvio que hacen daño a la gente.

—¿Esto es por la Bibsec? —inquirió frunciendo el ceño—. ¿Estás permitiendo que lo que sucedió en Lupton te afecte tanto?

—No es solo Lupton, Resi... es mi vida. A lo único a lo que me he dedicado es a los libros, y con lo de Jack... ya no estoy segura de nada.

—Clara, tú no tienes nada que ver con lo de Jack. Bueno, tal vez un poquito, pero él puede tomar cualquier cosa y convertirla en algo negativo. Es lo que lleva haciendo desde hace un tiempo. No es que no tenga sus motivos, lo sé. Pero la noche del primer partido de fútbol americano del año, cuando lo detuvieron por conducir alcoholizado, eso rompió nuestro grupo de amigos. —Hizo una pausa para respirar—. Ashton y yo casi perdemos la esperanza en él junto con el resto del grupo, pero no lo hicimos. ¿Quieres saber por qué? *¡Habla!* Sé que *¡Habla!* trata sobre otro tema, pero también gira alrededor de alguien que sufre tanto que eso empaña cada segundo de su vida. Era justo la historia que necesitábamos para seguir adelante. ¿Qué habría pasado si no hubiéramos tenido tu biblioteca? ¿Si no hubiéramos tenido ese libro en ese preciso momento, justo cuando lo necesitábamos? Lo habríamos abandonado. Tal vez Jack no habría tenido a quién enviar un mensaje el jueves por la noche. El director Walsh podrá prohibir todos los libros que quiera, con la justificación que quiera, pero los libros de tu biblioteca alteraron el tiempo y el espacio. Existen pruebas irrefutables de que los libros que has distribuido han causado un gran impacto a tu alrededor.

Me miró con ojos que me suplicaban que la escuchara.

—Pero yo también comencé la Bibsec por razones equivocadas —añadí—. No fue porque yo fuera esa guerrera de los libros que quería que sus compañeros tuvieran acceso a ellos... como lo fui cuando lancé CasaLit. Comencé la Bibsec porque estaba furiosa. Quería tener razón, quería ganar. Los libros eran mis armas.

—Está bien, eso no es una maravilla, pero no importa. No te lo tomes a mal, pero no eres tan importante. Tú no fuiste la responsable del cambio: fueron los libros. Para ellos, no era necesario que fueras un ángel, perfecta. Bastaba con que estuvieras dispuesta a repartirlos. Tú has colaborado para que eso suceda desde hace años, no solo con la Bibsec. Piensa en tus Pequeñas Bibliotecas. Si esa minúscula biblioteca de tu taquilla ha hecho tanto en tan poco tiempo, piensa en lo que ellas han hecho. Los libros son salvajes, no puedes controlarlos. Las personas son salvajes, tampoco puedes controlarlas. Júntalos y no puedes saber lo que ocurrirá, pero tú no eres responsable de eso. Y si vas a entrar en el debate de «si son apropiados para los alumnos», mejor déjalo para los padres. Para eso están. Listo. Ya está. Sigue adelante. No te sientas responsable.

Me quedé mirándola sin saber qué decir. Podría haberle dicho *gracias*, pero esa palabra no estaba cerca de mi lengua y no sabía dónde encontrarla.

—Lo siento —añadió—. Pero es que... no quiero que te des por vencida. Quiero que sepas que has hecho mucho, aun cuando pienses que no es así. Gracias.

Bajé la vista. No sentía que fuera esa persona de la que ella hablaba.

—¿Quién es el invitado de tu mesa? —preguntó.

No podía recordarlo, de modo que me encogí de hombros.

—No me acuerdo, han sido unas semanas caótic...

—Soy yo —exclamó alguien, una mujer mayor, deteniéndose junto a mí.

Observó a Resi con una frialdad que hasta yo sentí.

—Señora Lodenhauer, es un placer verla —exclamó Resi con una sonrisa forzada.

Claro.

La Sra. Lodenhauer.

Janet Lodenhauer.

Mi mente recordó el correo que había recibido la semana pasada. Ni siquiera lo había notado.

La madre de Jack era mi invitada de honor y solo por la manera de pararse, por la manera de mirarme, supe que no estaba contenta de serlo. Y solo existía una razón para que no estuviera contenta de estar conmigo: sabía que era yo quien le había entregado a Jack *El guardián entre el centeno.*

Me echaba la culpa de lo que él había hecho.

Se me hizo un nudo en el estómago por millonésima vez.

La Sra. Lodenhauer no respondió a Resi. Todo lo que hacía irradiaba un helado desprecio hacia ella, como si también la culpara por lo de Jack.

—Quiero hablar contigo —indicó la mujer clavando la mirada en mí.

Resi estiró la mano y la apoyó en mi muñeca en un gesto que parecía decir *lo siento.*

—Nos vemos después. —Sonrió y luego le hizo un breve saludo con la mano a la madre de Jack—. Ha sido un placer verla, Sra. Lodenhauer.

Y se alejó dejándome con la más gélida conjunción de ira, amargura e insatisfacción que había conocido en toda mi vida.

*Cuando las personas no se expresan, se van muriendo poco a poco. Te asombraría ver cuántos adultos están muertos por dentro. Deambulan por la vida sin saber quiénes son, esperando un ataque al corazón, un cáncer o que los atropelle un camión para acabar con todo. Es de las cosas más tristes que conozco.*

—Laurie Halse Anderson, *¡Habla!*

La Sra. Lodenhauer se alejó de mí sin decir una palabra, pero lo hizo esperando que yo la siguiera, motivo por el cual no quería hacerlo. De hecho, todo en ella hacía que no quisiera seguirla y también hacía que me sintiera peor por Jack al saber lo despreciable que era su madre. Ni siquiera era necesario hablar con ella para darse cuenta. Y sí, su hijo acababa de intentar quitarse la vida, eso no era algo para estar feliz, pero había tanto de su ira que era atemporal, un olor nauseabundo de una larga y repugnante maldad en el crujido de su paso mientras subía las escaleras hasta el último piso.

Por el camino, mis padres me saludaron con la mano como si hubiera ganado la lotería. Yo les devolví el saludo, pero no podía recordar la expresión de mi rostro. ¿Era de alegría? Probablemente no. No creía que hubiera intentado sonreír.

Arriba. Me llevó hasta el punto más alejado de todo el mundo, luego se dio la vuelta y me fulminó con la mirada durante unos segundos.

—¿Quién te crees que eres?

La pregunta fue tan sorprendente que lo único que escuché fue: «¿Quién te crees que soy?».

—¿Crees que no sé lo de tu libro? —preguntó curvando el labio—. ¿Esa basura que encontré en su habitación, forrada con papel blanco?

No dije nada.

—Jack me dijo que tú se lo diste. No puedes hacerte la tonta conmigo, Clara. Yo lo sé todo, y todo lo que yo sé, también lo sabe el director Walsh. De modo que es hora de que seas sincera. La biblioteca, tu actividad repartiendo libros desde tu taquilla. Te lo preguntaré otra vez. ¿Quién te crees que eres?

Me encogí de hombros al escuchar que mi destino del lunes ya estaba sellado.

—Sinceramente no lo sé, señora.

—Eres de las que les gusta romper las reglas —prosiguió—. Eres de las que piensa que está bien y que vale la pena pelear por el derecho de poner basura en las manos de otros chicos. El abuelo de mi esposo habría muerto de un ataque al corazón si supiera lo que has hecho. El legado de los Lodenhauer es la Academia Lupton. Yo estudié allí. Mi esposo estudió allí. Hemos donado millones de dólares, construimos Lupton con nuestro dinero. La academia no sería nada sin nosotros. —Se detuvo, las fosas nasales ensanchadas—. ¿Sabes cuánto tiempo luché con el director Walsh para extender la lista de libros prohibidos?

Se acercó un paso más a mí.

—Él no quería lidiar con la política, pero todo el mundo tiene un precio y el suyo era la ASP. De modo que llegamos a un acuerdo:

le dimos dinero a Lupton para comprar la ASP. Yo compré esa lista, por lo que los libros producen en los chicos. Y entonces llegaste tú, pensando que tenías algo que decir sobre la forma en que mi familia ha manejado el instituto desde sus comienzos. Y mira lo que has hecho. Tu imprudencia, tu falta de respeto por la autoridad, tu falta de visión para saber qué libros son apropiados han puesto a mi hijo en una institución psiquiátrica. Debería hacerte pagar el acuerdo de la ASP. Debería hacerte pagar la universidad de Jack, porque le has costado la oportunidad de ganar la Beca de los Fundadores. Él estaría aquí si no fuera por ti. Tú eres la verdadera razón por la que se instituyó la lista de libros prohibidos. Has vivido para los libros y mira cómo has terminado. Les impones tus ideas a todos los demás, eres un desastre moral. Podrás haber engañado al comité haciéndole creer que mereces este premio, pero no eres importante. No tienes nada que decir. Tus libros no han hecho más que hacer daño a la gente. Todo tu conocimiento resultará muy útil cuando solo puedas conseguir trabajo friendo patatas en un McDonald's.

Estaba llorando. En algún momento entre su primera palabra y el final de la primera frase, me había echado a llorar, pero me obligué a hacerlo en silencio. No concederle la satisfacción de escuchar que sus golpes me dolían.

—Eres inútil e inmadura, y tú y yo sabemos que, el lunes mismo, todo esto desaparecerá. Por eso me pregunto: ¿por qué estás aquí? Ni siquiera deberías haber venido. Ahórranos los diez minutos de parloteo inútil que planeas dar y vete. *Tú* deberías estar en el hospital psiquiátrico y no Jack. Él no ha sido más que un espectador en la destrucción que has llevado a cabo...

—Yo diría que eso ya ha sido suficiente —exclamó mi padre apareciendo a mi lado—. Señora, no sé quién es usted y, en este momento, realmente no me importa. Si le dice una sola palabra más a mi hija, le prometo que ni a usted ni a mí nos gustará lo que sucederá a continuación.

La Sra. Lodenhauer lanzó una risita burlona y luego tiró de su oreja. Mirando al suelo, comentó:

—Ya veo de dónde saca su forma de comportarse.

—Sí —repuso papá con una sonrisa—. Y estoy muy orgulloso de ella por eso. Ahora le pido respetuosamente que no vuelva a hablarle a mi hija.

—Buena suerte con lo que te queda del año escolar —añadió la madre de Jack mientras mi padre me sacaba de allí. Me llevó abajo, adonde se encontraba mamá, sin parar de preguntarme de qué hablaba la Sra. Lodenhauer, pero yo estaba demasiado enfrascada en mis pensamientos. Tan enfrascada que, cuando me senté de nuevo en la mesa, ya se me habían secado las lágrimas. No pensaba derramar más lágrimas por eso. Ella estaba perdida, pero ¿quién no lo estaba? No tenía derecho. No tenía razón.

Mientras me gritaba, algo se había movido dentro de mi corazón. De repente, supe que la decisión que Jack había tomado era mucho más que un mensaje tomado de un libro. Su corazón estaba rodeado de capas y capas de dolor. Había contemplado una parte del origen de todo eso, de primera mano, mientras su madre me despedazaba. Era tan injusto acusar a *El guardián entre el centeno* por llevar a Jack al borde del abismo, cuando había alguien como Janet Lodenhauer destrozándolo todos los días. Decir que su intento de suicidio era culpa de *El guardián* —joder, incluso decir que era *mi* culpa— dejaría a Janet libre de toda culpa. No se podía separar el impacto de la vida de ella sobre la de él, y tal vez pasaba lo mismo con todas las decisiones inspiradas en un libro.

El problema es que nos ponemos a nosotros mismos en las páginas, con todo nuestro ser. Cada oscuridad, cada luz, cada pasión, cada herida. Leemos con todas las capas que constituyen quienes somos actuando como filtros. Leemos con todo lo que nuestros ojos han visto y con todo lo que ha sentido nuestro corazón desde que nacimos. Con una humanidad tan densamente constituida, no podemos ser nosotros los encargados de que alguien no malinterprete un libro. Y no pueden ser los libros los encargados de asegurarse de que las personas no se maten o no odien a alguien, o que quieran a alguien... o incluso que decidan ser presidentes. Lo que hacemos, antes y después de leer, es nuestra decisión, es algo que nosotros elegimos. Y esa elección es la libertad.

Me pregunté si la Sra. Lodenhauer habría sido distinta si no hubiera pasado toda su vida apagando los fuegos equivocados. Yo no podía saber si existía alguna conexión entre su postura ante la lectura y que fuera una persona tan despreciable y le tuviera miedo al mundo. Estaba segura de que la cuestión no era tan simple como reducir sus problemas al hecho de que no hubiera leído *El guardián entre el centeno*, pero sí sabía que eso ciertamente no ayudaba.

Si lo hubiera leído, podría haber visto que Holden, uno de los personajes literarios más queridos de todos los tiempos, estaba escribiendo lo que había aprendido desde un hospital psiquiátrico y, tal vez, habría sido capaz de superar la vergüenza que sentía por su hijo y, en su lugar, vislumbrar un nuevo comienzo.

Si hubiera leído *No me pisotees*, habría visto morir a Levi y a Joss por algo que, al final, unía a los dos bandos de una guerra y, tal vez, habría podido ver los libros como una fuente de sabiduría y no de veneno.

Tal vez, si hubiera leído *¡Habla!*, solo habría estado en desacuerdo conmigo y no me habría hecho pedazos porque deseaba verme sufrir.

Tal vez, si hubiera leído *Las ventajas*, habría visto algunas de las formas en que maltrataban a su hijo por su orientación sexual, y habría sido capaz de suspender su odio por un minuto para acompañarlo, para quererlo, para darle un verdadero hogar al cual volver.

—Clara, ¿quién era esa señora? —preguntó mi padre otra vez, incrédulo—. ¿Por qué te hablaba de esa manera?

—Papá —respondí después de respirar profundamente—. Te lo contaré más tarde. Tengo que ir a escribir mi discurso.

Mis padres se quedaron mirándome, los ojos grandes como platos.

—¿No has escrito tu discurso?

—Clara, la cena comienza en diez minutos —señaló mamá.

Me puse de pie, tomé un bolígrafo del bolso de mi madre y un puñado de servilletas de papel de la mesa de los aperitivos, y salí corriendo hacia el baño más cercano.

UNA SERVILLETA CON UNA RÁPIDA LISTA
DE LAS FICHAS DE DOMINÓ QUE CAYERON


- Jack Lodenhauer
- Ashton Bricks
- LiQui Carson
- Scott Wieberdink
- La Srta. Croft
- El Sr. Caywell
- Resi Alistair
- Mav
- Yo

# EL DESENMASCARAMIENTO DEL MIEDO

*El coraje [no] es un hombre con un arma en la mano. Es saber que estás vencido antes de comenzar, pero comienzas igual y lo llevas a cabo pase lo que pase.*

—Harper Lee, *Matar a un ruiseñor*

Me quedé de pie en el estrado. Tenía los ojos rojos, pero las manos tranquilas. Miré a la Sra. Lodenhauer, que ahora estaba sentada en una mesa completamente distinta. Miré a mis padres. Miré a Resi. Miré las caras que no conocía. A los reporteros. Los miré a todos. Estaba tranquila por dentro.

La mayoría de los momentos que había vivido —buenos, malos— habían sucedido porque había dejado que los libros moldearan mis elecciones. Incluso durante los últimos días, cuando cuestionaba a los libros, ellos estaban haciendo efecto, enseñándome que eran más grandes que mi propia experiencia. Enseñándome a ver a los demás cuando yo pensaba que ya sabía hacerlo. Enseñándome a creer verdaderamente en ellos. Estaba en ese salón gracias a los libros y, gracias a la Sra. Lodenhauer, ya no tenía miedo de lo que ellos eran o dejaban de ser.

Había comenzado el año en medio de una guerra. No una guerra contra Lupton: una guerra contra mí misma. Había sido egoísta al pensar solamente en cómo los libros me afectaban a mí, en cómo cambiaban mi vida. Había querido demostrarle al Sr. Walsh que estaba equivocado porque quería tener pruebas. Todo lo que había hecho, cada decisión, había tenido que ver conmigo.

Me había concentrado tanto en cómo encajaba yo dentro de lo que Lupton estaba diciendo sobre los libros, que ni siquiera había notado que los libros estaban cambiándolo todo. LiQui había dicho eso mismo y yo no le había creído. Pero era cierto. Todos habíamos cambiado. Y porque los libros nos habían cambiado, también habían cambiado a la gente que nos rodeaba. Un impacto que podía ser considerado como la evolución natural de la vida. Cuánto poder.

La Sra. Lodenhauer, el Sr. Walsh y yo no éramos tan distintos.

De una manera u otra, los tres teníamos miedo. Les teníamos miedo a los libros, pero no solo eso. Les teníamos miedo a las ideas, a las discusiones, a los cambios, porque teníamos miedo de lo que podrían quitarnos. Teníamos miedo. Y yo sabía de buena fuente que tener miedo era lo contrario de ser libre.

Me aclaré la garganta mientras luchaba contra el deseo de cerrar los ojos.

—Hola, soy Clara Evans. Algunos me conocerán por el trabajo que realicé con las Pequeñas Bibliotecas, pero les hablaré de la vez en que mi instituto prohibió un montón de libros, de lo que sucedió cuando comencé una biblioteca de libros prohibidos en mi taquilla y por qué todo eso es importante.

# SURGE UNA BIBLIOTECARIA SALVAJE

Salí al patio que miraba al río a tomar un poco de aire fresco mientras terminaban los discursos en el interior. Necesitaba estar sola un minuto para permitir que todo se asentara, para permitir que todo lo que había dicho en mi discurso echara raíces en mi mente y en mi corazón.

—Bueno —comentó alguien apoyándose junto a mí sobre la barandilla—. Me alegro de haberme colado en la fiesta porque ese ha sido el mejor discurso que he escuchado en toda mi vida. Estoy muy orgulloso de ti, Clara.

Al darme vuelta, me encontré con el Sr. Caywell, vestido de traje, y supuse que ahora ya sabría lo que realmente había hecho con sus libros.

—Antes de que me lo preguntes, he venido con mi hermana. Todos los que han recibido una Beca de los Fundadores están invitados a la cena. Sabía que hablarías y no pensaba perdérmelo.

—Gracias, Sr. Caywell. Le debo una disculpa.

—Yo debería pedirte disculpas a ti —repuso arqueando las cejas.

Asentí.

—Un momento —repuse después de asentir—, ¿por qué debería pedirme disculpas? Yo fui quien mintió. ¿Recuerda el primer día de clase?

—¿Sí?

—¿Cuando dije que llevaría los libros prohibidos a las Pequeñas Bibliotecas?

—¿Sí?

—Bueno... no lo hice.

—Qué sorpresa —comentó con voz monótona.

—Un momento... ¿por qué me está hablando sarcásticamente?

—Porque en un momento dado, recibí uno de tus libros forrados con papel blanco en el buzón de devoluciones. No fue difícil imaginar lo que estaba sucediendo una vez que quité la cubierta y descubrí que se trataba de uno de los libros de los que, supuestamente, *tú* te ibas a deshacer.

—Ah. —Recordé el día que había encontrado el libro de Hanna Chen en mi mochila. No era que lo hubiera olvidado, él lo había metido ahí mientras yo estaba trabajando en la sala de procesamiento—. Entonces, todo el tiempo que ha estado enviándome gente, ¿lo sabía?

—Y es por eso que tengo que pedirte disculpas —explicó encogiéndose de hombros—. Al principio iba a decir algo, pero luego quedé atrapado en medio de toda la situación. Sabía que te estarías exponiendo y creo que lo ignoré porque sentí que, entre todos los alumnos, si existía alguien que podía llevarlo adelante sin que la descubrieran, eras tú. Debería haberte dicho que te detuvieras.

—¿En serio?

Giró la cabeza y miró hacia el río.

—Yo no lo lamento, Sr. Caywell. Ya no. Que pase lo que tenga que pasar. Aunque me llevó un tiempo entenderlo, yo defendí lo que me parecía correcto, aquello en lo que creía. Lo mismo que usted ha hecho en los últimos años. He aprendido mucho, he cambiado. Tengo nuevos amigos y los he visto cambiar también a ellos. Y no me arrepiento de nada.

—¿Nos vemos el lunes? —preguntó con una sonrisa.

—Después de mi reunión con el Sr. Walsh. —Asentí—. Es probable que sea mi último día de voluntaria.

—Bueno, que pase lo que tenga que pasar —afirmó—. Estoy orgulloso de ti y esta noche mereces ganar.

Sonreí. Más que nada porque había dicho lo que sentía. Lo que sentía de verdad.

No me arrepentía de nada.

No me arrepentía de creer que los libros eran importantes.

# HERMANO LEÓN

*La libertad es un impuesto. Lo pagamos cuando cuestionan nuestras ideas y lo pagamos cuando cuestionamos las ideas de otros.*
*Pero debemos pagar.*
*Y debemos pagar con alegría, sabiendo que, si no fuera así, estaríamos perdiendo la libertad.*

—Lukas Gebhardt, *No me pisotees*

Era lunes. Probablemente mi último día en la Academia Lupton.

Miré fijamente su puerta, recordando que todos mis amigos, incluso Ashton, me estaban esperando en la biblioteca. Por lo menos, seguirían siendo mis amigos: los institutos no emitían juicios sobre las amistades.

Golpeé la puerta.

—Pase.

Respiré hondo y entré en la oficina del Sr. Walsh. Estaba ordenada, no había Cubiertas Blancas a la vista, y él estaba sentado en su sillón.

Extendió la mano hacia la silla en la que me había sentado más veces en ese semestre que en todos mis años en Lupton.

—Sr. Walsh —comencé mientras tomaba asiento—. Sé que lo sabe, pero quiero confesar antes de que…

Agitó la mano en el aire y me detuve.

—Se devolvieron sesenta libros —comentó—. Sesenta.

—Lo sé. —Asentí—. Es por eso que quiero asumir la respon…

Agitó la mano otra vez.

—La mayoría tiene frases escritas en la cubierta —señaló.

—Sí, pero no creo que deba perseguir a cada alumno que escribió una frase. Yo fui quien los incitó…

Finalmente, me miró.

—Señorita Evans, déjeme hablar a mí.

Me mordí el labio y luego bajé la vista hacia la silla. Se puso de pie, colocó las manos detrás de la espalda y caminó hacia la ventana.

—Señorita Evans, ¿ha leído alguna de las frases?

—Todas, señor.

—«Aquí encontré valentía» en un ejemplar prohibido de *¡Habla!* de Laurie Halse Anderson. «He mirado a través de los ojos de otro hombre y he cambiado para siempre» en un ejemplar prohibido de *No me pisotees* de Lukas Gebhardt. Luego tenemos «Que alguien me recuerde, de ahora en adelante, abrazar primero y preguntar después» y «Este libro me ha recordado que las cosas deben importarme. Gracias».

Hizo una pausa y luego se volvió hacia mí.

—¿Y qué impresión le causan estas frases?

—Lo siento, señor, me temo que no entiendo la pregunta.

—¿La conmovieron? ¿Por ellas decidió confesar que manejaba la biblioteca ante un salón lleno de personas poderosas e influyentes de Chattanooga? ¿Ante un salón lleno de múltiples miembros del consejo de la Academia Lupton? ¿Y así arriesgar una potencial beca universitaria?

—Algo así —respondí—. Quiero decir, sí, de alguna manera. Fueron muchas cosas. Más que nada el hecho de que me expulsarían de todas maneras. No fue una actitud tan valiente.

—Señorita Evans, ¿ha leído *La guerra del chocolate*? —preguntó mientras se sentaba de nuevo y, esta vez, me sostenía la mirada.

—Hace bastante tiempo —contesté.

—Ese libro se encuentra entre el material vedado. De hecho, yo la pesqué caminando por los pasillos con dos ejemplares de *La guerra del chocolate*. Si está intentando salvar las apariencias diciendo que no lo ha leído recientemente, no es necesario.

—Sinceramente, Sr. Walsh, todavía no he releído ese libro. Que me pescara con esos dos ejemplares fue mala suerte, pues los estaba retirando de la pila de donaciones de la biblioteca.

—Señorita Evans, ¿por qué está en mi oficina?

—Eh, ¿porque está a punto de expulsarme?

—Sí, me han ordenado que la expulsara. Pero mi pregunta sigue en pie: ¿por qué está en mi oficina?

No dije nada. No tenía nada que decir.

—Quiero que vaya a su taquilla y junte sus cosas.

Al final había ocurrido. Respiré hondo y cerré los ojos, intentando contener las lágrimas. Escuché las voces de Levi y de Joss diciéndome que levantara la vista, que lo mirara a los ojos. Con un incremento de volumen, se les unieron LiQui, Jack, Ashton y todas las frases de las cubiertas blancas.

Abrí los ojos y miré al director.

—Sí, señor.

—Después de hacer eso —prosiguió—, quiero que vaya a clase, quiero que estudie y quiero que siempre responda que sí.

Me quedé inmóvil. No sabía si hablaba en broma.

—¿Quiere que vaya a clase?

Asintió.

—¿Quiere que estudie?

Asintió.

—¿Quiere que siempre responda que sí?

Otra vez, asintió.

—¿A qué?

Se levantó, caminó hacia la puerta y la abrió.

Con el corazón latiéndome con fuerza, sujeté la mochila y esperé su respuesta.

—¿Me atrevo a perturbar al universo?

Lo observé fijamente. ¿Había leído *La guerra del chocolate*? ¿Cómo conocía esa cita?

Me miró y asintió.

—Una última pregunta, señorita Evans.

Me sequé una lágrima de la mejilla.

—¿Sí, director Walsh?

—¿Existió un libro en particular que iniciara todo esto?

—*No me pisotees,* de Lukas Gebhardt.

—Creo que me gustaría leerlo —comentó después de asentir.

—Debería —añadí con una sonrisa.

—Llegará tarde a clase.

—Gracias.

—No, gracias a ti.

Me dirigí hacia la biblioteca, ya reabierta, a encontrarme con mis amigos. Recorrí el camino normal, el que me haría pasar por delante de mi taquilla, pero no me pareció tan normal. Me pareció... optimista. Distinto de una forma que no lograba describir, como si todo pareciera más grande que la última vez que lo había recorrido. El esplendor de las segundas oportunidades, la forma de ver la vida cuando estabas segura de quién eras y de lo que creías.

La taquilla apareció ante mi vista. Me detuve frente a ella y la observé. Reexaminando. Reviviendo. Repensando.

El candado con combinación había desaparecido, algo que seguramente había sucedido el viernes, después de que me marchara. Supuse que tendría que conseguir uno nuevo.

Abrí la puerta de golpe esperando encontrarme con un vacío gris y metálico en lugar de una gran pared blanca.

Sin embargo.

Libros prohibidos y forrados ocupaban todo el espacio.

Apilados desde abajo hasta arriba de mi taquilla.

Había un solo libro de pie, que estaba forrado con papel blanco.

En la portada, una frase:

*Lo siento, Jerry.*
*—Hermano León*

Director Walsh.

Supuse que se trataba de uno de los ejemplares de *La guerra del chocolate* que me había quitado unas semanas atrás. ¿Se lo había llevado para leerlo en ese momento? ¿O lo había leído cuando era más joven? Tal vez había decidido que quería ser director de escuela gracias a él. Tal vez había iniciado su carrera con el objetivo de impedir que cualquier instituto que él dirigiera llegara a convertirse en *La guerra del chocolate* y, en algún lugar del camino perdió el rumbo. Tal vez todo ese incidente lo había devuelto al camino original, le había hecho recordar.

Me acordé de la forma en que había mirado los libros prohibidos cuando me los había quitado en su oficina.

Había recordado. No sabía qué había recordado, pero había sido suficiente para enviarme aquí, delante de esta taquilla.

¿Sabía el consejo lo que él estaba haciendo? ¿Lo sabía la Sra. Lodenhauer? Meneé la cabeza. No. Cuando estaba en su oficina, el Sr. Walsh había dicho: «Me han ordenado que la expulsara», pero... no lo había hecho. Tendría que afrontar algún castigo cuando el consejo se enterara de que yo seguía allí. Pero el consejo no recorría los pasillos. Él, sí. ¿Era por eso que me devolvía las cubiertas blancas? ¿Quería que continuara? ¿Acaso ese libro era un código que significaba «restaurar»?

Había una sola manera de averiguarlo.

Tomé un ejemplar de *No me pisotees* que aún tenía en la mochila y luego el ejemplar de *La guerra del chocolate* que había forrado el Sr. Walsh. Corrí a su oficina y golpeé la puerta. Estaba ahí.

—¿Sí, señorita Evans? —preguntó.

Entré extendiendo el ejemplar de *No me pisotees*.

—Ha dicho que creía que le gustaría leerlo —respondí.

Al empezar la Bibsec, había temido que los libros no pudieran lograr lo que yo creía que podían lograr. Pero ahí estaba yo entregándole un libro prohibido a la misma persona que había hecho que me cuestionara la importancia de esos libros, en los que ahora creía todavía más que antes.

En esos segundos, sentí que todas las palabras y toda la magia del universo convergían en el lugar exacto donde me hallaba, relatándome las historias contadas y las no contadas de valentía, fuerza, esperanza y dolor. Susurrándome al oído que todavía quedaban tantos libros, tantos cambios y tantas elecciones que aún no se habían atrevido a perturbar al universo.

# ADIÓS, ACADEMIA LUPTON

Era mayo.

Había sobrevivido.

No tenía miedo.

Al menos, no de los libros.

¿De morir de un golpe de calor antes de llegar a pasar un día sin asistir a ningún instituto educativo?

Sí.

A eso sí le tenía miedo.

Estaba sentada con mi larga toga de graduación, hecha de una tela negra, gruesa y pegajosa. A mi izquierda, LiQui. A su izquierda, Resi Alistair. A mi derecha, Ashton. A la derecha de Ashton, Jack. Estábamos sudando todo el conocimiento que habíamos adquirido desde primer año, sentados en un montón de sillas de plástico aún más pegajosas, en la cancha de fútbol americano (la expansión de la ASP traería un muy necesario auditorio). Los padres nos rodeaban en las gradas, donde una vez nosotros nos habíamos sentado. Donde LiQui y yo nos habíamos sentado durante cinco años. Donde Ashton y yo habíamos mantenido nuestra primera conversación y Jack y yo habíamos comido tres bolsas de Twizzlers.

El director James Willings se encontraba delante de un estrado, sobre un pequeño escenario elevado, e iba leyendo los nombres de cada uno de nosotros con su voz profunda y sonora. Cuando pronunciaba un nombre, el alumno en cuestión salía de detrás de bambalinas, donde estaba esperando, y caminaba por el escenario para aceptar un pequeño papel enrollado, que no tenía nada escrito en él. Mientras caminaba, la nueva secretaria del director leía un breve resumen sobre lo que ese alumno o alumna pensaba hacer al terminar el instituto.

El director James Willings no era, obviamente, el director Milton Walsh.

Al día siguiente de que el director Walsh se negara a expulsarme, renunció. Ni siquiera avisó con dos semanas de anticipación: simplemente se marchó. El día después de su partida, la historia de la Srta. Croft apareció en la primera página del *Chattanooga Times Free Press*, el periódico local: «Profesora de la Academia Lupton despedida por cuestionar la política del instituto de prohibir libros».

El artículo resumía prácticamente todo lo que la profesora nos había contado en Queso, con «el exdirector Milton Walsh» como invitado especial, que confirmaba que el consejo, en efecto, le había ordenado despedirla. Por lo visto, ya se había hartado de las jugarretas de Lupton, o, mejor dicho, de los Lodenhauer.

NPR, la red de radio pública, difudió la noticia. ¿Después de eso? La CNN. Y, de repente, la Academia Lupton estaba en todas partes y recibía presiones desde todos los sectores para que hiciera reformas. Y durante uno o dos meses, la Bibsec que yo había restaurado, creció. Los alumnos que no habían querido tener nada que ver con la primera biblioteca estaban súbitamente sacando libros. Parecía que las cosas iban a cambiar. Todo el alumnado en su conjunto comenzó a oponerse activamente y LiQui lideró el ataque. La Administración repetía frases como «Estamos reexaminando el reglamento» o «Lo revisaremos durante la próxima reunión del consejo».

Pero… nunca lo hicieron.

Lo único que hicieron fue cambiar a la gente de lugar. Reemplazar a los miembros del consejo por parientes.

El día anterior a la graduación, la mención del «material prohibido» continuaba en el manual del alumno.

Resi volvió caminando por el pasillo, después de recibir su diploma en blanco. Parecía que habíamos estado allí durante siglos, pero justo íbamos por la mitad de la letra *B*. Mav acababa de atravesar el escenario y Ashton estaba en su puesto. Nada como el golpe de calor y el intenso aburrimiento para revelarte cuántos amigos tenías en las primeras diez letras del alfabeto.

Incliné la cabeza hacia atrás intentando hacer descender mi temperatura corporal de desierto del Sahara a empanadas-de-hojaldre-recién-salidas-del-microondas, cuando sentí una bolsa de plástico contra el brazo. Miré hacia abajo y vi a Jack con una bolsa gigante de Twizzlers, tamaño familiar, en la mano.

—Cómelos mientras Ashton esté ahí arriba. Así podrás disfrutarlos de verdad.

—Ahora estás viviendo en su casa —señaló LiQui—. Deberías ofrecerle primero a él.

Reí, tomé dos caramelos y se los pasé a Resi y a LiQui.

—¿Cómo va todo, Jack? —pregunté—. ¿Ashton es un buen compañero de habitación?

—Literalmente el mejor. Salir del armario de verdad ha sido lo mejor que me ha pasado en la vida. Los Brick no intentan borrar lo que soy. Siento que puedo respirar.

En cuanto Jack Lodenhauer había vuelto del Centro de Salud Mental Parkview, les había contado que era gay a todos sus amigos que no lo sabían. Obviamente, la noticia se propagó. Rápidamente. Durante un tiempo, las personas se preocuparon y todos hablaban del mismo tema, pero luego algunos lo aceptaron con naturalidad. Otros, no, pero no eran, en su mayoría, chicos que lo quisieran. ¿Sus amigos? Se quedaron. Yo me quedé. Nosotros nos quedamos.

¿La familia de Jack? Ellos estaban dentro de la categoría de los que no lo aceptaron con naturalidad. De hecho, no habían hablado con él desde entonces. Emerson le enviaba mensajes de texto de vez en cuando, pero se decía que, si Jack respondía, Emerson los borraba de su bandeja porque sentía terror de lo que sus padres podrían llegar a hacer si se enteraban.

—Aquí encontré valentía —afirmé apuntando hacia él.

—Lo sé. —Asintió, bajó los ojos y sonrió.

Volví la mirada hacia el estrado.

Resi se inclinó hacia LiQui, me dio un golpecito en la pierna y preguntó:

—¿Estás bien?

—Sí. —Asentí—. Estoy bien. En serio. Yo quise que la aceptaras, ¿recuerdas? Ya lo hablamos ayer, no tenemos que discutirlo otra vez.

—Sí —respondió bajando la mirada—. Yo... Pero tú lo merecías y no yo.

—Res, tú sabes que te quiero, pero esa es la verdad —agregó LiQui.

—No obtuve la Beca de los Fundadores —comenté encogiéndome de hombros—, pero sí me dieron un poco de dinero, me aceptaron en Vanderbilt y tengo el verano para pensar cómo resolverlo todo.

—Bueno, no tienes que resolverlo sola —apuntó Resi.

—Exacto —añadió LiQui—. Tal vez tú y yo podamos dividirnos el dinero que me darán mis abuelos.

—LiQui —repuse poniendo los ojos en blanco—, ¿por fin han aceptado darte el dinero para que estudies para ser presidenta de los Estados Unidos y tú piensas dividirlo?

—¿Por qué no? —exclamó encogiéndose de hombros—. Somos compañeras de dormitorio, Clara. Compañeras de dormitorio. No quiero vivir con una chica cuya banda preferida sea Jason Mraz y que diga: «No puedo creer que la universidad no me permita encender incienso en el dormitorio. Es mi dormitorio». La mataría. En serio. No pienso dejarlo al azar.

—¿Y si te digo que hace poco me he vuelto fanática del incienso?

—No entres en ese juego —advirtió levantando la mano—. Olvídalo.

—Bueno —comentó Resi reclinándose en la silla—, algo se nos ocurrirá.

—¡Ashton Bricks! —exclamó el director Willings. Nos levantamos de un salto y chillamos de manera atronadora, tanto que nos perdimos la parte en que relataba qué haría después del instituto.

—Yo pago una ronda de queso si me tropiezo al subir al escenario —advirtió LiQui poniéndose de pie—. Hace meses que practico caminar con estos tacones. Observadme —exclamó y caminó hacia el escenario.

Más nombres, más alumnos. Estaba demasiado distraída por estar allí, por estar sentada junto a mis amigos, por el calor. Pero, si lo analizaba en profundidad, sabía que también estaba agradecida por el calor, porque eso significaba que lo había logrado. Aun cuando el director Walsh no me hubiera expulsado, una vez que se marchó, tuve miedo de que el consejo obligara al nuevo director a terminar el trabajo que él no había estado dispuesto a realizar. Lo que quiero decir es que Janet Lodenhauer participaba activamente en el instituto y me quería ver no solo expulsada sino muerta. Pero... nada de eso ocurrió. Después de que pasaran las vacaciones de Navidad y yo continuaba en la academia, me di cuenta de que me quedaría. Creo que, después de que la Srta. Croft publicara la historia, entendieron que, si me hacían algo, eso les traería más publicidad negativa.

Por lo tanto… había terminado el semestre.

LiQui subió al escenario. Yo quería que se tropezara levemente, muy levemente. Bastaba con que el tacón se enganchara en la alfombra para poder aferrarme a ese detalle y hacer que pagara. Yo adoraba a LiQui, pero el queso estaba en juego.

—¡LiQuiana Carson!

LiQui comenzó a atravesar el escenario y todos nos levantamos y gritamos.

—¡Queen Li!

La voz tímida de la asistente del director se escuchó por encima de nuestros aplausos.

—LiQuiana tiene planeado comer queso con sus amigos durante el resto del verano y luego asistir a Vanderbilt para obtener un título de grado en Ciencias Políticas.

—¡Me gusta el incienso! —grité lo más fuerte que pude.

En mitad de un paso, se inclinó hacia adelante y lanzó una carcajada. El tacón se bamboleó muy ligeramente, pero era un bamboleo por el cual yo pelearía a muerte. Se enderezó rápidamente, tomó el diploma y cruzó deprisa el escenario.

—Queso, queso, queso —coreé mientras ella volvía a su silla.

Más nombres, más calor, más pegajosa graduación.

Finalmente, anunciaron mi nombre y uno hubiera creído que el equipo de fútbol americano del instituto acababa de ganar el Super Bowl. Se me llenaron los ojos de lágrimas, pero después reí al imaginar la cara amargada de Janet Lodenhauer en algún lugar de las gradas. Subí al escenario, casi podía escuchar los fuertes latidos de mi corazón. Las manos me temblaban. Todos seguían vitoreando y no pude evitar darme la vuelta y observar a los cientos de chicos que se encontraban frente a mí.

Tal vez el aplauso me hizo sentir increíblemente incómoda. Y tal vez inventé una razón por la cual todos aplaudían para que la situación me resultara menos incómoda, pero no pensaba que fuera así. Creía que, estrictamente hablando, el aplauso no era para mí: era para los libros.

Yo también aplaudí. Probablemente resultó raro, una chica aplaudiéndose a sí misma, pero no podía dejar de unirme a la celebración.

Los libros son una luz, una luz que disuelve el odio y la ignorancia. Muestran nuevos caminos a seguir. A otros, les hacen ver la profundidad de la rotura, supuestamente irreparable. Los libros iluminan algo distinto para cada uno de nosotros. Los libros cambian vidas porque son cerillas, son las cerillas que encienden fuegos que muestran la grandeza del mundo, la profundidad de los otros, un camino donde podemos vernos a nosotros mismos.

Esos fuegos pueden resultar fáciles.

Pueden resultar difíciles.

Pueden hacernos más fuertes.

Pueden costarnos mucho a nosotros y a quienes nos rodean.

Pueden hacernos más valientes.

Pueden hacernos disentir.

Pueden acercarnos.

Pueden herirnos.

Pueden alegrarnos.

Pueden hacer que alguien sufra.

Pueden volvernos arrogantes.

Pueden confundirnos.

Pueden hacernos creer que sabemos más de lo que sabemos.

Pero nos harán libres.

Y yo ansiaba que el mundo siguiera girando alrededor de su resplandor.

Siempre lucharía para que las personas pudieran elegir estar rodeadas de ese resplandor.

Y por algo más.

Siempre lucharía por un mundo que continuara siendo receptor de esos libros.

De esos fuegos.

Me encontraba en Mojo con el grupo, acababa de quitarme la ropa de graduada y estaba metiéndome un burrito en la boca como si fuera una campesina, cuando Emerson Lodenhauer se acercó a nuestra mesa.

—Hola —lo saludó Jack tímidamente.

No lograba entender la situación. ¿Tenían una relación amistosa? ¿Eran enemigos? ¿No eran nada? Lo último que había oído sobre ellos era que Emerson casi no hablaba con Jack.

—Clara, ¿puedo hablar contigo? —preguntó Emerson desviando la mirada hacia mí.

La pregunta me tomó por sorpresa, más que nada porque yo nunca, ni siquiera una vez, había hablado con Emerson Lodenhauer ni estado a menos de seis metros de él.

Le eché una mirada desconcertada a Jack, que asintió.

Me levanté y lo seguí hacia la galería exterior, hasta la mesa más alejada de todas.

—Soy Emerson —dijo extendiendo la mano.

—Yo soy Clara.

—Ya lo sé.

—Sí, me lo imagino. —Me detuve al darme cuenta de lo estúpido que sonaba el comentario—. Es decir, no es que piense que soy genial o nada por el estilo, es porque sé que tu madre me detesta. Y todo lo de… la situación de tu hermano. No, no es eso a lo que me refiero. Solo digo que tu familia y yo hemos tenido una historia en común y…

Miró a Jack a través de una ventana y luego, gracias a Dios, Emerson interrumpió mi monólogo frenético, porque yo ya estaba entrando en pánico.

—Quiero hacerme cargo de la biblioteca. Quiero dirigir la Bibsec.

Lo observé durante unos segundos, me reí, luego le puse el brazo en el hombro y sonreí.

—Bueno, bueno, bueno. ¿Cuándo dejarán de caer las fichas de dominó?

Ladeó la cabeza, confundido.

—Ya lo entenderás —comenté—. Ya lo entenderás.

# AGRADECIMIENTOS

Escribir este libro fue muy muy muy muy muy muy difícil. Posiblemente, la obra creativa más difícil que he llevado a cabo en toda mi vida, y le debo tanto a tanta gente por ayudarme a sobrevivir a ella. Esta no es una lista exhaustiva de ninguna manera, porque se necesita un universo para escribir un libro.

La increíble Clara: si no fuera por ti, este libro no existiría. Cuando pensaba abandonar la escritura, dijiste: «Creo que puedes hacerlo. Creo que podemos lograrlo». No encuentro palabras para expresar cómo todo tu amor, sacrificio, aliento y comprensión me han mantenido vivo y me han ayudado a salir adelante durante los últimos años. Este libro es *nuestro*. Te quiero.

Asa: es otro libro, pero todavía sigues siendo suficiente. Te quiero, amiguito. Es un honor ser tu padre y me emociona saber que lo seré durante el resto de mi vida.

Emmie: eres un sol. Te quiero y me hace muy feliz saber que ahora tengo la oportunidad de escribir tu nombre en mis libros.

Mamá: gracias por criarme rodeado de libros y llevarme a la biblioteca cuando era pequeño. Y gracias también por no tener miedo a las multas por retraso en la fecha de devolución de los libros.

Papá: te quiero y te echo de menos. Espero que lo sepas.

El Equipo Demaster: gracias por el constante apoyo y por no decirle a Clara que huyera porque quería casarse con un escritor.

Charlie: gracias por ser siempre tan comprensivo, por hacer bromas cuando las cosas se ponen difíciles y, al mismo tiempo, dar aliento. Ah, y por entusiasmarte con las novedades de mi libro aun cuando no tengas idea de qué estoy hablando.

Caroline: gracias por tu amistad y por mantenerme fresco y con buen aspecto.

JM & Andrew: gracias por todo el apoyo y el amor constante. Vayamos a beber unas margaritas de mango, POR FAVOR.

Matt y Crystal: vuestro apoyo y amistad significan muchísimo para mí. Gracias. Y os aclaro que no estoy diciendo que tengáis que comprar seis ejemplares de este libro como hicisteis con *The temptation of Adam* para mantener vuestra condición de fans n.° 1, pero no vendría mal para mantener vuestra clasificación.

Eric Smith: hemos esperado por este libro. Gracias por quererlo tanto como para querer reunirte conmigo durante más de cuatro años para lograr publicarlo. Brindemos por más libros. Y no te preocupes, esperaré por lo menos un día después de que salga para enviarte mi mensaje que diga *¿Y ahora qué hacemos?*

Claudia, Stephanie y el equipo de Katherine Tegen: gracias por creer en este libro y en mí. Mil gracias por no asustaros cuando os envié el primer borrador revisado y corregido. Era terrible. Vuestra paciencia y generosidad mientras yo luchaba con este libro ha significado mucho para mí. Gracias por darme esta oportunidad. Uníos a mí en un minuto de silencio por todos los personajes que murieron en la elaboración de esta novela. RIP Topher, Chris, Tali, Darius, Mandy, Joshua, Max (el hermano menor de Clara), Andy Alskez, Louie Alskez y el Sr. Ricardo.

C. J. Redwine: eres una luz. Estoy muy contento de conocerte y de poder escribir libros/vivir la vida con alguien tan increíble como tú. Gracias por decir siempre: «Puedes hacerlo. Lo lograrás».

Matt Landis: te odio.

Latt Mandis: como Jesús salió de Nazareth, tú saliste de Twitter. Te estoy muy agradecido.

Adam Sass y Matthew Hubbard: gracias por estar dispuestos a decirme si me estaba comportando como un horrible ser humano. Este libro no sería lo que es sin vuestro conocimiento, preocupación y sabiduría ganada con esfuerzo. Es un honor conoceros a ambos y tengo muchas ganas de veros arrasar el mundo editorial.

Carlos: gracias por todos tus consejos sobre medidas disciplinarias.

Bibliotecarios, profesores, educadores: estoy constantemente impresionado por el servicio que brindáis. Gracias.

Todd Bol: las Pequeñas Bibliotecas de Clara estuvieron totalmente inspiradas en ti y en tu increíble trabajo. Estoy y estaré siempre agradecido al movimiento que comenzaste con las Pequeñas Bibliotecas Gratuitas, por tu eterno compromiso de colocar esos fuegos en las manos de quienes los necesitan. Te echaremos de menos.

Glen Cole, Katie McGarry, Brian McClard, Thomas Hayes, David Norman, el Grupo Juvenil de Rock Creek, David Arnold: ya fuera respondiendo a mis aleatorias y quisquillosas preguntas *(¿cómo es esto en la vida real?)*, dándome consejos acerca de la trama, arrojándome ideas conflictivas inconscientemente o simplemente alentándome, este libro no sería lo mismo sin vosotros.

Jesús: gracias por darme las palabras para escribir, por permitirme compartirlas y por poner en mi vida a todos los nombres que he mencionado más arriba. Por favor, permite que tu bondad y tu palabra brillen a través de este libro.

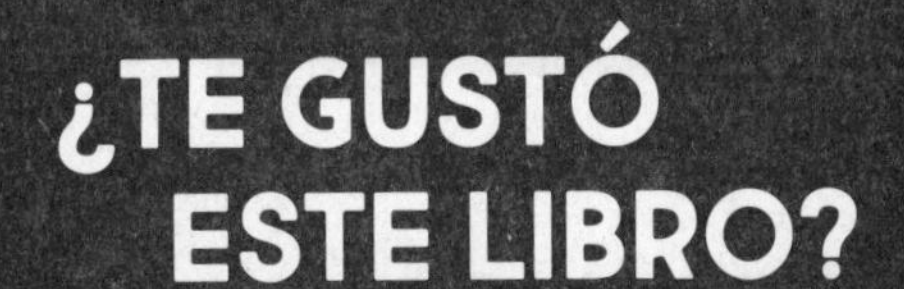


Escríbenos a

puck@edicionesurano.com

y cuéntanos tu opinión.

ESPAÑA /MundoPuck /Puck_Ed /Puck.Ed

LATINOAMÉRICA /PuckLatam

/PuckEditorial

¡Gracias por vivir otra
#EXPERIENCIAPUCK!